Veronika Kramer

RACHE-SOMMER

Veronika Kramer

RACHE-SOMMER

Lea Winters erster Fall

KRIMI IM GMEINER-VERLAG

**Bibliografische Information
der Deutschen Bibliothek**
Die Deutsche Bibliothek verzeichnet diese
Publikation in der Deutschen Nationalbibliografie;
detaillierte bibliografische Daten sind im Internet
über http://dnb.ddb.de abrufbar.

Besuchen Sie uns im Internet:
www.gmeiner-verlag.de

Im Ehnried 5, 88605 Meßkirch
Telefon 07575/2095-0
info@gmeiner-verlag.de

1. Auflage 2005

Lektorat: Claudia Senghaas, Kirchardt
Umschlaggestaltung: U.O.R.G. Lutz Eberle, Stuttgart
Foto: Brigitte Miltenberger, visipix.com
Gesetzt aus der 9,1/13 Punkt Stempel Garamond
Druck: Fuldaer Verlagsanstalt, Fulda
Printed in Germany
ISBN 3-89977-627-5

Handlung und Personen sind frei erfunden.
Sollte es trotzdem Übereinstimmungen geben,
so würden diese auf jenen Zufällen beruhen,
die das Leben schreibt.

1

Alles begann damit, dass Lea schrie.

Immer, wenn Lea schreit, fangen die Lampen an zu schwingen und pendeln immer heftiger, je lauter sie schreit. Hört Lea nicht auf, fällt irgendwann eine Lampe herunter. Einfach so. Wenn Lea kurz und kräftig aufschreit, zersplittern die Glühbirnen und Lampenschirme.

Dieses Mal platzte und fiel eine solche auf Junus, der gerade unter der Deckenlampe der Küche saß. Eine dicke Beule auf seinem Hinterkopf war noch das Harmloseste. Junus fiel zuerst einfach um. Lea klopfte ihm die Wangen:

»Werd wach, nun mach schon! Mein Gott, stell dich nicht so an. Du kennst mich doch, warum setzt du dich auch unter die Lampe. Nun komm schon!«

Und tatsächlich schlug ihr Mann die Augen auf, blickte verwirrt um sich, klimperte die Ungläubigkeit aus seinen Augen und erhob sich.

Aha, seine Frau hatte geschrieen, die Lampe. Au, der Kopf!

»Dieses Mal bist du zu weit gegangen«, hörte er sie noch brüllen, und dann schlug die Küchentür hinter ihr zu. Ihr Gescheper fuhr ihm zitternd durchs Gebein. Dann war Ruhe.

»Hau ab!«, hatte sie gesagt, »morgen früh bist du weg.«

Lea hatte vor einem Jahr das Koordinatensystem ihres Hausfrauendaseins neu geordnet. Die Kinder waren alt genug, Sven 14, Pia 18 und Tom 21 Jahre. Sie war es einfach müde, Toms schmutzige Socken unter dem Bett hervorzuklauben, Svens physikalischen Knalleffekten hinterher zu putzen und Pias Kerzenmeditationen beizuwohnen.

Das kann es doch nicht gewesen sein, sagte sie sich und meldete sich in ihren alten Beruf zurück: als Reporterin beim Tageblatt eines Provinzstädtchens im Sauerland.

»Von jetzt an hat jeder im Haushalt mitzuhelfen«, verkündete sie und ließ ihre Familie zum Appell antreten.

Tom wurde mit der Waschmaschine vertraut gemacht.

Seitdem hatten alle weißen T-Shirts die Farbe von Schlamm und dunkler Nacht angenommen. Die Socken wurden gekocht und passten gerade mal dem großen Zeh.

Pia hatte freiwillig die Küche übernommen.

Abwaschen, abtrocknen, Tisch decken, Mülleimer leeren – der Fantasie, was zu tun ist, sind in diesem Hausfrauenareal keine Grenzen gesetzt.

Doch Leas Tochter schien mit zwei linken Händen geboren worden zu sein. Abends noch stand der gefledderte Frühstückstisch im Esszimmer, und Junus wunderte sich über den Honig und die Marmelade neben den ausgehöhlten Frühstückseiern.

Sven erhielt die Aufgaben, Staub zu saugen sowie Staub zu putzen. Er, der die Physik über alles liebte, experimentierte nun mit dem Staubsauger. Jeden Abend war dieser heillos verstopft. Svens Experimentierfreude ließ Zahnbürste, Kamm, Lippenstifte, Salatblätter und Sonstiges darin verschwinden.

Er wollte einmal Magier werden wie David Copperfield und betrachtete das alles als Vorübungen, später wollte er den

Paderborner Dom und das Hermannsdenkmal verschwinden lassen.

Wie so häufig galt auch bei Lea die goldene Regel: ein werktätiger Mann hat die Familie im Rücken, eine berufstätige Frau die Familie im Nacken.

»So geht das nicht weiter«, schrie sie eines Samstags. Alles schaute ängstlich auf die Lampen, auch auf die, die standen, denn die brachte Leas Geschrei ebenfalls zum Wackeln und mit jedem Crescendo zum gefürchteten Sturz.

Lea stellte Ayse ein, ein türkisches Mädchen, das mit Kopftuch erschien, aber schon bald Leas und Pias Moderatschläge befolgte, auf das Tuch verzichtete und schicke Hosen und Maxiröcke trug.

Ayse war energisch. Pia hatte plötzlich keine linken Hände mehr, Sven experimentierte im Keller, und Tom wusch und bügelte seine Hemden, die ihre alte Farbe behielten und nicht mehr nach der Wäsche mutierten.

Ayse verwöhnte alle mit köstlichen Gerichten ihrer Heimat, sie selbst erblühte zu einer dunklen Schönheit, war immer fröhlich und guter Laune – kurz, das Koordinatensystem des Alltags war zu aller Zufriedenheit neu geordnet und wohl gelungen.

Eines Abends standen Ayses Schwestern vor Lea, urplötzlich wie aus dem Nichts und wünschten sie unter vier Augen zu sprechen.

Lea war verwundert, die Schwestern holten Ayse öfters abends ab, wenn es später geworden war. Sie zeigten sich immer rührend besorgt um ihre jüngere Schwester.

Nun also ein Gespräch unter vier, richtiger unter sechs Augen.

»Wir möchten, dass Sie Ayse die Pille geben, sonst wird sie schwanger.«

»Hat sie denn einen Freund?«, fragte Lea besorgt.

»Ja, haben Sie denn nichts bemerkt? Sie schläft mit Ihrem Mann?«

Das saß! – Lea glaubte, ein Dinosaurier träte sie.

Sie ging auf Junus los, der am Schreibtisch saß. Auch er verdient seine Brötchen als Journalist. Lea sah sein Gesicht nicht, so wutverzerrt funkelte sie ihn an:

»Du Mistkerl! Wie lange geht das schon mit Ayse?«

Sie schlug mit den Fäusten auf die Schreibtischplatte, Kugelschreiber hüpften hoch, sie schrie ihn an.

»Ja, glaubst du den Schwestern mehr als mir?«, fragte Junus fast ungerührt.

»Natürlich«, kreischte Lea, »ich weiß es sogar, weil ich dich kenne. Hau ab, hau so schnell wie möglich ab!«

Lea wusste all die Jahre, dass er zu jener Spezies Mann gehörte, die es mit der ehelichen Treue nicht so genau nehmen. Da er seine Familie für das Wichtigste auf der Welt hielt, hatte sie gelernt, darüber hinwegzusehen.

Aber mit Ayse, das ging zu weit.

Junus folgte seiner wütenden Frau in die Küche, und damit begann es oder vielmehr endete es, wenigstens für Junus.

Am nächsten Morgen packte er seine zwei Koffer, er musste für eine Woche nach London fliegen, um eine Reportage zu schreiben.

Aber Junus kam nach einer Woche nicht wieder, nach einem Monat nicht, auch nach einem halben Jahr nicht.

Und Lea gab sich Mühe, ihren Mann zu vergessen.

Ayse hatte nun wirklich einen Freund, und sie war sehr glücklich.

Der Haushalt lief wie am Schnürchen.

2

Obwohl Lea sich um ihre Kinder nun allein zu kümmern hat, genießt sie das Single-Dasein.

Tom hatte gerade das Abitur in der Tasche. Seit kurzem hat er eine feste Freundin. Sinje ist pflegeleicht, aber vorwiegend gepierct. An der rechten Augenbraue, am Bauchnabel, an der Nase und in der Zunge.

»Macht das Spaß beim Küssen?«, fragt Lea ihren Sohn etwas entsetzt.

»Das coolste, was es gibt«, lacht der.

»Und du, willst du dich nicht malträtieren lassen?«

»Du meinst piercen?«

»Früher hast du bei jeder Spritze, die der Arzt dir verabreichen musste, geschrieen wie am Spieß. Piercen muss doch erbärmlich wehtun, deshalb nenne ich das malträtieren.«

»Ich bin schon gepierct«, sagt Tom, und es klingt wie *Ich geh mal eben ins Bad zum Zähneputzen.*

Leas Augenbrauen schnellen hoch wie Theatervorhänge: »Wo?«

»Meine liebe Mama, das geht nur mich etwas an, schließlich bin ich kein Kind mehr.«

Mein Gott, denkt Lea, *wenn ich denke, was ich jetzt denke, dann lass mich nicht mehr denken.*

Eigentlich müsste sie jetzt wieder schreien, aber diesen Luxus kann sie sich als Single nicht mehr so oft erlauben, die Lampen sind zu teuer. Also unterlässt sie immer öfter das Schreien.

»Du hast elektrischen Strom in dir«, behauptet Sven, ihr kleiner Einstein.

»Du solltest dir nur noch Stehlampen aus Stahl kaufen, mit Schirmen aus Stoff, das ist billiger, dann kannst du auch wieder schreien. Ich find's sowieso geil, wenn du brüllst.«

Da es mit der Perle Ayse im Haushalt gut funktioniert, stürzt sich Lea ganz in ihre Arbeit. Interviews, Recherchen, Reportagen, Redaktionssitzungen bestimmen ihren Alltag.
Mein tägliches Wort gib mir heute, betet sie jeden Tag, die Augen mit einem flehenden Seufzer gen Himmel gerichtet.

Und sie bekommt ihr tägliches Wort. Satz reiht sich an Satz; Kapitel an Kapitel. Ihre Texte sind bald begehrt.

Den Bürgermeister gilt es zu interviewen, gerade hat seine neue Amtsperiode begonnen.
Forschen Schrittes betritt Lea das Rathaus und sein Amtszimmer. Wuchtiger Schreibtisch, Ordner, Zettel, Protokolle – Hinter dem Wust hervor erhebt er sich, um 11 Uhr bereits müde lächelnd. Figur drahtig, schlank, Tennisspieler um fit zu bleiben, denn ein Vergnügen braucht auch ein Bürgermeister.

Er ist angespannt wie ein Pfeil im Bogen, spielt mit einem Kugelschreiber, und sein rechtes Lid hat hin und wieder kaum merkliche Zuckungen.

Er zählt seine Erfolge auf, sein Thorax schwillt und wird breiter.

»Und wie ist das mit dem neuen Baugebiet, Herr Bürgermeister? Ist das alles koscher? Man sagt, der Baulöwe Hinrichs soll seine Finger im Spiel gehabt haben.«

»Alles Gerüchte, nichts Wahres dran.«

Sein Thorax fällt wieder zusammen, seine Stimme ist lauter.

»Aber Fakt ist doch, dass er die meisten Bauplätze aufkaufen konnte.«

»Nicht ganz korrekt, er hilft bei der Vermarktung, das ist alles.«

Sein Thorax ist nun ganz und gar eingesunken, als leide er unter Rachitis, und Lea schwört sich, den Gerüchten auf den Grund zu gehen.

Auch um seine Person gibt es Gerüchte, eine Blondine aus seiner unmittelbaren Umgebung. Er hat ein Auge auf sie geworfen, vielleicht das mit dem kaum merklich zuckenden Lid.

Und sie, jene Blondine, hat das geworfene Auge aufgefangen und auch eins von ihren auf ihn geworfen.

So wirft einer auf den anderen, aber es sind doch alles nur Gerüchte.

»Für meine Familie, müssen Sie wissen, nehme ich mir einfach Zeit. Meine Frau muss zurückstecken, das schon, aber genau genommen kann sie sich nicht beklagen.«

Ob sie wohl von der Blondine weiß, denkt Lea. *Bei gemeinsamen Repräsentationspflichten lächelt sie ein Dauerlächeln, als sei es in ihr Gesicht gemeißelt.* Lea lächelt ihr smartes Gegenüber an. Der Mann lächelt sein bürgermeisterfreundlichstes Lächeln zurück und schaut diskret, aber doch unübersehbar, auf seine Armbanduhr.

Das Interview ist beendet.

Macho, denkt Lea und schaltet das Aufnahmegerät aus.

Der Chefredakteur will das mit den Gerüchten um das Baugebiet und Herrn Hinrichs streichen. Lea protestiert.

»Meine Güte, Lea! Wir leben in einer Kleinstadt, da kann eine Zeitung so was nicht bringen, das ist Selbstmord.«

»Gerüchte, klar, seh ich ein, keine gute Idee, unseriös, aber dass Herr Hinrichs sich um die Vermarktung für die Stadt opfert, muss doch den Leuten zu denken geben, muss rein. Seit wann ist Wahrheit in Gänsefüßchen Selbstmord?«

»Das kommt nicht rein, basta!«

»Trotzdem werde ich recherchieren.«

»Willst du dich umbringen und uns gleich mit?«

Als Lea an diesem Abend nach Hause kommt, knallt sie ihre Tasche auf den Garderobentisch.

»Essen ist fertig!«, ruft Ayse. »Aber Pia fehlt noch.«

»Wieso? Ist doch sonst immer da.«

Lea streut auch die Schuhe in die Diele.

Ihre Perle sieht das mit Entsetzen, ihre braunen Augen funkeln:

»Lea, du bist kein gutes Vorbild, stell die Schuhe ordentlich hin!«

Alle gehorchen Ayses Befehlen, und so stellt Lea die Schuhe brav nebeneinander.

Die Haustür fliegt auf, und Pia stürmt herein.

»Dann können wir ja essen, alle Mann an Bord«, sagt Lea.

Doch kaum haben sie sich um den Tisch gesetzt, schreit sie auf: »Das darf doch wohl nicht wahr sein, Pia!«

»Und was ist?«, fragt diese schnippisch.

»Ich werde verrückt«, so Lea nochmals.

Ihre Tochter hat einen Nasenring.

»Au, voll geil!«, gibt Sven seinen Senf dazu.

»Und deswegen willst du verrückt werden?« meint Tom achselzuckend, »das machen doch heute alle.«

»Pia, du siehst aus wie ein Pfingstochse, warum denn die Nase?«

»Mama, sei nicht so spießig, warum nicht die Nase.«

Die Kinder langen beim Essen kräftig zu, doch ihre Mutter hat plötzlich keinen Hunger mehr.

»Mama, nun iss, schmeckt affengeil!« meint Sven, ihr Svenny tröstend.

Tom mit vollem Pausbackenmund:

»Du hast uns auch nicht gefragt, als du Papa hinauskatapultiert hast, oder habe ich damals etwas überhört?«

Das sitzt, knall, peng!

»Und – fehlt er euch?«

»Du machst das mit uns super, wirklich super. Aber melden könnte sich der Alte doch!«, sagt Pia mit dem Pfingstochsennasenring.

»Ach, wisst ihr was, ich lade euch ins Kino ein. Habt ihr Zeit?«

Etwas Beklemmendes fühlt Lea, es ist wie durch einen dunklen Tunnel gehen, immer nur nach vorn auf den Lichtpunkt starren und denken, wann ist er endlich zu Ende, der lange Tunnel.

»Wenn Sinje mitkann, kann ich auch.«

Ihr Tom, ist er eigentlich noch länger geworden, und er gleicht Junus, verdammt noch mal!

Hoffentlich ist der Film lustig, denkt Lea.

»Viele Hände, rasches Ende, erst alle Mann in die Küche!«, meldet sich Ayse. »Keine Widerrede!«

»Ayse, wie machst du das!«

3

Auf dem Weg zur Redakion am nächsten Tag fährt Lea ins neue Baugebiet. Ein Bagger schaufelt, eine Planierraupe walzt ratternd einen frisch angelegten Weg entlang. Ein paar Arbeiter schüppen an den Rändern.

»Wann wird das erste Haus gebaut?«

»Nix Ahnung.«

»Sie sind nicht von hier?«

»Nix von diese Stadt.«

Lea startet einen weiteren Versuch:

»Entschuldigung, können Sie mir sagen, wann hier Baubeginn ist?«

»Erst müssen die Straßen fertig sein, – in vier Wochen vielleicht.«

»Und sind das zuerst Bauten von Herrn Hinrichs?«

Breites Grinsen, – eine Reihe brauner Stockzähne wird sichtbar.

»Wohl von der Presse? Leute aushorchen, was? Früher hatten wir die Folter, heute haben wir die Presse. Verschwinden Sie! – Sie behindern unsere Arbeit.«

»Sie verfügen über den Charme eines Bulldozers, das muss man Ihnen lassen«, gibt Lea freundlich zurück.

Da ist doch was faul im Staate Dänemark, denkt sie auf dem Weg zur Redaktion. Sie braucht ein Vögelchen, das ein wenig singt. »Lea, den Hinrichs habe ich rausgenommen, kann ich echt nicht verantworten.«

Verdammt, Lea beißt sich auf die Unterlippe.

Die restlichen Stunden in der Redaktion sind endlos, zähflüssig. Robert futtert immerzu, Mary trinkt ständig Kaffee, Julius schwärmt von seinen Eroberungen, und der Chef verkriecht sich in seinem Kabuff wie ein Maulwurf.

Lea freut sich auf den Abend mit Ayse und den Kindern.

Welche Überraschung wird heute auf sie warten?

»Na, wie war's in der Schule?«, fragt sie beim Essen.

Sven schießt als erster los.

»Doof, die Tussi hat mir in der Englischarbeit 'ne Fünf druntergeknallt.«

»Dann wirst du sie auch verdient haben.«

»Nee, habe ich nicht. Hab' vorher gepaukt wie ein Bekloppter. Die mag mich einfach nicht.«

»Das ist unlogisch, sie hat deine Fehler bewertet und nicht dich.«

»Nee, die Tussi verabscheut mich.«

»Klar, würde ich auch. Wer hat ihr letztes Jahr eine Ratte mitgebracht und in die Schublade gesetzt? Das war doch wohl mein kleines Brüderchen, oder irre ich mich?«

Immer wieder muss Pia die Ratte aufs Tapet bringen. Sven streckt ihr einfach die Zunge raus.

»Warum kämmst du dir neuerdings die Haare steil in die Höhe, muss das sein?«

»Mama, du bist *unhip*, alle haben die Haare so, ich würde unangenehm auffallen, wenn nicht.«

»Alle sind gepierct, alle haben einen Nasenring, alle haben die Haare wie Hahnenkämme, – wieso bleiben die so stehen?«

»Mit deinem Haarspray, Mama, oder wenn es stürmt, mit

Zuckerwasser. Wasser, ganz viel Zucker, und sie stehen wie'ne Eins.«

»Mamas Süßer!«, spottet Tom, und Sven zeigt ihm den Mittelfinger.

»Sven, den Stinkefinger bitte nicht in meiner Gegenwart.« Ayse sagt das energisch und schaut ihn direkt an, das braune Gesichtchen ganz Strenge und Unnachgiebigkeit.

»'tschuldigung.«

»Kann ich heute Abend dein Auto haben, Sinje und ich wollen zum Geburtstag? Ich trinke nichts, versprochen.«

Er wird doch etwas trinken, geht es Lea durch ihre mütterlichen Gedanken. *Sinje wird das Auto fahren, und eine Beule ist das Wenigste.*

Verdammt, jeden Tag gleicht er Junus ein bisschen mehr.

»Heute Abend ist Lea-Abend«, verkündet Lea.

Jeder grient und weiß Bescheid.

Lea-Abend ist: *Lea verwöhnt Lea.*

Heiße Schokolade mit viel Sahne. – Das ist der Himmel.

Heißes Bad einlassen, duftendes Badeöl. – Es ist der Himmel.

Haare waschen, tönen, Finger- und Fußnägel schneiden, lackieren – auch das ist der Himmel.

Solarium, eincremen, im Bademantel, auf dem Sofa sitzen, ein Gläschen Rotwein und Chopin – der absolute Himmel.

Und wenn Sven dann noch kommt und sich auf dem Sofa in ihren Arm kuschelt, dann ist das alles der Himmel auf Erden.

Junus? Mein Gott, wo treibst du dich herum?

Samstagabend, Svenny bei der Oma, Pia bei einer Freundin und Tom bei Sinje. Ayse bei ihrem Freund.

Jeder bei irgendwem. Und sie?

Sie verschüttet Rotwein aus dem Glas, das sie gerade zum Munde führen will. Rotes perlt in ihren weißen Bademantel. Das legendäre Glas Rotwein mit Junus am Samstagabend zieht durch ihre Erinnerung.

Eingemummt in eine Wolldecke zappt sie sich durch das Ende der Woche.

Morgen trudeln die Kinder wieder ein. Morgen ist ein neuer Tag. Und nächste Woche ist Schützenfest, und ich gehe unter die Vogelstange, hält Lea Ausblick auf die kommenden Tage.

4

»Mama, schöne Grüße von Omma, sie hat gesagt, wenn ich wieder mit den Stehhaaren ankomme, macht sie die Tür nicht auf, dann kann ich wieder gehen. Was sollen die Nachbarn denken, hat sie gemeint.« Sven sagt immer »Omma«. Im Sauerland werden alle Omas mit zwei oder drei und oft mit sehr vielen ms gesprochen und manchmal auch geschrieben.

Sven stürmt als erster am Sonntagnachmittag ins Haus. Lea liegt gemütlich auf dem Sofa und liest.

»Ach was, die Oma meint das nicht so. Lass ruhig deine Haare steh'n wie frisches Frühlingsgras. Ich hab mich schon daran gewöhnt.«

Sie nimmt Sven in die Arme.

»Mein Kleiner, du hast mir so gefehlt.«

»Mama, bitte, sag nicht immer Kleiner!«

»Entschuldige, ich vergaß, du bist schon 14.«

Nach Sven kommt Pia, verschlafen mit kleinen Augen. *Sie ist sicherlich erst heute Morgen aus der Disco gekommen*, denkt Lea bei sich, *und hoffentlich hat sie kein Ecstasy genommen.*

Lea fröstelt. Auch ihre Tochter drückt sie an sich.

»Mama, ich geh früh schlafen.«

»Wie früh ist früh? – Sofort?«

»Noch soforter!« Und schon steuert Pia in ihr Zimmer mit dem Türschild *Eintritt verboten.*

Spät kommt Tom. Er sieht glücklich aus, entspannt und vollkommen ausgeruht.

»Na, schönes Wochenende gehabt?«, fragt er und gibt Lea einen Kuss auf den Mund.

Er riecht nach *Obsession*, dem Lieblingsparfüm Sinjes.

Einen Tropfen ans rechte Ohr, einen ans linke und einen dort, wo es Tom zum Tiger werden lässt, hat sie Lea vor kurzem aufgeklärt.

Mein Gott, denkt Lea, *was man von der Jugend doch alles lernen kann.*

»Hast du was im Kühlschrank, ich habe einen Bärenhunger.« Tom reibt sich die Hände und hat schon fast die Tür herausgerissen.

»Hm, Kartoffelsalat, Mama, du bist spitze.«

»Ich geh ins Bett.« Sven steht in der Küchentür. »Bin müde, Omma war ganz schön stressig, ich muss mich von unserer alten Dame erholen. Gute Nacht.«

Auch Lea ist müde, morgen ist Ratssitzung, und sie ist als Reporterin dabei. Es geht unter anderem auch um das neue Baugebiet.

»Ich gehe schlafen, Tom, häng nicht so lange vor dem Fernseher herum, du fährst morgen wieder weg und schreibst eine Klausur.«

»Mami, ich bin 21.«

»'tschuldigung, ich vergesse immer, wie alt ihr seid.«

5

An einem Regenmorgen, als Lea ihr Auto aus der Garage gefahren hat und das Tor schließen will, kommt Margret, ihre Nachbarin, auf sie zu. Sie huscht unter Leas Schirm.

»Blöder Sommer, was Lea. Aber so is das im Sauerland, woll. Hoffentlich is Schützenfest besseres Wetter. Die arme Königin und der Hofstaat, wenn's so regnet!«

Am Sonntag ist das vierte Hochfest im Kirchenjahr eines Sauerländers, wie Leas Mutter immer sagt: Weihnachten, Ostern, Pfingsten und Schützenfest.

Lea hatte ganz vergessen, dass es schon so weit ist.

»Schon'n neues Kleid gekauft?«, fragt Margret.

»Nee, kann sowieso nicht mitfeiern, ohne Mann. Beim Vogelschießen muss ich Fotos schießen und vom neuen Schützenkönig berichten. Weißt du, wer es wird, – wer Interesse hat?«

»Schusters Fränzchen, weil die 'n Jubiläum haben, – und der Hinrichs.«

»Nein«, schreit Lea auf. »Doch nicht der Hinrichs.

»Jo, borümme nit?« Margret, die gern Platt kürt, verfällt manchmal ins Plattdeutsche.

»Immer Hinrichs, überall Hinrichs«, sagt Lea aufgebracht. »Fränzken wäre ein lustigerer König. Der hat doch trotz seiner Jahre immer noch den Schalk im Nacken sitzen. Immer vergnügt, immer zu einem deftigen Spässchen aufgelegt und immer das passende *Vertelleken* auf den Lippen. Dem kann der Hinrichs nicht das Wasser reichen.«

Margret hat sich die Haare aufgedreht, ein Wickler löst sich und plumpst auf die Garteneinfahrt. Eine lange graue Locke entrollt sich aus dem Netz. Margret bückt sich und steckt das verlorene Teil in die Tasche.

»Lass man den Hinrichs dran, der war noch nicht!«, versucht sie gönnerhaft auszugleichen.

»Tschüss, Margret, mach's gut, muss in die Redaktion.«

Das Schützenfest beginnt, und der liebe Gott hat Margrets Gebete erhört. Die Sonne lacht aus vollem Halse, als die grünen Hüte der Schützen durch die Straßen wogen. Die Blaskapelle spielt zackige Märsche, und alle gehen im Gleichschritt. Marsch, – links zwo, drei, vier, – links ...

Viele Zuschauer säumen die Straßen, das Kleid der Königin und die Roben des Hofstaats interessieren die Damen. Die meisten Männer des Ortes sind Mitglieder des Schützenvereins und marschieren mit, das ist doch Ehrensache.

Da kommt sie, die Königin. Alle recken die Hälse. Ein Traum in Creme wallt heran. Braune Schultern, schmale Taille, Dauerlächeln nach rechts und links. Blüten im Haar und ein Biedermeiersträußchen in der Hand. *Ohs* und *Ahs* fliegen in die Luft.

»Entzückend!«

Die Zuschauer, die bereits eine Weile am Straßenrand gewartet haben, sind zufrieden mit dem Wetter, den schmucken Kerls im Schützenzug und mit der hübschen Königin. Die Kleider, Frisuren und Ketten der Hofdamen passen ebenfalls, sind farblich zueinander geschmackvoll abgestimmt.

Heute kann nichts mehr schief gehen.

Am Montag pilgern alle froh gestimmt zum Vogelschießen. Wieder meint es die Sonne gut mit den Feiernden, fast ein wenig zu gut, »denn wenn es zu heiß ist, sind *dü Mannsluie so schnell dicke«*, sagt Leas Mutter.

Lea ist mit Schreibblock und Kamera *unter der Vogelstange,* wie es hier heißt. Gleichmütig schaut der Vogel, der stolze Aar, auf alle herab, als wolle er sagen:

»Na, dann schießt man schön! Heute habt ihr an mir zu knacken.«

Gegen halb elf schießen nur noch drei Bewerber um die Königswürde. Aber Schusters Franz ist nicht dabei.

»Fränzken, was ist?«, spricht sie ihn an, als sie ihn endlich etwas abseits an einer Biertheke gefunden hat. »Ich denke, du wolltest schießen, dein Vater war doch vor 50 Jahren König.«

Lea kennt ihn, jeder kennt Schusters Fränzken, denn er ist ein Original. Immer hat er ein *Döneken* auf den Lippen, und der Schalk sitzt ihm nicht nur im Nacken, sondern blitzt auch aus den vielen kleinen Fältchen seiner Augenwinkel.

»Ach, Mädchen«, sagt er, »bin doch nicht mehr der Jüngste, und lass man die anderen machen, *de Frugge will ok nich so rechte.«* De Frugge? Lea stutzt. Fränzkens Frau sieht noch so jung und attraktiv aus. Trägt teure Landhausmode, sieht immer aus wie aus dem Ei gepellt. Sie wundert sich, fragt jedoch nicht weiter nach.

Die Menschen prosten sich zu, der Platz ist eine Wiese, umgeben von schattigen Bäumen, fernab vom Straßenlärm. Der Alltag ist ausgesperrt, er spielt sich erst morgen oder übermorgen wieder ab, wenn der Kopf frei ist und das Herz voll von Nachfreude. Dann ist wieder jeder gewappnet gegen alle Widrigkeiten des alltäglichen Ablaufs. Eintönigkeit und Stress, Sorgen und Klein-Klein eines ganzen Jahres sind nichtiger, wenn man das Schützenfest so richtig mitgefeiert hat.

Lea geht zurück zur Vogelstange. Nur noch Hinrichs zielt und schießt. Der Vogelrest hängt windschief zur Seite. Kopf und Flügel sind längst abgesplittert, nur noch Teile des Rumpfes gilt es zu treffen.

Hinrichs zielt lange, es ist still um ihn.

Da, der Schuss! – Getroffen!

Der Rumpf vibriert, wackelt, fällt auseinander und herunter.

Der Königsschuss. Ein gellender Jubelschrei.

Hinrichs lässt sich von den Schützen auf die Schultern nehmen, er lacht, winkt nach allen Seiten. Lea bittet um ein Foto, alle bleiben einen Augenblick stehen, Hinrichs lächelt in die Kamera und dröhnt von oben herab:

»Unsere Lokalreporterin, – ob sie heute auch wohl ein Haar in der Suppe findet?«

Alle um ihn herum lachen, und Lea gibt es zurück:

»Ich hab schon eins, und zwar von Ihnen, Herr Hinrichs. Trotzdem herzlichen Glückwunsch.«

Doch so schnell kommt Lea nicht in die Redaktion.

»Hallo«, heißt es von überall her, »Lea, lass uns einen trinken.«

»Ich kann aber nur Wasser trinken«, kontert sie, »bin im Dienst.«

»Mädchen, das wissen wir. Immer auf Trapp, immer fleißig! Alois, hol mal eben 'n Meter Bier und ein Wasser. Jetzt bist du dran, immer reihum.«

»Prost, Lea! Prost Gemeinde! Der Vorstand säuft, einer geht noch, einer geht noch rein, einer geht noch, einer geht noch rein.«

Lea prostet mit ihrem Wasser allen zu. Die Biere sind verteilt. Manche halten zwei in den Händen. *Die trinken stereo, jedes Jahr dasselbe Prozedere.* Lea lacht mit den anderen.

Sie kennt fast alle aus der Runde, frühere Mitschüler oder Alteingesessene sind es. Einen großen fuchsigen Hünen kennt sie nicht.

»Wer sind Sie?«

»Ach, Mädchen, heute sagen alle du. Ich bin der Friedhelm und du die Lea, die jeder kennt. Prost Lea!«

»Friede deinem Helm«, sagt Lea lachend, »und damit du Bescheid weißt, ich sage morgen auch noch du zu dir. Einmal du, immer du, und nicht nur auf'm Schützenfest.«

»Dann will ich aber auch richtig Brüderschaft trinken, mit Kuss und so.«

Sie kreuzen die Arme, trinken und küssen sich. Die anderen grölen.

6

Am Dienstag sucht Lea Schusters Franz auf. Er ist erstaunt, bittet sie auf die Terrasse, wo er mit Nachbarn den Ausklang begießt.

»Ich möchte dich allein sprechen, Franz.«

»Na, wenn's denn sein muss.«

Und Lea kommt sogleich zum Kern:

»Wie viel hat dir der Hinrichs gegeben, damit du nicht schießt?«

Der Schalk in den Augenwinkeln, wo ist er? Hat er sich vor Schreck verkrochen? Franz ist zunächst einmal sprachlos, hat dunkle Wolken im Gesicht.

Lea lächelt und wartet.

»Wie –, wie kommste denn darauf?«

Der Satz rutscht ihm nicht so flüssig über die Lippen wie sonst seine Vertellekes.

»Franz, mach mir nichts vor, der Hinrichs wollte unbedingt Schützenkönig werden, also wie viel?«

»Kein Geld.«

»Was dann?«

»Da waren noch andere Bewerber.«

»Hab ich gesehen. Attrappen, Franz, die haben nur so getan, als ob. Zum Schluss war es nur noch der Hinrichs allein. – Also, was hat er dir gegeben?«

»Ich hab ihm mein Ehrenwort gegeben, von mir wirste nixen gewahr.«

»Kohl hat auch sein Ehrenwort gegeben und bricht es nicht, und wenn die Welt und die Partei untergehen. Findest du das richtig? Du hast ihn doch bestimmt immer gewählt.«

»Ja, deswegen breche ich meins auch nicht. Und du verbrennst dir die Finger, Lea!«

»Er hat dich in Naturalien bezahlt. Ich werde gut aufpassen. – Dann mach's man gut, Franz, und feiere noch schön.«

Als Lea am anderen Morgen die Redaktion betritt, herrscht eisiges Schweigen auf ihr fröhliches Guten Morgen.
»Du sollst zum Chef kommen«, sagt Mary gedruckst mit einer kleinen Stimme und kramt auf ihrem Schreibtisch scheinbar eifrig uneifrig.

Na, denn, denkt Lea, *auf in den Kampf. Ich habe ausgezeichnet geschlafen, dann lass mal kommen, Chef.*

Der bietet ihr keinen Stuhl an, Zorneswolken in seinem Gesicht.

»Was hat du dir dabei gedacht, den legalen Königsschuss von Hinrichs anzuzweifeln! Bist du der Herrgott, oder was?«

»Aber ich hab's gespürt, der Hinrichs wollte, sollte, musste König werden, Fränzken durfte nicht.«

»Du sollst nicht spuren, du sollst schreiben, was ist, nicht, was sein könnte. Kein Konjunktiv, niemals! Und schon gar nicht in meiner Redaktion. Gestern Abend sind bei mir die Drähte heiß gelaufen. Drohungen, die Redaktion fliegt in die Luft. In zwei Jahren geh ich in Rente, keine Lust auf so was. Menschenskind Lea, es reicht.«

»Also ist es zu Ende, bevor es richtig angefangen hat, richtig?«

»Richtig!«

»Ich bin gefeuert?«

»Du kannst selbst kündigen.«

»Okay, hiermit geschehen.«

Tief beugen sich die Köpfe ihrer Kollegen über die Tastatur der Computer. Laut springen die Anschläge in die Stille, klingen wie fauchende Pumaattacken. Niemand sagt etwas, als Lea ihren Schreibtisch ausräumt, alles auf die Schreibplatte pfeffert und laut aufstöhnt.

»Mary, du hast doch immer jede Menge Plastiktüten in der Murke. Schenkst du mir eine oder zwei, damit ich den ganzen Krempel hier wegschaffen kann?«

»Gern, hier, nimm so viele, wie du brauchst. Es tut mir so Leid, Lea, wirklich.« Spontan nimmt sie ihre ehemalige Kollegin in den Arm.

Jetzt nur nicht weinen, verdammt, nur nicht in Tränen ausbrechen, zwingt sich Lea in die beklemmende Muffigkeit der Redaktion und ist gleichzeitig erstaunt über die Festigkeit ihrer Stimme:

»Na bitte, geht doch«, sagt sie überlaut, schnappt die Plastiktaschen und ist rasch draußen.

Hier atmet sie tief durch, die frische Luft dringt ihr bis ins kleinste Lungenbläschen, und Lea fühlt eine erlösende Befreiung.

Schon mittags steht Leas Mutter vor der Tür. Ihr Hereinkommen ist unübersehbare Empörung, sie flattert wie ein aufgescheuchter Kolkrabe und kakelt und spektakelt auch sogleich los:

»Was muss ich hören, gefeuert? Meine Tochter gefeuert? Verdori noch mal! Musst du deinen Riecher in Hinrichs Angelegenheiten stecken! Die Leute haben sich von Anfang an die Mäuler über dich zerrissen. Mir war das peinlich, woll, deshalb habe ich nixen gesacht. Aber jetzt, jetzt ist das Maß voll.

Weißt du, dass der Hinrichs für das Bundesverdienstkreuz vorgeschlagen ist? Und das hat er auch verdient, verdori noch mal! Dein Kopp, Lea, ist genau so stur wie bei deinem Vatter, Gott hab ihn selig! Der Hinrichs arrangiert sich für alles ...«

»Engagiert, Mutter, es heißt engagiert, aber arrangiert passt auch. Und jetzt ist Schluss, Schluss, sag ich!«

»Und was fängst du an, he? Kein Mann, drei Blagen am Hals und keine Arbeit. Das arme Dier kriechste doch jetzt.«

»Zur Not haben wir dich, Mutter«, lächelt Lea.

»Das habe ich mir gedacht. Dann sind die Ommas wieder gefracht: Wenn das Kind in'n Brunnen gefallen ist. Aber dieses Mal nicht, meine liebe Tochter, diesmal nicht! Das Trudi hat auch gesacht, Luzie, hat'se gesacht, bleib hart, knochenhart!«

Doch Luzie kann nicht hart bleiben. Zwei Tage später steht sie wieder bei Lea auf der Matte. Kleinlaut bietet sie ihre Hilfe an. Ja, ja, ein Mutterherz ist und bleibt ein Mutterherz, und Lea ist ganz gerührt und legt ihren Plan auf den Tisch, den sie bereits mit ihren Kindern besprochen hat.

Junus hat Geld geschickt, viel Geld. Er will zurückkommen, doch so einfach wird es ihm seine Lea nicht machen. Er soll noch ein Weilchen zappeln. Sie wird eine Auszeit nehmen, wird sich in eine einsame Waldhütte verkriechen und Krimis schreiben.

Natürlich schnappt Luzie zunächst einmal nach Luft, wie ein an Land gespülter Fisch, nach dieser Offenbarung.

»Krimis schreiben? Ja, kann man denn damit Geld verdienen? Und wenn nicht, was dann?« mirakelt sie.

Doch Lea hat nur ein Lächeln für ihre Mutter. Und Lea sieht reizend aus, wenn sie lächelt.

Ihre dunklen Augen versprühen kleine Funkenblitze, ihr Mund gleicht einer Pfirsichknospe, die voller Lebenslust aufspringt und alle zum Mitlächeln geradezu auffordert.

Lea ist schlank und rank, was sie ihrem täglichen Joggingtraining verdankt. Mit ihren dunklen Locken, die einzelne Silberfäden durchziehen, hat sie nie viel Mühe. Nach dem Waschen schüttelt sie ihre Mähne in alle Richtungen, und schon sitzen die Haare perfekt. Ihr Gesicht gleiche einer Mondgöttin, hatte Junus früher immer gesagt, wenn er sie küsste. Die Mondgöttin seiner Heimat, deren Antlitz so schön sei, dass sie niemand direkt anschauen könne, ohne zu weinen.

Ach Junus, denkt Lea, wenn er doch bald käme!

7

Jubel und Trubel, als Lea ihren BMW am Waldrand parkt.

Das fröhliche Lachen dringt bis zu ihr hin. Ihr Gepäck lässt sie vorerst im Kofferraum, nimmt nur ihre Handtasche und schlägt den Weg zur Hütte ein.

Nachdem sie den Sommer zu Hause verbracht hat und kaum zum Schreiben gekommen ist, will sie jetzt im Herbst in einer einsamen Waldhütte ihr Buch zu Ende bringen. Vom Sauerländer Gebirgsverein hat sie die abgelegene Blockhütte angemietet, in der Hoffnung, von allem Geschehen dieser Welt unbehelligt arbeiten zu können.

Das Lachen verstummt, Männergesang schallt vielstimmig durch den Wald. Lea summt leise mit. Das Lied kennt sie von ihrem Vater, der zeit seines Lebens Mitglied eines Männergesangvereins gewesen ist.

„Wandern lieb ich für mein Leben, Leben, lebe eben, wie ich's kann, kann, kann, wollt' ich mir auch Mühe geben, geben, ständ' es mir doch gar nicht an ...«

Lea singt diese Worte mit und muss lächeln. Welch demütige Lebenshaltung darin. »Wollt ich mir auch Mühe geben, ständ' es mir doch gar nicht an ...« Aber ehe sie ins Philosophieren gerät, erreicht sie den Platz, auf dem die Hütte steht. Ein buntes Gemisch von Menschen sitzt dort unten, umgeben von Fichten, Buchen und niedrigem Gesträuch, deren Grün sich langsam in Gold- und Bronzetöne verwandelt. Ein wunderbarer Herbst wird es werden. Die Sonne schickt ihre Strahlen auf diese fröhliche Szenerie dort unten herab. Lea bleibt stehen und lässt, was sie sieht, auf sich einwirken. Der Männergesangverein hat seinen Liedvortrag beendet. Und schwatzend verlassen die Männer ihren Platz, den sie zum Singen eingenommen hatten. Alle sitzen bald auf den lehnfreien Holzbänken vor blanken Holztischen.

Ein frisch gezapftes Bier steht rasch vor ihnen, denn ihre Kehlen brauchen jetzt diesen goldenen belebenden Gerstensaft. Mindestens vierzig Köpfe neigen sich in die Nacken, und Lea spürt, wie gut dieser Schluck wohl ist, denn auch sie hat Durst nach der warmen sonnenreichen Fahrt. Doch bleibt sie noch stehen, niemand von dort unten kann sie sehen, ein Holunderstrauch mit schwarzen Beeren verdeckt die Sicht auf sie. Und so genießt sie den Blick auf die Gesellschaft. Man hatte ihr gesagt, dass der SGV das fünfzigjährige Bestehen der Hütte feiert und dass sie einen Tag später anrücken möge. Aber das wollte sie nicht, zu gern ist sie Beteiligte bei diesen Sauerlandfesten, und so saugt sie förmlich dieses Bild in sich hinein.

Drüben wird gerade das Kartoffelfeuer aufgedeckt. Die glühenden Buchenstücke werden an den Rand herausgeharkt. In die Mitte werden die rohen Kartoffeln gelegt und die schwarze Buchenkohle darübergeschaufelt.

In einer halben Stunde gibt es dann die kräftig durchgebratenen Kartoffeln, die mit der braunen Schale und den angekohlten Krusten gegessen werden. Salz und Butter dazu runden den Geschmack ab. Lea läuft das Wasser im Munde zusammen, sie spürt ihren hungrigen Magen. Denn seit dem frühen Morgen hat sie nichts mehr zu sich genommen. Durstig und hungrig wie sie ist, gibt sie sich einen Ruck und reißt sich los von dem friedvollen Anblick. Sie geht voller Erwartung den kleinen Waldweg hinunter zu der Lichtung, auf der die vielen Menschen dieses Fest feiern.

»Sie sind die Frau Winter, stimmt's? Ich bin Rita. Herzlich willkommen. Schön, dass Sie heute schon gekommen sind.«

»Ich bin Lea. Wanderer reden sich mit ihrem Vornamen an und duzen sich, wie ich weiß.« –

»Klar, machen wir auch, also: Rita.«

»Außerdem hab' ich richtig Schmacht und Durst natürlich auch«, lacht Lea.

»Na, das hören wir doch gern. Wir haben alles da, Kuchen, selbst gebacken natürlich, Würstchen, Salat, Steaks, Schnitzel. Die Kartoffeln sind gerade ins Feuer gekommen, dauert noch'ne halbe Stunde. Willste'n Bier?«

Als Lea nickt, ruft Rita,

»He, Helga, bring mal'n Bier!«

Helga, grauhaarig, jedes einzelne Haar sitzt wie frisch vom Friseur in Form gezupft. Braun gebrannt ist Helga, die Bierbringerin, als käme sie gerade von Mallorca. Mit raschen Schritten ist sie bei Lea, sagt fröhlich lachend:

»Bitte schön! Sie sind Frau Winter.«

»Lea«, sagt diese, »Rita sagt das auch schon, und *Du* sagt sie auch.«

»Prost, Lea«, trompetet Helga, ihre Stimme ist hell, frisch, klingt ein wenig metallisch, passt gut zu ihrer schlanken lauftrainierten Figur. Nicht mehr die Jüngste, taxiert Lea, aber sieht noch unglaublich gut aus. Wandern bringt doch wohl Jugendfrische.

»Wie heißt euer Gruß?«, fragt Lea.

»Frisch auf!«

»Deshalb seht ihr alle noch so jung, frisch und munter aus!«, lacht Lea und hat mit diesem ehrlich gemeinten Kompliment alle für sich eingenommen.

»Kannst ja die nächste Zeit mal mit uns wandern. Wir haben noch einige Touren in petto, wir sind immer unterwegs, ob Sommer, Herbst oder Winter oder wieder Frühling.«

»Aber im Winter ist es doch kalt, besonders hier im Hochsauerland«, wendet Lea kopfschüttelnd ein.

»Ach was, es gib kein kaltes oder schlechtes Wetter, es gibt nur falsche Kleidung, und bei Schnee ist eine Wanderung etwas vom Feinsten. Kommst im Winter mal mit?«

»Um Gottes willen, bis dahin will ich eure gastliche Hütte geräumt haben. So lange will ich nicht schreiben.«

»Du schreibst Sauerlandkrimis?«

»Nee, die bringt schon eine andere auf den Markt. Ich schreibe Ha eS Kas, – HochSauerlandKrimis.«

»Bei uns passieren aber keine Morde.«

»Na, warte mal ab. So heil ist eure Welt auch nicht mehr, und außerdem denke ich mir den Stoff für mein Schreiben aus. Also, keine Sorge.«

»Frisch auf!«

Eine Neue kommt hinzu. Sie heißt Bruni und gehört heute ebenfalls zu den dienstbaren Geistern des SGV. Sie bringt Lea eine Bratwurst.

»Hab mir gedacht, dass du Hunger hast, hier, bitte!«

So lernt Lea nach und nach viele weitere Wanderfreunde kennen. Den Klaus, der mit aufgekrempelten Hosenbeinen am Kartoffelfeuer steht und dem der Schweiß in Strömen in die nun verhaltene Glut des Feuers rinnt. Hans steht am Grill und schwitzt nicht minder. Fritz stellt sich vor, der für die Tageszeitung schreibt, doch vom Wandern sicher nicht viel hält, denn seine Figur gleicht einem Barockengel, ebenso wie sein zufrieden sattes Lächeln.

»Heute ist Tauwetter für Leute wie mich«, entschuldigt er sein Schwitzen, obwohl er nur sitzt, ab und an einige Notizen macht und sein Bier zum Munde stemmt.

»Woher kommen all diese Leute?«, erkundigt sich Lea.

»Das sind die Sternwanderer von den umliegenden Ortschaften. Da vorne sitzen die Briloner, das ist die stärkste Truppe.«

Lea schaut in die Runde. Alle tragen sie Wanderkleidung, viele Kniebundhosen, derbe Schuhe, Hüte oder Kappen wegen der Sonne und der Zecken. Einige Gruppen haben ihren Wimpel mitgebracht.

Nun wird alles still. Der Bürgermeister tritt ans Mikrofon. Er ist groß, stattlich, sieht sportlich aus.

»Der wandert auch gern«, erklärt Fritz, der Lokalreporter.

»Das sieht man«, flüstert Lea, denn der Meister aller Bürger hat bereits das Wort ergriffen und überbringt die Grüße und Glückwünsche der Stadt. Seine Stimme ist fest und bestimmt.

Der weiß, was er will, schießt es Lea durch den Kopf. Solche Männer braucht das Land. Auf seine Worte achtet sie nicht, musste sie doch schon bei so vielen Reden zuhören und danach ihre Berichte verfassen. Ist sowieso immer dasselbe, was zu solchen Anlässen gesagt wird. Aber der Bürgermeister fasziniert sie. Nicht mehr ganz taufrisch, aber ein Mann in den besten Jahren, wie man zu sagen pflegt.

Er trägt eine gewisse Arroganz zur Schau, die er zwar nicht so direkt zeigen möchte und zurücknimmt, wenn sie ihm bewusst wird, die aber immer wieder hervorbricht, da sie nun einmal zu ihm gehört. Und zudem, an einem solchen Tag gibt man sich volksnah, das drücken der offene Blouson und das karierte Hemd aus. Er trägt auch keine Krawatte.

Als er zum Abschluss seiner Grußworte *Frisch auf!* über die Köpfe seiner Mitbürger und der Gäste schmettert, fühlen sich alle ihm ganz nah. Er überreicht mit wohlgefälligem Lächeln das »Sauerländer Flachgeschenk«, einen Umschlag mit Geldscheinen darin. Und alle fühlen sich ihm noch näher. So mischt er sich auch unter die Menschen, trinkt, isst und lacht mit ihnen. Ein bürgernahes Stadtoberhaupt will er sein, nicht zu nah, aber doch so, dass das Image, ein Bürgermeister zum Anfassen, erhalten bleibt.

Lea bemerkt, dass einige zum Kartoffelfeuer gehen. Die Kartoffeln sind gar und kommen aus der Glut. Klaus hat sie frei geschaufelt, mit der Forke am langen Stiel schüttelt er sie nun frei von Glut und Holzkohlenresten und legt sie außerhalb der Feuerstelle in einen Drahtkorb. Auf Papptellern holen sich die Leute einige der heißen Köstlichkeiten. Auch Lea bekommt einen Teller in die Hand gedrückt. Als sie zurückkommt, stehen Butter, Salz und eingelegte Heringe auf dem groben Holztisch. Es sind in diesem Jahr Leas erste Kartoffeln aus dem Feuer. Sie bricht sie durch, verbrennt sich die Finger vor lauter Ungeduld und lacht fröhlich:

»Immer dasselbe, die Ersten kann ich kaum erwarten.«

»Na, wenigstens pellst du die Kartoffeln nicht. Neulich hatten wir eine Wandergruppe aus Köln hier, die haben doch tatsächlich die Pelle abgeschabt«, empört sich Rita.

»Um Gottes willen, mach ich doch nicht. Bei uns gibt's auch

Kartoffelbraten. Die verbrannte Pelle schmeckt doch am besten.«

Lea verspeist ihre abgekühlten Kartoffeln mit großem Behagen.

Eine Gitarrengruppe spielt nun auf. Sie zupfen Wanderlieder. Aber da die meisten der Wanderer die Backen voll haben, singen nur wenige mit.

Ein paar Tische weiter entdeckt Lea eine dunkelhaarige, braunhäutige Familie. Eine junge Schönheit zwischen vier jungen Burschen und natürlich Vater und Mutter.

»Unsere Abcevits«, sagt Bruni, die Leas erstauntes Hinschauen bemerkt hatte. »Sie wandern zwar nicht, bemühen sich aber sehr um Integration und sind oft auf den verschiedensten Festen zu sehen. Der Bürgermeister ist ausgesprochen ausländerfreundlich und tut sehr viel für diese Leute. Die Abcevits sind schon lange hier. Die Söhne sind hier zur Schule gegangen. Semra ist hier geboren, arbeitet jetzt in der Apotheke, sind alle sehr tüchtig.«

»Bildhübsch«, sagt Lea.

»Hinter Semra sind viele her, aber die Brüder und vor allem der Vater passen gut auf sie auf. Man sieht sie nie allein.«

»Die Gründe kennen wir doch alle«, bemerkt Lea.

Irgendwann im Laufe des Nachmittags begibt sich der Bürgermeister zum Tisch der Abcevits.

Am frühen Abend, als die Sonne hinter dem Berg im Westen verschwindet und es merklich kühler wird, verabschieden sich nach und nach die Wandervereine. Klaus deckt das Kartoffelfeuer wieder auf, die Glut soll verglühen. Alle sind satt, glücklich und zufrieden. Fritz verabschiedet sich von Lea, und diese ruft ihm etwas übermütig hinterher:

»Schreib' nen schönen Artikel, ich werde ihn kritisch lesen.«

»Du hast mir gerade noch gefehlt«, scherzt dieser und schnauft die Anhöhe zum Waldweg hinauf.

»Sie sind Frau Winter, wie mir gesagt wurde. Sie wollen in der Waldeinsamkeit schreiben. Dann können wir ja bald Ihre Krimis lesen. Nun, herzlich willkommen bei uns und viele gute Ideen. Ich hoffe, Sie haben Ihre mörderische Story im Kopf, denn hier gibt's real so etwas nicht. Wir leben sozusagen auf der Insel der Glückseligen.«

»Da seien Sie froh, Herr Bürgermeister!«

»Sind wir auch. Hier leben nur friedliche Leute, mal kleinere Delikte, keine großen Sachen. Aber nun will ich mich auch schon wieder verabschieden. Meine Frau wartet, Sie wissen, ständig unterwegs. Also, Auf Wiedersehen!«

Mit Bruni, Rita, Helga und einigen anderen räumt Lea auf. Dann noch rasch das letzte Bier, und sie ist allein mit dem Wald, der Hütte und der Einsamkeit. Hans und Klaus hatten ihr Gepäck aus dem Auto geholt, und so richtet sich Lea in der geräumigen Hütte ein.

Inzwischen ist es dunkel geworden. Lea versperrt die Tür, von innen wird nochmals ein klobiger Holzriegel eingelegt. Dann wirft sie sich in das abgeschabte Plüschsofa und verursacht dadurch eine kleine Staubwolke.

»Na ja«, sagt sie, »ich wusste, dass ich nicht das Adlon gebucht hatte. Hauptsache, sie lassen mich hier zufrieden. Nun muss ich doch mal endlich zu Potte kommen.«

Aber bereits jetzt, plötzlich so allein, beschleicht sie das Heimweh. Sie denkt vor allem an Sven.

»Mensch, Mama«, hatte er gesagt, »bleib doch bei der Zeitung, es gibt noch andere Käseblättchen, schreib für die, dann bleibst du wenigstens hier.«

Dann bleibst du wenigstens hier. Lea muss lächeln, kein frohes Lächeln ist es, eher ein schmerzliches. Nun ja, das ist eben die andere Seite der Medaille. Heimwehgefühle auch hier und schon am ersten Abend. Gefühle sind eben überall, man kann sie nicht sehen, nicht greifen, und trotzdem sind sie da. Gefühle agitieren bis an die Horizonte, bewegen sich bis an die Galaxien, sind in allem, was uns angeht. Gefühle sind unbeugsam, wie die Maulwürfe arbeiten sie sich durch.

»Wenn du glücklich dabei bist«, hatte ihre Mutter genörgelt, »natürlich versorge ich Junus und Sven, und Ayse ist ja auch noch da. Aber verstehen werde ich nie, weshalb du deine Krimis schreiben musst.«

Lea hatte sie in den Arm genommen, ihr Gesicht mit den vielen Runzeln in ihre Hände genommen und ihr einen Kuss auf den schmallippigen Mund gedrückt.

»Wenn's dich glücklich macht, cheh in Chottes Namen!«, hatte die Mutter resignierend gemurmelt, und der Satz kam einem Segen gleich.

Natürlich macht die Schreiberei Lea glücklich, sonst würde sie ja nicht immer wieder neue Anläufe nehmen. Und wieder muss sie lächeln. In der Suche nach Glück, oder was wir dafür halten, sind wir unbeugsam. Das hatte sie irgendwo gelesen, glaubt sie jetzt jedenfalls. »Ist bestimmt nicht auf meinem Mist gewachsen«, murmelt Lea und lacht auf, weil sie schon jetzt mit Selbstgesprächen anfängt.

Die hatte Junus ihr prophezeit: »Du einsam in einer Blockhütte? Du? Du brauchst doch die Menschen, das Gespräch, den Kontakt, du bist eine Reporterin, wie sie im Buche steht. Du und allein im Olsberger Forst. Am Ende wirst du Selbstgespräche führen.«

»Ach was«, und wieder hat Junus Recht, Lea sagt es laut in die Stille hinein, »nur keine Sentimentalitäten, Lea, verdori! Reiß dich zusammen!«

Aber die Gedanken lassen sich nicht verdrängen.

Sie beschäftigen sich mit einem Morgen im Juli, als Tom beim Frühstück mit der Neuigkeit herausplatzte: »Mami, der Junus ist ante portas.«

Schreck lass nach, dachte Lea, wenn es denn sein muss, das Leben geht also weiter.

»Wie weit ante portas ist euer Vater?«, hakte sie nach.

»Heute Abend.«

»Nein!«, schrie Lea auf. Sie saßen auf der Terrasse, ein Amselmännchen schmetterte sein Herz erweichendes Liebesständchen für seine Auserwählte.

Lea würdigte ihren Mann keines Blickes, als er am Abend ins Wohnzimmer kam. Dich werde ich erst einmal zappeln lassen, schwor sie sich. So einfach kommst du mir nicht davon.

»Du schläfst in deinem Arbeitszimmer!«, rief sie ihm zu.

Die Kinder redeten die halbe Nacht mit ihm.

Lea war auch an den folgenden Tagen sehr schweigsam und kurz angebunden. Ihrem Mann schien es nichts auszumachen. Luzie meinte, als Mutter müsse sie Lea den Kopf waschen.

»Diese Sturheit haste von deinem Vater. Chib deinem Dickschädel doch mal 'nen Ruck. Wie ein reuiger Sünder ist der Mann zurückgekommen, und du benimmst dich wie eine Zimtzicke. Verdori noch eins, lass ihn endlich in euer Schlafzimmer, dann regelt sich alles von selbst. Wie kann man nur so stur sein! Du bist noch schlimmer als ’n Sauerländer.«

»Dieser Mistkerl soll noch in der Hölle schmoren«, war Leas Antwort, und zwei Tage später reiste sie ab.

8

Nachdem Lea ihre Taschen ausgepackt hat, setzt sie sich mit dem Manuskript wieder auf das Plüschsofa. Wieder fieselt eine Staubwolke hoch. Sie fegt sie mit der freien Hand aus ihrem Gesicht und ist schon in ihren Text vertieft.
Schwarze Dunkelheit vor ihr in den kleinen Fenstern. Ein Laut draußen. Ein kleines »Huch« entfährt ihr, und besorgt schaut Lea auf den Lampenschirm. Da, wieder dieser Laut. Ein Käuzchen?

»Du musst abends die Fensterläden zuziehen«, hatte ihr Helga geraten, »sonst hörst du jeden Pieps. Der Wald lebt, auch nachts.«

Das hatte Lea vergessen. Sie steht auf, geht zur Tür, zieht den Riegel hoch, schließt auf und knipst die Außenlampe an. Vorsichtig öffnet sie die grobe, rohe Hüttentür und horcht zuerst einmal. Ein leises Knacken, als brächen kleine Äste, dann wieder diese Laute, und dieses Mal erkennt Lea deutlich Käuzchenrufe in der Nähe.

Während sie die Blendladen aus den kleinen Riegeln löst, begleitet sie das Rufen. Ein wenig schaudert sie, denn ihre Mutter prophezeite beim Vernehmen dieser Käuzchenrufe stets den Tod in unmittelbarer Nähe.

Unsinn, wischt Lea den Gedanken fort, Altweiberglaube. So fängt immer ein Edgar-Wallace-Krimi an. Schwarze Dunkelheit, Nebel wabern, Wald, Nachtwolken; Vollmond und der Ruf eines Käuzchen oder einer Eule. Lea blickt nach oben.

Kein Vollmond. Er schickt sich an abzuspecken. Viele Sterne am klaren Himmel. Dort der große Bär und der Wagen. Wieder vernimmt sie den Schrei. Das Käuzchen scheint jetzt aufzufliegen, Lea hört Flügelrauschen und vernimmt das sich Entfernen des Rufes. Sie schließt die letzten Blendladen und zieht sich in die Hütte zurück.

Wie eine verhuschte Waldmaus, denkt sie und muss über sich selbst lachen. Dann ist alles still, und sie liest sich in ihr Manuskript ein.

Es ist spät, als sie die Lampe löscht. Sie schläft tief und fest und wird erst durch einen Sonnenstrahl geweckt, der ihr Gesicht kitzelt. Es ist kurz vor neun. Schlaftrunken springt sie aus dem Bett, es stöhnt auf unter so viel Energie.

»Ich wollte doch schon längst am Laptop sitzen«, schimpft Lea, »verdammt, das darf aber nicht jeden Morgen passieren, sonst kann ich wieder alles in den Wind schreiben.«

Trotzdem genießt sie die rasche Katzenwäsche am Bach. Das Wasser ist kalt, aber klar und erfrischend. Die letzten Weidenröschen scheinen ihr zuzunicken, die Sonne strahlt vom blauen Himmel. Der Morgen verspricht ein schöner Tag zu werden.

»Altweibersommer«, lacht Lea. Aus dem hohen feuchten Gras flattert ein Zitronenfalter, und sie blickt seinem taumelnd leichten Flug nach. Das Frühstück, noch von zu Hause mitgebracht, verzehrt sie mit Genuss. Sie räumt danach alles auf, spült und setzt sich an ihren Laptop. Flink kreisen die Gedanken, fast ebenso emsig klickt sie in die Tasten. Sie verfügt über eine Energie, die Tote aufwecken könnte.

Gegen Mittag öffnet sie die Tür und lässt den Herbsttag in die Hütte. Sie atmet tief durch, reckt und streckt ihren steifen Rücken und ist dankbar für die Stille, die sie umgibt. Es ist diese Ruhe, die sie wieder an den Tisch zwingt. Lea denkt und schreibt, sie vergisst darüber, dass sie Hunger hat. In ihrem Krimi wird gerade eine Leiche gefunden. Kinder sind es, die beim Mountainbike Fahren im Wald den schrecklich zugerichteten Körper einer Frau finden. Einer der Biker sagt gerade:

»Guck mal, das sind bestimmt eine Million Maden. Wir rechnen in der Schule gerade bis eine Million.« Und sein Freund schüttelt sich und schreit, während der dritte ganz sachlich feststellt, dass sie die Polizei benachrichtigen müssten. In diesem Moment, während Lea die Dialoge formuliert, klopft es an der Tür.

»Ja bitte – hereinspaziert«, ruft die Schriftstellerin und hackt die Sätze weiter in ihren Laptop. Ein wenig unwirsch ob der Störung hält sie inne, schaut hoch und erblickt Bruni.

»Es tut mir schrecklich Leid«, stammelt diese. Ihre Miene ist zerknirscht, sie meint es wirklich so, wie sie es gesagt hat. »Ich weiß, wie sehr du diese Abgeschiedenheit gesucht hast, und wir haben sie dir ja auch versprochen, aber ...«

»Sag jetzt nur nicht, es ist etwas passiert, und ich bin mittendrin«, stöhnt Lea auf.

»Leider, leider, und die Polizei wird gleich hier sein.«

»Wenn ich das zu Hause erzähle, glaubt mir das keiner. Aber nun der Reihe nach. Bruni, du bist ganz blass, – doch hoffentlich nichts Schlimmes!«

»Ob so schlimm, weiß ich nicht. Für die Stadt schlimm genug. Der langen Rede kurzer Sinn: Der Bürgermeister ist weg.«

»Wie – weg?«

»Gestern nach unserer Feier hier ist er nicht zu Hause aufgekreuzt. Seine Frau hat heute Morgen gegen fünf eine Vermisstenanzeige aufgegeben.«

»Ja, und?«

»Bis jetzt nichts. Keine Spur von ihm. Sie werden gleich hier im Wald suchen. Er hat doch mit dir geredet, ehe er nach Hause gehen wollte?«

»Ja, ich erinnere mich.«

»Du warst, glaube ich, die Letzte, mit der er gesprochen hat. Danach hat ihn auch niemand mehr gesehen. Er soll den Heimweg allein angetreten haben.«

»Vielleicht macht ihr euch unnötige Sorgen. Vielleicht hat er eine Freundin und ist bei ihr.«

»Meine liebe Lea, der doch nicht! Das kannst nur du sagen, weil du ihn nicht kennst. Der ist ein Ausbund an Treue, liebt seine Frau. Außerdem kann er sich das in seiner Position gar nicht erlauben. Aber davon abgesehen, der Gedanke ist absurd, glaub mir, der nicht. Alle anderen, aber nicht der!«

»Hat er Schulden? Ist er vielleicht deshalb einfach abgehauen. So was kommt doch alle Tage vor.«

»Ach Lea, auch das kommt bei ihm nicht in Frage. Der verdient doch gut. Seine Frau war eine gute Partie, hat 'ne Menge Moos mit in die Ehe gebracht.«

»Vielleicht hat er irgendwelche Laster. Oder nur eins, eins genügt schon und kann ihn erpressbar machen.«

»Lea, du kennst ihn einfach nicht. Auch das kommt bei ihm nicht in Betracht. Das ist der beste Bürgermeister, den wir bisher hatten. Der kennt nur die Sorge für seine Stadt und seine Bürger. Es ist noch nie so viel entstanden, gebaut worden, an Aktionen gelaufen wie unter ihm. Für solche Fisimatenten hat der gar keine Zeit.«

»Aber irgendetwas muss doch sein. So ein Bürgermeister verschwindet nicht einfach so mir nichts dir nichts.«

Eine warnende Stimme drängt sich in Leas Innerstem nach oben: *Häng dich nicht so rein! Bleib ruhig, Lea! Denk daran, weshalb du hier bist! Ruhig Blut, meine liebe Frau Winter! Lass deren Bürgermeister weg sein, was kümmert es dich!*

»Und weshalb will die Polizei diese Hütte aufsuchen und mich sprechen?«

»Hab ich doch schon gesagt. Du warst vermutlich die Letzte, mit der er geredet hat, und seine Spur verliert sich von dieser Hütte bis kurz vor sein Haus. Im Kurpark ist er zuletzt gesehen worden. Von dort bis zu seinem Haus sind es noch etwa zwanzig Minuten.«

»Na, denn man zu!«, sagt Lea einwilligend, »Wenn sie mich nur befragen wollen. Aber dann will ich meine Ruhe haben.«

In diesem Moment betreten zwei Polizeibeamte die Hütte. Sie müssen sich bücken, es sind sehr lange Mannsbilder.

»Ah, Sie sind bereits vorgewarnt. Dann können wir ja sofort einsteigen. Also, ...«

Und Lea berichtet kurz vom Gespräch. Nichts Bedeutendes, Small Talk eben. Viel Erfolg habe er ihr gewünscht. Nein, absolut nichts sei ihr aufgefallen. Die Situation sei völlig normal gewesen. Der Bürgermeister sei ein beeindruckender Mann. Ja, den Weg, den sie gekommen sei, habe er eingeschlagen. Sonst gäbe es ja wohl keinen anderen Weg nach Küssnacht, lacht Lea, und die Beamten, die sich mit Herhold und Pauli vorgestellt hatten, lachen ebenfalls und meinen, man könne sich auch durch die Büsche schlagen.

»Aber der doch nicht«, wirft Bruni ein, und das scheint ihre Standardcharakterisierung dieses Mannes zu sein.

Inzwischen sind andere Polizeibeamte aufgekreuzt, darunter eine junge Frau mit einem blonden Pferdeschwanz. Sie führen zwei Suchhunde mit und durchkämmen den Wald rund um die Hütte. Die Hunde schnüren aufgeregt schnüffelnd weiter in den Forst, die Beamten schlagen mit Stöcken die Büsche und das Himbeer- und Brombeergesträuch hoch und klopfen den Waldboden ab. Langsam entfernen sie sich Richtung Stadt.

Die beiden ersten Beamten verabschieden sich von den zwei Frauen. Bruni ist ein bisschen verlegen, weil ihr die Störung unangenehm ist. Sie sagt das auch zu Lea, und die ist es nun, die sie beschwichtigt, indem sie den ganzen Vorfall als nicht tragisch abwinkt.

»Hoffentlich findet ihr euren Bürgermeister bald, oder er kommt reumütig zurück. Wer weiß, vielleicht wollte er aussteigen, alles ist ihm über den Kopf gewachsen. Vielleicht kommt 'ne Postkarte aus Paris, Casablanca oder Honolulu«, scherzt Lea und klopft Bruni aufmunternd auf die eingesunkenen Schultern.

»Aber der doch nicht«, sagt Bruni wiederum. Ihre Stimme hat etwas an Festigkeit eingebüßt.

»Bruni, Kopf hoch! Komm, auf den Schreck schütte ich dir einen ein.«

»Ja, hast du denn einen?«

»Klar doch, einen kleinen Seelentröster muss man ab und zu in der Murke haben. Probier mal, der wird bei uns zu Hause gebrannt. Prost!«

»Sagt man bei euch auch *Etwas in der Murke haben*, wenn man was zurückgelegt und gehortet hat?«, fragt Bruni.

»Klar«, sagt Lea, »bei uns haben vor allem die Frauleute immer was in der Murke, von dem die Männer auch nichts wissen dürfen. Du weißt doch, Bruni, Männer dürfen alles essen, aber nicht alles wissen.«

»Das muss ich mir merken«, lacht Bruni.

»Weißte, Wanderer haben auch immer einen kleinen im Rucksack, das belebt und treibt vorwärts. Wir nennen ihn immer unsere Herztropfen. Prost, Lea, du bist, glaube ich,'n Echtes. Und jetzt lasse ich dich wieder allein. – Wie war die erste Nacht hier?«

»Super. Hab geschlafen wie' n Dachs.«

»Na, dann wünsche ich dir nur solche Nächte. Unsere Hütte ist nämlich auch zum Übernachten prima. Sie hat den Namen nach einer Frau: *Helma*. Das war die Frau des Erbauers, den wir gestern gefeiert haben. Guck mal, hier hängt ihr Bild.« Sie zeigt auf die rückwärtige Wand. Dort hängt die Helma und neben ihr der Mann, dem alle diese gemütliche Behausung zu verdanken haben.

»Na, der muss seine Frau aber geliebt haben. Widmet ihr eine Hütte. Donnerschlag!«

»Tschüss, Lea, und frohes Schaffen!«

»Besuch mich mal wieder. Tschüss!«

Lea lehnt am warmen Holz der Hütte, die den Namen einer Frau trägt, und blickt Bruni nach, die schon oben auf dem Weg ist. Sie winkt zu Lea hinunter. Ihre Schritte sind energisch und ausladend. Lea kann ihr ansehen, dass sie viel auf Schusters Rappen unterwegs ist. Ehe Bruni den oberen Weg verlässt und hinter den Buchen entschwindet, lächeln sich beide Frauen noch einmal zu und winken.

Nachdenklich setzt sich Lea an ihren Krimi. Sie liest die letzten geschriebenen Sätze, will sie korrigieren und beenden, doch der Schreibfluss, einmal unterbrochen, will sich nicht wieder einstellen. Sie haut ihre Faust auf den Tisch und schreit: »Nein!«

Ein bisschen wütend ist sie. Die Schreiberei floss so reibungslos und nun – aus! Sie reißt ihre Jacke vom Haken und begibt sich auf einen Spaziergang. Die Hütte brauche sie nicht abzuschließen, hatte Rita gesagt. Das sei absolut unnötig, weil sich niemand hierher verirre.

9

Lea streift kreuz und quer durch den Wald. Ein Eichhörnchen wieselt vor ihr her und verschwindet in einem Haselstrauch. Dieser hängt voller Nüsse, und sie pflückt ein paar ab. Ihre Zähne sind noch stark genug, sie knackt sie und kommt sich vor wie ein Nussknacker.

Eigentlich *Nussknackerin* sagt sie sich. Seltsam, es gibt diese Spezies von Nusszerkleinern nur in der maskulinen Form. Haben die Männer die besseren Zähne, oder fürchten die Frauen um ihre? Auch egal, darum lohnt kein Streit. Sie verspeist das Innere der Nüsse, das frisch und köstlich schmeckt. Der Waldboden ist weich, manchmal versinkt sie darin. Da liegt vor ihr eine Feder. Lea hebt sie auf und betrachtet sie. Das Blau ist kräftig, sticht sogleich ins Auge, fließt über in Weiß und Schwarz. Es ist die Feder eines Eichelhähers. Lea streicht mit den Fingern über Kiel und Federn und steckt sie in ihre Jackentasche. Ihre Oma sagte, Eichelhäherfedern brächten Glück, und Glück kann sie gerade jetzt sehr gut gebrauchen. Sie denkt dabei an ihr Buch, das sie herausbringen möchte, es gehört außer schriftstellerischem Können auch sehr viel Glück dazu.

Immer tiefer dringt sie in den Wald, schaut ab und zu hinter sich, sie darf die Orientierung nicht verlieren. Aber die Haken, die sie geschlagen hat, hat sie sich gemerkt. Vor ihr eine ganze Ansammlung von Sträuchern mit Tollkirschen. Schwarz und geheimnisvoll hängen sie an den dünnen Stängeln. Einen Tollkirschenkrimi sollte sie einmal schreiben. Diese giftigen Beeren könnte man einer Speise beimischen. Aber wie und wie viel? Sie muss das recherchieren.

Sie pflückt eine, wiegt sie auf der flachen Hand und stellt sich vor, was wäre, wenn sie sie schluckt. Aber nein! Sie schleudert sie ins Gebüsch. Sie kann doch in diesem Fall nicht das Versuchskaninchen spielen. Wer sollte dann den Tollkirschenkrimi schreiben.

Es wird Zeit umzukehren, bald ist es dunkel. Sie findet ohne Probleme zurück, dort hinten zwischen jenen Buchen leuchtet bereits das geschabte Holz der Hütte. Seitlich davon geht die Sonne unter, sie ist schon halb hinter dem Berg versunken, dessen Namen Lea nicht kennt.

Sie schaut der Sonne zu, wie sie gänzlich verschwindet und denkt: Man könnte direkt sentimental werden, so schön ist das.

Glutrot geht die Sonne unter, das hat sie irgendwo gelesen oder gehört.

»Solch einen Kitsch würde ich nie schreiben«, sagt sie zu sich selbst und geht in die Hütte.

»Guten Abend!«

Lea bleibt auf der Türschwelle stehen. Leichte Dämmerung im Innern der Hütte. Sie will das Licht einschalten.

»Lassen Sie das Licht aus!« Lea kennt die Stimme. Sie ist müde, klingt verstört, hüpft nicht so unbekümmert wie gestern.

»Setzen Sie sich!«

Durch die Müdigkeit klingt der gewohnte Befehlston. Natürlich, wer gewöhnt ist, tagtäglich Order herauszugeben, der legt diese zur zweiten Haut gewordene Angewohnheit so schnell nicht ab. Lea hasst diesen Ton. Sie setzt sich nicht. Er schaut zu ihr hoch, sie ist inzwischen in die Stube getreten, sein Blick ist ungläubig, erstaunt, da sie hinter einem Stuhl stehen bleibt, die Hände auf die Lehne stützt und ihm herausfordernd ins Gesicht blickt.

Er spürt wohl, dass er es hier mit jemandem zu tun hat, der nicht seine Order befolgt. Und wieder hört Lea Arroganz, zwar abgenutzt und bröckelig, doch unüberhörbar, als er sagt:

»Wie ich von meinem Amtskollegen Ihres Heimatortes gehört habe, waren Sie eine penetrante Reporterin. Sie sehen, die Welt ist klein, Frau Winter, Ihr Ruf ist Ihnen vorausgeeilt.«

Es gibt Menschen, denkt Lea, die müssen an ihren schwachen Lebensschnittpunkten Arroganz hervorkehren, sonst überstehen sie diese nicht, sie halten dergleichen dann für Stärke.

Immer noch sagt sie nichts, ihre Hände umklammern die Stuhllehne so fest, dass die Knöchel weiß hervortreten. Ihr Blick sitzt unverwandt in seinem Gesicht. Ein leicht spöttischer Zug liegt um seinen Mund. Lea bemerkt ihn trotz der Dämmerung.

»Ich weiß, dass mich meine Stadt sucht. Sollen sie. Es gibt kein Zurück.«

»Sie wollen doch wohl nicht bei mir bleiben!« Leas Stimme ist laut und drohend.

»Es gibt hier zwar noch andere Betten, aber Sie sind gleich verschwunden.«

Angst sieht sie nun in seinen Zügen. Seine Lider flattern wie die Flügel eines Schmetterlings, der sich ins Zimmer verirrt hat und den man heraus zu scheuchen versucht.

»Keine Sorge, ich bleibe nicht. Ich ruhe mich nur etwas aus.«

»Das Beste wäre, die Polizei anzurufen.« Lea verlässt ihren Stehplatz hinter dem Stuhl, will ihr Handy suchen.

»Nein!«

Sein Nein ist verzweifelt, er springt hoch, ergreift ihr Handgelenk.

»Nein«, sagt er nochmals, sein Ton ist etwas milder, fast flehend geworden, »bitte keine Polizei.«

Immer noch hält er ihr Gelenk umklammert und zwingt sie auf den Stuhl. Dann geht er zum Lichtschalter, schaltet das Licht ein und lässt sich Lea gegenüber auf das Sofa fallen. Wieder geht eine Staubwolke hoch, und Lea muss wider Willen grinsen.

Im dürftigen Lichtschein sieht sie deutlich diese Angst in seinem Gesicht, die sie bereits vorher mehr geahnt als gesehen hat. Nun gut, denkt sie, Herr Bürgermeister, nun lassen Sie mal kommen.

Eigentlich müsste ich Angst haben, sind ihre nächsten Gedanken, doch fühlt sie sich frei davon. Vielmehr beschäftigt sie die Panik dieses Mannes. Wovor nur hat er solche Angst? Zwar versucht er sie mit seiner Arroganz zu kaschieren, doch Lea ist eine zu gute Menschenkennerin, als dass er sich hinter dieser Maske verstecken könnte.

Sie blickt auf seine Hände. Schmal sind sie, mit langen Fingern. Er hat sie in seinem Schoß liegen, sie zucken wie nervöse Tiger, die gleich losspringen wollen. Typische weiche Beamtenhände, denkt Lea, während sie sie begutachtet. Keine Härten, keine Risse und keine Verletzungen. Hände, die sich um Paragraphen wickeln können, die ein Plazet unter Schriftstücke schreiben, und die verliebt in die eigene Unterschrift sind, die Macht symbolisieren, Karriere, alles im Leben erreicht zu haben.

Starke Männer braucht das Land, und er hat die Sehnsucht nach Stärke gelebt. Nun zucken diese Hände, verschlingen sich ineinander, umeinander, wieder auseinander. Dieser Mann ist dabei, loszulassen. Ja, nun sieht sie es ganz deutlich, diese Hände müssen loslassen. Aber wen oder was? Vielleicht müssen diese Hände auch zudrücken. Angst und Entschlossenheit zugleich liegen im zuckenden Spiel der Finger, und Leas Frage schießt förmlich aus ihrem Mund wie ein lang zurückgehaltener Wasserstrahl:

»Wovor fürchten Sie sich so?«

Seine hellen Augenbrauen schnellen hoch. Wieder dieser spöttische Zug in den dünnen Falten seiner Mundwinkel und:

»Das werde ich gerade Ihnen auf die Nase binden! Außerdem, wie kommen Sie darauf? Ist doch lächerlich! Und jetzt lassen Sie uns zur Sache kommen. Ich muss für eine Weile untertauchen. Erstens will ich Ihre Autoschlüssel, zweitens Ihr Handy und drittens das Geld, das Sie bei sich haben.«

Lea schnappt nach Luft wie ein Fisch, den ein Angler aus der Ruhr an Land geworfen hat. Für Sekundenbruchteile verschlägt es ihr die Sprache, und das will bei einer Lea Winter schon etwas heißen. Dann endlich sprudelt es aus ihr heraus.

»Ich glaube, Sie haben den Verstand verloren. Da kann ja jeder ankommen. Mein Auto soll wohl als Fluchtauto dienen, meinen Handy Pincode werde ich Ihnen nie verraten, und mein Geld, – Sie haben nicht alle Tassen im Schrank, mit Verlaub, Herr Bürgermeister!«

Seine Augen sind starr auf die wütende Frau gerichtet. Fischig kalt, eben noch von blauer Farbe, scheinen sie ihr jetzt wässrig grau und frostig. Langsam erhebt er sich, ächzend stöhnt eine

Sprungfeder auf. Seine rechte Hand fährt fummelnd in die Innentasche seines Blousons, den Lea gestern für wanderfreundlich und volksnah hielt. Und indem er auf sie zugeht, zieht er ein Messer hervor, lässt die Klinge aufschnappen und ist schon bei ihr.

»Genug der Worte, jetzt will ich Taten sehen. Keinen Mucks mehr, oder ich steche dich ab wie eine Gans.«

»Jetzt kommt wohl der wahre Meister der Bürger zum Vorschein, oder ist das die Furcht?«

Seine freie Hand greift in ihr langes Haar, ruckt ihren Kopf nach hinten und hält die Klinge an die Kehle.

Wie in einem schlechten Krimi, denkt Lea, *würde ich nie schreiben, schreiben doch alle. Und geduzt hat er mich auch. Wenn Gewalt im Spiel ist, duzt man sich. Also werde ich es auch so halten.*

»Nun mal sachte! Inzwischen habe ich begriffen, dass du nicht scherzt, aber warum holst du dir das nicht alles von zu Hause? Deine liebende Gattin wird dir doch sicher zur Flucht verhelfen, und draußen ist es inzwischen dunkel.«

Wieder ruckt er ihren Kopf nach hinten, die Finger tief in ihre Locken gekrallt.

»Genug! Der Worte sind genug gewechselt, verdammt noch mal!«

Welch aparte Mischung, sagt sich Lea, ein Zitat aus der Literatur mit einem Fluch. Toll, noch nie gehört.

»Das Geld kannst du dir morgen von meiner Frau holen, dann kannst du auch zur Polizei gehen, heute Abend in der Dunkelheit kommst du sowieso nicht so weit. Ich werde die Hütte von außen abschließen und die Blendladen wirst du davor ziehen. Morgen bin ich über alle Berge, und nun vorwärts, wenn ich bitten darf!«

»In der Reihenfolge, wie du es vorhin gesagt hast?«

»Los!« Er zieht sie an den Haaren vom Stuhl hoch, das Messer sitzt immer noch an ihrer Kehle. Dann lässt er ihre Haare los, umfasst mit dem freien Arm von hinten ihre Schultern und brüllt ihr in die Ohren:

»Los!«

»Also«, sagt Lea, sie sagt es fest und sicher, »zuerst die Autoschlüssel, dann komm hierher mit mir, dann das Handy, hier herüber, bitte, und drittens mein Geld. Meine Handtasche, wo ist die?«

»Zeit schinden willst du? – Da hinten, das müsste sie doch sein. Los!«

»Nimm das blöde Messer weg, sonst kann ich nicht in die Tasche gucken und nach dem Geldbeutel suchen.«

Eigentlich hat Lea eine Grabesangst, doch die will sie nicht zeigen. Er nimmt auch – o Wunder! – das Messer zurück und lässt sie in ihrer Handtasche wühlen. Eine dröhnende Stille umgibt beide. Ab und an ein leises Knispern, wenn Lea an einen Schlüssel oder Lippenstift stößt. Immer noch sucht sie, nicht unbedingt mit absichtlicher Verzögerung. Sie findet die Geldbörse wirklich nicht.

Handtaschen sind unerschöpflich, tief wie Wüstenzisternen. Alles Lebensnotwendige wird darin aufbewahrt: Kreditkarte, Kleingeld für die Toilettenfrau, Ersatzstrümpfe, jede Menge Aspirin, Adressbüchlein, K.o.-Tropfen für alle Fälle, abends in der Tiefgarage oder im Park. Jede Frau liebt es, in ihrer Handtasche, die voller Geheimnisse steckt, zu kramen. So auch Lea jetzt und besonders jetzt. Ihre Angst schrumpft etwas, aber ihm dauert das zu lang.

»Gib her!«, schreit er auf, das Messer zittert vor lauter Ungeduld. Sein Gesicht ist zur Fratze verzerrt. Es gleicht einer Totengruft, und seine kalte Stimme passt dazu. Er ist jetzt jemand, dessen Leben endet, und dessen Überleben beginnt. Trotzdem lässt Lea sich nicht einschüchtern. Er greift nach ihrer Tasche. Wer darf einer Frau ihre Handtasche – ihr Kostbarstes – wegnehmen? Nicht einmal ihr Junus darf sich zu Hause darüber hermachen. Urinstinkte werden in Frauen wach, wenn ihnen jemand an dieses Allerheiligste geht.

Alles geben die Frauen den Männern: Liebe, Fürsorge, die Hälfte des Bettes – aber niemals die Handtasche.

Und so lässt sich Lea das gute Stück nicht so einfach entreißen, sie knallt es ihm kurz entschlossen um die Ohren. Er hat die Tasche trotzdem mit einem Griff geschnappt, reißt sie mit hartem Ruck an sich. Lea läuft nach draußen. Sie stolpert mehr als sie läuft, geradewegs in den Wald führt ihre Flucht. Stöckchen, Äste, altes Laub fliegt hoch unter ihren Sohlen, denn nun sitzt die Panik unter ihren Füßen. Sie rennt und rennt. Sie, eine ausdauernde Joggerin, gerät bald in Atemnot, verspürt Seitenstiche. Die Furcht ist ihr Begleiter, presst ihren Brustkorb zusammen.

Irgendwann bleibt sie stehen, keuchend und hechelnd. Übelkeit macht sich in ihrem Munde breit. Sie bückt sich, schnappt gierig nach Luft und ist doch große lauschende Ohrmuschel.

Aber nichts rührt sich, nichts regt sich. Stille umgibt sie. Da flattert in der Nähe ein Vogel auf. Dann ist wieder alles ruhig.

Weit entfernt vernimmt sie das Anlassen eines Motors. Klar. Logisch – er hatte alles, was er begehrte, in Händen. Autoschlüssel, Handy, Geld – weshalb sollte er hinter ihr herlaufen! Langsam beruhigt sich Lea, langsam werden ihre Atemstöße wieder regelmäßiger. Während sie zurückgeht, muss sie über ihn nachdenken. Welches Angstgeheimnis verbarg er?

Er, ein Kopfmensch, einer, der mit den Jahren seine Gefühle verloren, vergessen, verlegt hat. Ja, alles Tagtägliche zu tun, gezwungen wurde, denn Gefühle in der Politik sind verpönt. Betroffenheit zeigen Politiker, aber Gefühle – nein, weggesperrt! Betroffenheitsschausteller sind sie. Die Journalistin hat einige von ihnen gesehen und gesprochen. Sie schnaubt sich schüttelnd, als müsse sie dieses Bild loswerden.

Das Leben hat Spielregeln. Ein solcher Mann kennt sie alle, hält sie ein, heult mit den Wölfen, will schließlich immer wieder gewählt werden. Macht macht süchtig. Der Macht opfert man manches. Macht ist wie ein berauschendes Getränk, je mehr jemand davon nimmt, umso durstiger wird er. Trotzdem, irgendeine Spielregel hat dieser Mann nicht eingehalten. Er, die Idealverkörperung der Durchschnittsmeinung, Durchschnittsmoral, Plural in einer Person, hat sich einen Singular herausgenommen und gegönnt. Aber welchen?

Die Hüttentür steht weit auf. Die Gefahr ist gebannt. Der Bürgermeister ist weg. Fort sind aber auch ihr Auto, die Möglichkeit zu telefonieren, ihr Geld. Das Letztere ist zwar nicht viel. Nie hat sie viel davon in ihrer Handtasche. Wozu gibt es heutzutage Bankkarten. Und dennoch, sie muss etwas unternehmen. Hübsch der Reihe nach, befiehlt sie sich. Erst einmal setzen.

Der Stuhl vor dem Tisch ist umgefallen, die Utensilien aus der Handtasche liegen auf dem Tisch, der Geldbeutel ist geöffnet, geleert, die Karten stecken, natürlich, Geld abheben kann er sich nicht erlauben, und zudem kennt er die Geheimzahl nicht.

Mechanisch befördert Lea alles wieder in den Taschenschlund. Alte Kinokarten, den letzten Urlaubsfilm, den sie schon seit Monaten sucht, Svens ersten Milchzahn und vieles mehr. Das Teil ist wirklich eine Fundgrube, aber jetzt kann sie einer gewissen Fundgrubenmentalität, alles in die Hände zu nehmen und in Erinnerungen zu schwelgen, nicht nachgeben. Sie muss überlegen, was als Nächstes zu erledigen ist.

Die Polizei muss benachrichtigt werden. Sie kennt nicht den Weg in die Stadt, es ist inzwischen stockdunkel. Kein Vollmond. Sei's drum, bis morgen früh sollte sie nicht warten.

So zieht sie die Jacke an, nimmt die Taschenlampe und tritt hinaus in den schwarzen Abend. Kein Stern am Himmel, schwarze Wolkentürme nur, kompakt und bedrohlich. Lea geht den Weg zum Parkplatz ihres Autos, der Platz ist leer, natürlich, sie hat auch nichts anderes erwartet. Das Gras ist bereits feucht, sie spürt die Nässe an den Fußspitzen. Immer noch trägt sie Sandalen und keine Strümpfe.

Sie gelangt auf einen Schotterweg, die Steine bohren sich durch die Sohlen in ihre Füße. Endlich eine Asphaltstraße. Eine Brücke sieht sie im taumelnden Schein der Taschenlampe. Eine rote Backsteinbrücke. Richtig, diesen Weg ist sie gestern auch gefahren. Eine Eisenbahnbrücke. Das heißt, die Bahn fährt darunter her. Links eine Pferdekoppel, zwei Pferde springen an den Zaun, wiehern. Lea entdeckt links im Tal Licht in Fenstern. Rechts auf einer großen Anhöhe ebenfalls Licht. Straßenlampen. Lea schwenkt nach rechts, betritt die Anhöhe, klingelt.

»Ja?« Ein großer Hüne steht im Türrahmen. Das Haus ist ein Prunkstück, wie Lea im Schein der vielen Außenlampen schon bemerkt hatte.

»Ja?« – *Mein Gott*, denkt Lea, *kann diese Bohnenstange nur dieses eine Wort herausbringen.*

»Ihr Bürgermeister ist vorhin bei mir aufgekreuzt und ...«

Weiter kommt Lea nicht.

»Und ich dachte schon, der ist endgültig von der Bildfläche verschwunden.«

»Sie mögen ihn wohl nicht besonders?«

»Nee, ganz und gar nicht, je eher der die Platte putzt, umso besser.«

»Er hat mein Auto, ich muss die Polizei benachrichtigen, die Spur ist heiß und frisch, und die anderen Olsberger wollen doch ihren Bürgermeister wieder haben.«

Und Lea erzählt hastig, wer sie ist und wo sie im Augenblick lebt.

»Also«, bequemt sich die Bohnenstange endlich, »ich will diesen Menschen nicht wieder haben. Schluss! Aus!«

Die Tür fliegt ins Schloss. Beim nächsten Haus hat sie mehr Glück, und die Bewohner rufen die Polizei an. Ein Streifenwagen ist bald zur Stelle.

Lea berichtet in allen Einzelheiten. Die beiden alten Bewohner des Hauses und die zwei Polizeibeamten hören sich alles geduldig an. Unerschütterliche Geduld und Ruhe auf ihren Gesichtern.

»Ja, wollen Sie denn nicht mein Kennzeichen durchgeben, damit sie Ihren Bürgermeister stoppen können? Der hatte eine Angst, eine grottentiefe Angst, sag ich Ihnen, und außerdem will ich mein Auto zurückhaben.«

Stille, niemand ergreift das Wort, bleitropfende Stille.

»Ja, so sagen Sie doch mal endlich was!«

Alle sitzen um einen Tisch. Eine Kaffeetasse dampft vor jedem, überlaut wirft eine Standuhr ihr Ticken in die Runde.

»Wissen Sie, Frau Winter«, bequemt sich einer der Beamten, der Ältere, endlich, »Sie sitzen seit einigen Stunden in der wunderschönen Helma-Hütte und denken sich Horrorgeschichten aus. Vielleicht haben Sie sich diese auch aus den Fingern gesogen und hetzen uns auf eine falsche Fährte. Und später schreiben Sie in ihren Krimis, wie blöd wir sind, weil wir auf Sie reingefallen sind.«

»Verdori noch mal!« brüllt Lea, und *klacks!* knallt die Lampe auf den Tisch. Es ist dunkel. Die beiden alten Leute schreien auf. Ein wirres Durcheinander, Scherben, Fragen, Ratlosigkeit.

Du bist schön still! ermahnt sich Lea. *Sonst musst du dieses Missgeschick mit deiner Lampentelepathie erklären, und alles wird noch unglaubwürdiger.*

Eine Stehlampe wird angezündet, gottlob hat sie einen Stoffschirm. Nachdem die Scherben aufgefegt sind, geht es endlich weiter. In Lea kribbelt es, als säße sie in einem Termitenhügel, jedes ihrer Härchen in ihrem schwarzen Lockenhaar möchte sich am liebsten sträuben. Also wieder von vorn beginnen:

»Jetzt hören Sie mir mal gut zu. Klar schreibe ich Krimis, und Leichen liegen bei mir zu Dutzenden im Keller. Mein Auto ist weg, davon können Sie sich überzeugen, mein Handy ist auch weg, ebenso wie mein Bargeld. Und der Bürgermeister fehlt auch. Das wissen Sie. Was soll ich denn noch unternehmen, um Ihnen das plausibel zu machen. Ihre Kollegen haben mich heute Nachmittag in der Helma-Hütte befragt, Sie wissen doch, wer ich bin.«

»Unsere Auskunft von den Kollegen in Ihrem Heimatort lautet: *Vorsicht, steckt ihre hübsche Nase in alles rein!*

Vielleicht haben Sie unseren Bürgermeister verschwinden lassen, um einen realen Krimi schreiben zu können, und kaschieren jetzt alles mit dem verschwundenen Auto und dem anderen Zeugs.«

»Das schlägt ja dem Fass den Boden aus!« Lea ist nun sichtlich erbost.

»War nur ein Scherz, Frau Winter. Aber im Ernst, unser Bürgermeister hält niemandem ein Messer an die Gurgel, der klaut auch nicht. Der nicht! Das alles klingt sehr unglaubwürdig, mit Verlaub. Trotzdem werden wir jetzt eine Fahndung herausgeben, ist ja schließlich unsere Pflicht. Aber gnade Ihnen Gott, wenn da nichts dran ist. Es käme Sie teuer zu stehen.«

»Na, endlich«, sagt Lea, jetzt ruhig geworden. »Der Bürgermeister ist nun längst über alle Berge. Sie haben viel kostbare Zeit verloren.«

Die beiden Alten scheinen die Zusammenhänge gar nicht so recht zu verstehen. Sie lamentieren über die geplatzte Lampe und werden erst ruhiger, als Lea ihnen verspricht, eine neue zu kaufen und anzubringen.

»Ja, können Sie das denn?«, fragen sie.

»Wenn Sie wüssten, wie viele Lampen ich schon aufgehängt und zum Brennen gebracht habe! Ich erledige das ganz bestimmt.«

Lea steht wieder auf der Straße. Die Wolkentürme scheinen noch schwärzer geworden zu sein. Ohne Schwierigkeit findet sie in ihre Waldeinsamkeit zurück. Heute kann sie noch nicht einmal zu Hause anrufen. Ihr Auto wird sie morgen als gestohlen melden, zur Frau des Bürgermeisters wird sie gehen, vielleicht bekommt sie ja wirklich ihr Geld zurück.

Ach, sie wollte doch nicht mehr in so etwas hineingezogen werden, und nun steckt sie mittendrin.

In der Hütte angekommen, ist an ein Arbeiten am Laptop kein Gedanke in ihr. Lea versucht, den Anschluss zu finden, doch im Hirn herrscht völlige Leere.

»Blöder Schlepptop!«, ätzt sie und wirft ihn zu.

Sie spürt Hunger und unendliche Müdigkeit.

Nach einem Nachtmahl und einem Glas Rotwein legt sie sich schlafen.

10

Am anderen Morgen begibt sie sich nach dem Frühstück in die Stadt, die sie nur vom Durchfahren kennt. Sie fragt sich zur Volksbank durch. Davor, auf dem Platz stehe eine Bronzegruppe. Der alte Pfarrer Kneipp mit einer Gießkanne und einer jungen Frau. Sie könne die Volksbank gar nicht verfehlen. Olsberg sei von alters her ein Kneippkurort, erläutert ihr redselig eine ältere Dame.
Nachdem sie sich am Automaten mit Geld versorgt hat erwirbt sie als erstes ein Handy. Da es noch nicht in Betrieb genommen werden kann, sucht sie eine Telefonzelle und ruft zu Hause an.
Ja, es sei alles in Ordnung, berichtet ihre Mutter. Sven sei in der Schule und Junus wieder für eine Woche unterwegs. Altweibersommer auch bei ihnen, und heute Nachmittag wolle sie mit ihren Kegelschwestern in den Waldgasthof und Kaffee trinken. Natürlich auch nölen, sie kriege ja gar nichts mehr mit von der Welt, müsse immer für Lea und ihr Haus auf der Matte stehen.

Wie es ihrer Tochter geht, danach erkundigt sie sich gar nicht. Der ist das nur recht.

Danach fragt sie sich zur Polizeistation durch. Der Herr Pauli hat Innendienst. Die Fahndung nach ihrem Auto läuft auf Hochtouren, doch bislang ohne Ergebnis. Ob es wirklich so gewesen sei, wie seine Kollegen ihm berichtet hätten, will Herr Pauli wissen. Sie müsse das jetzt zu Protokoll geben.

»Ja, glauben Sie mir denn nicht?«

»Schon, Frau Winter, nur entschuldigen Sie, diese Räuberpistole ist nicht leicht zu verdauen. Unser Bürgermeister tut so etwas nicht. Der nicht!«

»Aber verstehen Sie denn nicht, er hatte eindeutig Angst, schreckliche Angst. Er fürchtete um sein Leben. Jemand muss hinter ihm her sein. Mehr kann ich dazu einfach nicht sagen.«

»Gut, Sie kennen ihn nicht, aber er ist der redlichste und lauterste Mann, den ich kenne. Und gefürchtet hat der sich noch nie. Hier in der Stadt verehren ihn alle wie eine Ikone.«

»Alle? Wirklich alle? Gestern war ich an dem Haus dort oben in der Nähe der roten Backsteinbrücke. Dieses tolle Haus auf einem künstlich angeschütteten Berg, so schien er mir. Jedenfalls wollte der mir nicht weiterhelfen, meinte, es sei gut, dass Ihr Bürgermeister weg sei.«

»Ach so der! Mit dem liegt er manchmal im Clinch.«

»Aber dann hat Ihr Bürgermeister doch offensichtlich Feinde!«

»Ach ja, wer hat die nicht! Feinde muss man sich ehrlich verdienen. Der da oben, der hat nichts damit zu tun, da bin ich mir ganz sicher.«

Misch dich nicht ein, sagt sich Lea.

Sie unterschreibt das Protokoll und verabschiedet sich.

Der Pauli hat sich auch so benommen wie ein ungläubiger Thomas, einige Male seinen schlohweißen Kopf geschüttelt, Lea angesehen, als spinne sie, hat aber trotzdem tapfer alles aufgeschrieben.

Lea fragt sich zum Haus des Bürgermeisters durch.

Dort wird sie sogleich empfangen und hereingebeten. Der Blick, der sie zuerst von oben bis unten gemustert hatte, schien von gestern. Trauer, Ungewissheit, auch sehr viel Unsicherheit konnte Lea darin erkennen. Sie wird ins Esszimmer geführt und zu einer Tasse Kaffee eingeladen.

11

»Zwei Polizeibeamte haben mich bereits eingeweiht«, kommt die Frau des Bürgermeisters ohne Umschweife zur Sache. »Sie haben es mir etwas süffisant geschildert, scheinen Ihnen nicht zu glauben. Na, klingt ja auch irgendwie seltsam.«

Die Frau ist klein, hat mit den Pfunden, wenn nicht sogar mit den Kilos zu kämpfen. Ihr Kurzhaar, glatt, sorgfältig geschnitten, beginnt grau zu werden. Ihre ganze Erscheinung ist gepflegt, aber weiß Gott ist sie kein Ultra. Ein bisschen, als hätte sie ihr Leben in einer Besenkammer verbracht, ohne Licht und Helligkeit.

Ihr Blick ist offen auf Lea gerichtet. Ihre ganze Haltung ist trotz des Schmerzes und der nagenden Ungewissheit irgendwie ungebrochen, als hätte sie ihren Mann hinter sich, Gott sei Dank.

»Frau Sommer«, beginnt Lea, »es tut mir alles von Herzen Leid, aber es ist genau so gewesen.«

»Ach, wissen Sie, Frau Winter, mein Mann ist sicher kein Engel, wenn er sich auch nach außen völlig integer und unangreifbar gegeben hat, aber er ist auch ein Kämpfer. Er liebt es, mit offenem Visier zu kämpfen. Deshalb kann ich mir das alles nicht erklären.«

»Ihr Mann hatte große Angst. Wovor, vor wem?«

»Das glaube ich Ihnen gern. Ich habe das auch vermutet in den letzten Tagen. Ich habe ihn auch daraufhin angesprochen, aber er hat das abgetan. Irgendjemand wollte ihm an den Kragen. Aber wer, das dürfen Sie mich nicht fragen. Mein Mann ist nicht von der Sorte, die ihren Frauen abends auf der Bettkante ihre Kümmernisse erzählen.«

»Sie scheinen wohl nicht viel von Ihrem Mann zu haben?«

»Fragen Sie mich das mitten ins Herz hinein! Früher habe ich es nicht so vermisst, aber heute mit dem Älterwerden macht mir das ewige Alleinsein schon was aus. Mein Mann ist jemand, der in dieser Stadt Fingerabdrücke hinterlassen wird. Das erfordert den ganzen persönlichen Einsatz, da bleibt für Privates nicht viel übrig.«

»Und Ihre Kinder?«

»Wir haben keine, leider.«

Und dieser Satz, sehr leise gesprochen, bringt die ganze Traurigkeit eines allein geführten Ehelebens ans Licht. Ist ihr Mann ein Kopfmensch, so scheint diese Frau durch und durch ein Herzmensch zu sein, der still duldend – wozu soll man sich aufregen? – den Steigbügel hält, mag man dabei auch mit den Jahren untergehen.

Wer bemerkt schon die Untergänge des anderen, denkt Lea in der stillen Betrachtung und zunehmenden Sympathie für diese Frau.

»Fast glaube ich Ihnen, Frau Winter, er hatte auch diese Seite, diese hochfahrende Arroganz, diese erschreckende Kälte, vor allem, wenn seine Schwächen an die Oberfläche traten, und die erlaubte er sich nicht. Welchen Betrag hat er Ihnen abgenommen. Wie viel war es genau?«

»300 Euro, nicht so viel also.«

»Trotzdem bekommen Sie das Geld jetzt zurück.«

Frau Sommer steht auf, geht hocherhobenen Kopfes hinaus, und Lea drängt sich nochmals der penetrante Gedanke auf:

Die hat ihren Mann längst hinter sich gelassen. Wenn der nicht wiederkommt, die weint keine Träne mehr um ihn. Was immer sein Geheimnis ist, sie muss, wenn auch nicht darum wissen, so es doch ahnen. Irgendeine Schwachstelle gibt es, irgendeine Spielregel des Lebens hat er nicht eingehalten.

Aber Lea, sagt sie sich, *halt dich da raus!*

»Ich werde Sie mal in der Helma-Hütte besuchen«, sagt die verlassene Frau des Bürgermeisters zum Abschied, »natürlich nur, wenn Sie erlauben.«

Und wieder hat Lea das Gefühl, diese Frau ist bereits vor Jahren verlassen worden und hat auf ihre Art darauf reagieren müssen, um nicht unterzugehen. Der Weg ist lang zurück zu ihrer Hütte. Lea kauft unterwegs ein, betrachtet alte Fachwerkhäuser, der Sommerblumenschmuck hängt noch draußen. Eine sterbende Fülle, das Leuchten der Geranien ist verblasst, die Verbenen trudeln zur Erde. Auch heute meint es die Sonne gut und lässt das Laub der Bäume in hellem Gold leuchten.

Wenn sie nur ihr Auto bald zurück hätte! Und ob sie es überhaupt wieder sieht. Lea stöhnt auf. Die Sonne brennt heiß, es ist früher Nachmittag, und die Arme mit den gut gefüllten Einkaufstüten schmerzen.

Zu alledem muss sie noch einen steilen Berg hoch. »Wattmecke« liest sie auf dem Straßenschild. Das kommt bestimmt von *Watt meckerste, rauf musst du doch!* schießt es durch ihr Hirn. Wider Willen muss sie lachen. Links ein Krankenhaus oder eine Klinik, Krankenschwestern und Rollstühle sieht sie auf den Balkonen und im Eingang. Rechts wohl gepflegte Häuser, Gärten an steilen Hängen, liebevoll bepflanzt. Einige Stauden sind bereits heruntergeschnitten.

Lea denkt unwillkürlich an ihren eigenen Garten und hofft,

dass ihre Mutter einiges darin schneidet, gräbt und winterfest macht. Sie wird zwar stöhnen und schimpfen, und doch alles akkurat erledigen, weil sie das Unerledigte nicht sehen kann.

Endlich hat sie den Berg bezwungen und kommt sich vor wie Messner, der den Nanga Parbat erklommen hat und auf dem ersehnten Gipfel steht. Nun geht es auf ebenem Weg weiter.

Rechts unten liegt die Stadt, von den Bergen liebevoll in den Arm genommen. Bereits jetzt mag sie diesen Ort, mag kommen, was da will, sie fühlt sich nicht mehr allein. Und in der Tat scheint jemand hinter ihr her zu kommen. Sie hört lustiges Fahrradgebimmel und dreht sich um. Langsam, gemächlich schaukelnd fährt ein Radler auf sie zu. Das Barockgesicht lacht von einem Ohr zum anderen. Grübchen sitzen tief in den prallen Wangen, die hatte Lea gestern nicht bemerkt.

»Du auf einem Fahrrad und dann diesen Berg hoch!«, ruft Lea und wartet.

»Ich muss was für mein zartes Figürchen tun«, lacht er immer noch, als er bei Lea angekommen, einigermaßen elegant von seinem Drahtesel steigt, das heißt, er zieht die Backen, die er links und rechts vom Fahrradsitz wie zwei Kartoffelsäcke hängen hatte, langsam herunter.

»Und wohin?«, fragt Lea.

»Zu dir.«

»Nein«, ruft Lea, »sag nur, du kennst die Story von gestern und willst ein Interview!«

»Die beste Möglichkeit, nah an der Wahrheit zu sein und die Bürger zu informieren.«

»Aber nur, wenn du mir glaubst und mein Erlebnis nicht mit meiner Krimiphantasie in Verbindung bringst.«

»Ich werde einen sachlichen Bericht schreiben, so wie du

es mir erzählst. Überhaupt schreibe ich immer nur das, was ich mit eigenen Augen sehe, mit eigenen Ohren höre, niemals, was sein könnte.«

»Soll das eine Anspielung sein? Nachtigall, ich hör dir trapsen.«

»Im Sauerland gibt es keine Nachtigallen. Doch habe ich mir sagen lassen, bevor du Krimis geschrieben hast, warst du Reporterin und eine ziemlich scharfe dazu.«

»Also, erstens hab ich noch gar keinen Krimi zu Ende gebracht, komme gar nicht dazu, wo ich auch bin, gerate ich in irgendeinen Schlamassel, und zweitens war ich gar nicht scharf als Reporterin, hab nur die Wahrheit geschrieben, die ganze Wahrheit und nichts verschwiegen.«

»Aber meine liebe Lea, das tun wir doch alle!«

Und wieder lacht dieser barocke Lokalreporter, so sehr strahlt er, dass man ihm glauben möchte.

»Guckst mich so an«, dröhnt er, während sie weitergehen, »ich bin nicht dick, sondern nur Raum füllend.«

In der Hütte erzählt ihm Lea die einzelnen Geschehnisse des gestrigen Abends. Fritz notiert eifrig, der Stift fliegt förmlich übers Papier. Aber, und das bringt Lea auf die Palme, er schüttelt immer wieder den Kopf.

»Wenn du zweifelst, dass alles so gewesen ist, sag ich nichts mehr. Hör auf, dein weises Haupt zu schütteln. Das ist voll nervig.«

Aber der Schreiber lacht nur.

»Hast du Kinder im Teenageralter? Also, der letzte Satz könnte von meinen Enkeln stammen. *Voll nervig!* Du bist voll in, Lea. Und das Übrige, entschuldige, Peter Sommer war mein Freund, wir haben zusammen gefeiert, haben manchen Mist verzapft, aber das, was du da schilderst, ist nicht der Peter. Ich kann's nicht glauben.«

»Musst du aber, sonst ist das Interview beendet. Jetzt komm mir nicht mit dem Ausruf: *Der doch nicht!* Den Spruch kann ich nicht mehr hören.«

»Und trotzdem sagt das jeder!«

»Eben nicht jeder. Zwei kenne ich bereits, die diesen Satz nicht in die Welt posaunen.«

»Wen?«

»Einer hier um die Ecke mit so 'nem Protzschloss – und Peters Frau selbst.«

»Das Gerti? – Nie! Vorbildliche Ehe. Vor dir war ich beim Gerti. Todtraurig war die.«

Halt die Klappe!, befiehlt sich Lea. *So ist das eben im Leben, jeder hat eine andere Wahrnehmung, und es gibt unendlich viele Wahrheiten.*

Rasch berichtet sie den Rest, kommt zum Ende.

»Hast du schon zu Mittag gegessen?«, fragt Fritz besorgt.

»Nee, komm ja zu nichts, nicht mal zum Kochen.«

»Kann dir 'n Tipp geben. Nicht weit von hier, Schinkenwirt nennt er sich. Ein Waldgasthof, vom Feinsten! Bei dem Wetter kannst du noch draußen sitzen. Die Vögel zwitschern, der Wirt kocht selber, seine Frau ist 'n süßer blonder Engel.«

»Na, na«, droht Lea mit dem Finger. Frühlingsgefühle auf deine alten Tage.«

»Nun spotte nicht, der Herbst hat auch noch ein paar schöne Tage. Schnell noch 'nen Witz, und dann verabschiede ich mich. Kennste den? Was haben Frauen und Wolken gemeinsam?«

Lea zuckt die Schultern, schaut ihm erwartungsvoll ins verschmitzte Grübchenantlitz, in dem, wenn er lacht, die kleinen Schweinsäuglein ganz verschwinden.

»Also, was haben Frauen und Wolken gemeinsam? – Wenn sie sich verziehen, haste ’n schönen Tag. – Mach’s gut, Kollegin. Und danke!«

»Was haben Männer und Sterne gemeinsam?«, ruft Lea ihm hinterher. Fritz nimmt sein Fahrrad, schiebt es auf den Weg, dreht sich um und lacht.

»Wenn man sie vom Himmel holt, liegen sie zu Hause nur rum.«

Als Lea allein ist, atmet sie erst einmal tief durch. Eine Päckchensuppe bereitet sie sich zu. »Man gönnt sich ja sonst nichts«, murmelt sie. Danach nichts wie alles hinter sich werfen und an den Laptop setzen! Immer noch steht sie bei der Maden übersäten Leiche, die die Kinder gefunden hatten. Langsam taucht sie wieder ein in den Schreibfluss und füllt Seite um Seite. Es ist weit nach Mitternacht, als sie nach draußen geht, um die Blendladen zu schließen.

Gierig atmet sie die frische Nachtluft ein. Heute scheint der Mond, die Sterne plinkern vom wolkenlosen Nachthimmel. Ein vertrauter Ruf. Das Käuzchen. Es muss hier in der Nähe zu Hause sein.

Zum Mond gewandt sagt Lea:

»Gestern hättest du scheinen können, gestern hätte ich deine bleiche Oblate gebrauchen können.«

Nach dem abendlichen Glas Rotwein fällt sie müde ins Bett.

12

Am anderen Morgen steht sie früh auf. In der Nacht wurde sie von Albträumen geplagt, an die sie sich während des Frühstücks nur mit Mühe erinnern kann. Leichen gab es darin, ein abgebranntes Auto, ihr Auto, und eine E-Mail von Sven.

Kauend fährt sie den Rechner hoch und findet tatsächlich eine Mail von ihrem Jüngsten:

hi, mami –
geht's gut, kommste voran?
hab ne 2 in mathe, – geil was!
ruf! mich! an! omma ist ätzend,
aber wir kommen klar
hab ne sms geschickt –
warum antwortest du nicht?
kuss svenny

Ein Detail, das Lea aus den Träumen behalten hat, hat sich als Fakt herausgestellt, Sven hat gemailt. Hoffentlich bewahrheitet sich nicht auch das andere. Leichen hat sie zwar, aber bisher nur im Laptop, und ihr Auto will sie unversehrt zurück haben.

Bis zum Nachmittag kann sie ohne Störung arbeiten. Satz reiht sich an Satz, sie ist glücklich und zufrieden. Der Krimi nimmt Formen an und kann bald an die Lektorin verschickt werden.

Gegen vier Uhr wird kräftig an die Tür der Hütte geklopft. Der Herr Pauli von der Polizeistation ist es.

»Da wir Sie telefonisch im Moment nicht erreichen konnten, musste ich mich persönlich herbegeben.«

»Ist etwas mit dem Protokoll nicht in Ordnung, muss ich alles noch einmal erzählen?« Lea ist wirklich erschrocken.

»Das ist bestens. Ich habe eine Nachricht für Sie, eine gute sogar: Ihr Auto ist gefunden worden.«

»Nein, – und ausgebrannt?«

»Wie kommen Sie darauf! Es ist unversehrt. Die Schlüssel steckten, die Papiere lagen im Fach, Ihr Handy fanden die Kollegen auf dem Rücksitz.«

»Und wo ist es?«

»Auf dem Maspernplatz in Paderborn.«

»Wie bitte? Auf diesem Riesenparkplatz?«

»Sie kennen Paderborn?«

»Wer im Sauerland kennt die Stadt nicht. Dom, Bischof, die Pader. Wenn ich ein bisschen Stadtluft schnuppern möchte, fahre ich in die Domstadt. – Ist ja gar nicht weit von hier. Und Ihr Bürgermeister?«

»Von ihm keine Spur. Aber es ist gewiss, dass er das Auto gefahren hat, seine Fingerabdrücke sind überall.«

»Wie kommen Sie auf die Fingerabdrücke? Woher kennen Sie überhaupt die von Herrn Sommer?«

»Wir haben mal aus Spaß, als die neue Polizeistation eingeweiht wurde, welche von ihm gemacht und aufgehoben. An die haben wir uns erinnert und an die Kollegen durchgegeben.«

»Also kann ich davon ausgehen, dass mir nun alle glauben. Und auch Sie, denn Sie haben auch gezweifelt, stimmt's?«

Herr Pauli senkt den Kopf zu Boden, als müsse er die Dielenbretter zählen.

»Ich fahre Sie zum Fundort Ihres Wagens, dann habe ich alles wieder gutgemacht – oder?«

Unterwegs schiebt der Mann Lea die Tageszeitung zu. Das Bild des Bürgermeisters sticht sogleich ins Auge. Ein Schmunzeln auf den Lippen, der Mund ist so breit, als wollte er gleich zerfließen, die Augen sind zu listigen Schlitzen zusammengezogen. Der Schalk sitzt ihm im Nacken. Es könnte ein Schnappschuss von einer Feier im Freien sein, im Hintergrund sind ein Baum und ein Blumenkübel erkennbar.

Die Überschrift des Artikels lautet:

Stadt ratlos: Bürgermeister verschwunden

Darunter schreibt Wanderfreund Fritz:
Ein Ort steht unter Schock. Seit Sonntag ist die sauerländische Stadt Olsberg führungslos. Bürgermeister Sommer war für seine Stadt pausenlos im Einsatz, er fehlte bei keiner Einweihung, bei keiner Besprechung, keiner Feier und war im Rathaus stets erreichbar, wenn er nicht notgedrungen außer Haus war.

»Ich kann mir nicht vorstellen, dass er sich aus eigenem Willen von der Stadt und seiner Frau entfernt hat«, sagt sein Stellvertreter im Rathaus. Das ist auch die Meinung der Bürger dieser Stadt. Alle sind ratlos, niemand hat eine Erklärung. Die Letzte, die ihn gesehen und gesprochen hat, ist ...

Das alles liest Lea mit graduell wachsendem Interesse. Auch die Skepsis zwischen den Zeilen. Sie feuert das Blatt auf den Rücksitz.

»Hab ich mir's doch gedacht. Eine Hasskappe könnte mir wachsen. Na, warte, Kollege Fritz! Für morgen schreibst du deinen Artikel anders.«

»Immerhin haben wir mit einem Großaufgebot an Beamten und sogar mit einem Hubschrauber die Region abgesucht.«

»Er muss sich irgendwo im Wald versteckt haben. Ich wette, er hielt sich in der Nähe der Hütte auf. Und ich sag's noch einmal, er hatte eine erbärmliche Angst, als sei man ihm auf den Fersen.«

»Wie es aussieht, ist er auch nicht weit gekommen«, sinniert Herr Pauli während der Fahrt.

»Er ist gerade mit großer Mehrheit gewählt worden. Ich kann mir das alles nicht erklären.«

»Wenn er in der nächsten Zeit nicht auftaucht, müssen Sie doch von einem Mord ausgehen, oder?«

»Da sei Gott vor!« Der Mann ist entsetzt. »Gehen wir erst mal von einer Entführung aus, und das ist schon schlimm genug.«

Sie fahren Richtung Rüthen. Der Maler Herbst hat im Möhnetal lustvoll ganze Arbeit geleistet. Die Birken haben Goldstücke an den Zweigen hängen. Die Möhne funkelt, während sie sich durch hohes Gras schlängelt. Reger Autoverkehr auf der Straße.

»Und wie kommen Sie auf Entführung?«, hakt Lea nach.

»Ach, das ist eigentlich bloß so ein Gedanke. Herr Sommer ist überaus erfolgreich, allseits beliebt, vielleicht gönnt ihm jemand all das nicht.«

»Nun ja, richtig, solche Leute haben bekanntlich auch ihre feindlichen Lager«, bemerkt Lea.

»Außerdem weiß jeder, dass er, pekuniär betrachtet, kein

armer Mann ist. Möglich, da spielt jemand den Kidnapper und will ein saftiges Lösegeld kassieren. Man weiß nie, welche Klöpse die Leute sich so ausdenken.«

Herr Pauli ist ein ruhiger Fahrer, er fährt besonnen und trotzdem schnell.

»Ich habe immer sein Angstgesicht vor Augen. Bei einer Entführung hat man nicht diese Panik im Gesicht, glauben Sie mir. Der Mann hat sich erbärmlich gefürchtet. Da steckt mehr dahinter, das habe ich irgendwie im Gespür.«

»Sie hätten Ermittlerin werden sollen, Frau Winter, man erzählt sich ...«

»Ach, Sie auch?«, unterbricht Lea brüsk.

»Jedenfalls habe ich gehört, dass Sie zu Hause als Reporterin gern in mysteriösen Dingen herumgestochert haben.«

»Ach, Sie meinen, unseren Baulöwen Hinrichs? Na, wissen Sie, so unrecht hatte ich gar nicht. Jetzt sind auch andere hellhörig geworden. Der hat zwei Ratsherren bestochen, und unser Bürgermeister ist nicht mehr so gut auf ihn zu sprechen. Außerdem hat der Hinrichs Leute angestiftet und bezahlt, Reifen zu zerstechen, Autos zu zerkratzen und ähnliche Mätzchen.«

»Und ist das auch bewiesen?

»Nein, eben nicht. Er soll im Besitz von Schriftstücken aus nichtöffentlichen Sitzungen sein. Eine Hausdurchsuchung hat stattgefunden. Ist aber nichts gefunden worden.«

»Meine Großmutter pflegte zu sagen: *Ist nichts so fein gesponnen, es kommt doch ans Licht der Sonnen.*«

13

Als sie in Paderborn angekommen sind, staut sich der Verkehr bis zum Bahnhof. Es ist *rush-hour.* Lea wirft einen Blick in die Fußgängerzone. Es wimmelt hier von Menschenmassen, mutet von weitem an wie Ameisengewirr. Nach etlichen Stopps können sie die Ampel passieren und biegen nach links Richtung Maspernplatz. Dann der Wall und die Reste der Stadtmauer. Fußgänger eilen geschäftig dahin.

»Ich werde noch ein wenig hier bleiben«, sagt Lea, »ich mag diese Stadt.«

Sie sieht sogleich ihren Wagen, als sie auf dem Parkplatz einbiegen. Die Paderborner Polizeibeamten sitzen daneben in einem Streifenwagen. Lea weist sich aus, wird gefragt, wer außer ihr noch den Wagen fährt.

»Niemand«, versichert sie, und das erklärt, weshalb man offenbar nur ihre Fingerabdrücke und die des Bürgermeisters gefunden hatte. Der Wagen ist also offensichtlich von ihm bis hierher gefahren worden. Ansonsten seien absolut keine Spuren hinterlassen worden, sie könne das Auto wiederhaben.

Lea ist glücklich darüber. Man gibt ihr die Autoschlüssel, sie steckten im Schloss. Ein aufmerksamer Autofahrer habe die Polizei angerufen. Dass es sich um ein gesuchtes Fluchtauto handelte, wusste er natürlich nicht. Manchmal gibt es eben auch glückliche Zufälle.

»Merkwürdig«, sagt Lea. Sie verabschiedet sich und strebt mit schnellen Schritten der City zu. An den Paderquellen möchte sie sitzen, die herbstliche Sonne genießen und den Passanten zuschauen. Eine willkommene Abwechslung zu ihrer Waldeinsamkeit. Am Domplatz verlangsamt sie ihre Schritte. Erinnerungen werden wach. In der Nähe ist sie damals, als sie so alt war wie jetzt Sven, mit ihrer Firmgruppe beim Bischof gewesen. Wo war es doch gleich?

Sie kann das Gebäude nicht wieder finden. Fußgänger eilen über den Domplatz. Am Café hat man Tische und Stühle ins Freie gestellt, die Menschen wollen die letzten warmen Sonnenstrahlen genießen, der Winter ist in diesen Breiten allzu lang. Lea biegt in die Fußgängerzone ein, wird angerempelt, denn hier ist die Gasse eng, der Menschenstrom schiebt sie zum Rathaus, sie atmet auf, als sie am Rathausplatz stehen bleiben kann. Dann wendet sie sich nach rechts und geht hinunter zu den Paderquellen. Sie schlendert zum Gedenkstein der Jüdin Jenny Aloni. Hier stand einmal deren Elternhaus. Nun ist dort nichts, nur die Erinnerung und das leise Plätschern des Wassers. Lea hat sich als Abiturientin mit dieser faszinierenden Frau befasst, hat ihren Lebenslauf studiert, der ihr als Jüdin im Nationalsozialismus, Vertreibung aus dieser Stadt und Trennung von ihren Eltern beschert hatte. Lea mag die Texte, die diese Frau später in Israel geschrieben hat und in denen kein Hass, kein Rachegedanke zu finden ist. Lea hatte auch die Gedenkstätte für Jenny Aloni und den jüdischen Friedhof aufgesucht. Genau wie damals ist ihr auch heute beklommen zumute. Gedanken an Rassismus und Fremdenhass drängen sich ihr auf und Fragen, Hunderte von Fragen. Warum damals? Warum immer noch heute? Können wir nicht einfach das Andere, das Anderssein akzeptieren? Lea liest den Text auf der kleinen Gedenktafel. Ein Versuch der Wiedergutmachung.

Ehe Lea die Paderquellen verlässt, fällt ihr ein, dass sie diesen kreuzbraven Leuten von Olsberg einen neuen Lampenschirm versprochen hat. Dieses Versprechen muss sie einlösen. Gottlob findet sie eine ähnliche.

14

Es ist schon dämmerig, als sie vor deren Haustür steht.

»Na, endlich!«, wird sie empfangen. »Wir dachten schon, Sie hätten das in den Wind gesprochen. War der Bürgermeister wieder bei Ihnen?«

Nun muss Lea wirklich lachen. Glauben diese beiden Alten denn, er ginge bei ihr ein und aus.

»Nein«, antwortet sie unter Lachen, »jetzt ist er wirklich verschwunden.«

»Der arme Mann! Der arme Mann! Wir wollen für 'ne beten.«

Als Lea den Lampenschirm angebracht hat, muss sie noch eine Suppe essen, die vom Mittag übrig geblieben ist. Jetzt erst merkt sie, wie hungrig sie ist, und lässt sich die Erbsensuppe schmecken.

»Ist ein bisschen angesetzt«, sagt die Alte zur Entschuldigung, »aber so schmeckt sie am besten, das ist das Seligen Gewürz, sagen wir hier. Nehmen Sie noch'n Teller! Tut gut, woll!«

Lea muss noch einen Kaffee trinken. Sie fragt, was es denn mit dem Seligen Gewürz auf sich habe. Erbsensuppe, wird sie eifrig belehrt, müsse angebrannt sein, erst dann schmecke sie richtig gut. Ihr erster Mann, ihr Seliger, und Gott habe ihn selig, habe das früher immer behauptet. Und deshalb nenne sie das Anbrennen eben das Seligen Gewürz.

Lea schaut sich im Zimmer um, viel Nippes, Spitzendeckchen, Blumen vor den kleinen Fenstern, Häkeldecke auf dem Tisch – eine heimelige Wohnatmosphäre, eine richtige Butzenscheibenidylle zum Wohlfühlen.

»Kommen Sie wieder«, sagen die beiden zum Abschied, »und sagen'se dem Bürgermeister, er soll nach Hause gehen, seine arme Frau wartet doch.«

Wieder in der Helma-Hütte, bemerkt Lea, dass inzwischen drei SMS von Sven aufgelaufen sind. Deshalb ruft sie an, und sein erster Satz lautet:

»Mami, du sitzt wieder in einem Fall, stimmt's?«

»Nein, Svenny, nein, ganz bestimmt nicht.«

»Warum antwortest du dann nicht? Dein Handy ist seit Stunden ausgestellt.«

»Ach, Svenny!«

»Mami, *Ach, Svenny* bedeutet, da ist etwas, aber ich will dazu nix sagen.«

»Also gut, hier war schon etwas. So ein tolldreistes Bubenstück, eine ganz krude Geschichte mit dem Bürgermeister. Ich habe einfach keinen Nerv mehr, das alles wieder wie einen Keks zu zerbröseln und ...«

»Ach, Mami, das hat hier auch in der Zeitung gestanden. Der Typ heißt Peter Sommer und ist abgehauen. Und du, du musstest deinen Riecher wieder drin haben.«

»Ja und nein.«

»Ich kenne doch meine Mami. Die bösenbösenbösen Verbrecher, die den Bürgermeister geschnappt haben, muss Lea Winter, die rasende Reporterin, zur Strecke bringen, weil die anderen voll die Pappmaske vor der Birne haben, – und dein Krimi verrottet im Laptop.«

»Nein, falsch, ich hab schon irre viel geschrieben. – Und warum ist Oma ätzend?«

»Behandelt mich wie'n Kind. Gestern hat se gesagt, das Video *Der weiße Hai* wär nix für Blagen, davon würde ich schlecht träumen. Verklicker ihr mal, dass ich kein Kind mehr bin.«

»Mach ich. Aber nun Gute Nacht, Sven, und geh bald schlafen, damit du morgen in der Schule nicht so müde bist.«

In der Nacht plagen Lea wirre Träume. Diese Madenleiche geistert darin herum. Als sie näher hinschaut, ist es Peter Sommer, der Bürgermeister, der nach ihr greift. Sie möchte weglaufen, kann es aber nicht – wie das im Traum eben so ist. Ihre Füße sind am Boden festgenagelt. Sie schreit, doch Träume sind ohne Sprache und ohne Laut. Etwas quälend Lähmendes hält den Schrei zurück. Oder hat sie doch geschrieen?

Plötzlich sitzt sie aufrecht im Bett. Ihr ist heiß, Schweiß perlt unter dem Pyjama den Rücken hinab. Mein Gott, denkt sie, wieso passiert mir so etwas. Draußen scheint es noch dunkel zu sein, sie blickt zur Uhr, vier. Aha, die Stunde des Wolfs, wenn sich der Nachtmaar auf die Brust setzt und die Luft zum Atmen nimmt. Lea lauscht in die Stille, nichts rührt sich, nichts knackt, nichts ächzt oder knarzt. Das Käuzchen schläft auch. *Schlaf weiter*, befiehlt sie sich, legt sich zurück, zieht die Decke über den Kopf und beginnt, Schäfchen zu zählen, die über eine Hecke springen. Vierhundertachtundneunzig, vierhundert ...

Sie schläft ein.

Die nächsten Tage lässt man sie in Ruhe. Außer in den Telefonaten mit ihrer Familie hat sie mit niemandem Kontakt. Ihre Schaffenskraft am Laptop kehrt mit jedem Wort, mit jedem Satz zurück.

Sie vergisst zu essen, sie vergisst zu trinken, sie vergisst die Turbulenzen der ersten Tage ihres Hüttendaseins. Sie dünkt sich wie ein Eremit – oder eine Eremitin. Gab es in der Geschichte überhaupt Einsiedlerinnen? Meistens waren es doch die Männer, die sich solche Auszeiten erlaubten. Die Frauen mussten kochen und die Kinder versorgen.

Nur gut, dass es heutzutage dafür die Omas gibt. Gott erhalte unsere Omas, Lea muss schmunzeln. Sie denkt an ihre Mutter, aber anrufen will sie nicht. Jede Sekunde ist kostbar. Emsig hackt sie die Sätze aus den Tasten.

So vergehen ganze vier Tage in einsiedlerischer Stille. Am Nachmittag des fünften Tages klopft es an die angelehnte Tür der Hütte. Lea ist gerade vom Joggen zurückgekommen. Für die Figur muss sie etwas tun bei so viel Sitzerei! Das Wetter ist herbstlich sonnig, so hat sie die Tür aufgelassen. Sie trinkt gerade Wasser, als es abermals klopft.

»Ja, herein!«

»Guten Tag, Frau Winter. Ich hoffe inständig, ich störe Sie nicht.«

Lea hechelt noch ein wenig vom Laufen, sie guckt ungläubig, aber sie ist es, das lässt sich nicht leugnen.

»Es tut mir Leid, ich komme sicher denkbar ungünstig. Ich kann auch wieder gehen. Mein Gott, entschuldigen Sie bitte.«

»Quatsch«, Lea geht zu ihr, nimmt ihre Hand, »Guten Tag, Frau Sommer, bitte nehmen Sie Platz.« Lea schiebt ihr einen Stuhl hin.

»Müssen Sie nicht erst duschen?« Die Stimme ist sehr vorsichtig, als wolle sie immer noch nicht glauben, dass sie wirklich willkommen ist.

»Manchmal schwitze ich wie ein Affe, aber heute eigentlich

nicht. Bin auch nicht so stramm gejoggt wie sonst. Man ist ja nicht mehr die Jüngste. Wenn Sie so mit mir vorlieb nehmen, bitte, was führt Sie her?«

»Sie haben mir nicht widersprochen, als ich sagte, ich besuch Sie mal, und *voilà* da bin ich. Ich dachte, so von Frau zu Frau, da könnte man sich ja mal austauschen. Wie ich gelesen und gehört habe, haben Sie Ihr Auto wieder.«

»Ja, gottlob. Aber ich habe es noch nicht angerührt, seitdem es wieder hier steht, nur geschrieben, geschrieben, wie eine Besessene, Tag und Nacht fast. – Und was ist mit Ihrem Mann?«

»Kein Lebenszeichen, kein Anruf, keine Spur – einfach nichts!«

»Aber das gibt's doch nicht. Was sagen denn die Polizeibeamten?«

»Mittlerweile gehen sie nicht von Entführung aus, denn es sind Tage verstrichen, und irgendwann wäre sicher eine Geldforderung gekommen oder ähnliches, aber nichts dergleichen.«

»Auch keine Spuren oder Hinweise auf dem Parkplatz, auf dem mein Auto stand?«

»Absolut nichts. Er ist wie vom Erdboden verschluckt.«

»Es tut mir alles so Leid.«

»Ach, Himmelherrgott, ja. Allen tut es Leid. Alle zeigen mir ihre Betroffenheit und Anteilnahme.«

»Und wie nehmen Sie's auf?«

»Wenn ich ehrlich bin, und zu Ihnen möchte ich nichts anderes als ehrlich sein, so ähnlich hab ich's kommen sehen.«

Lea hat inzwischen zwei Gläser Rotwein eingeschenkt. Sie hat sich Frau Sommer gegenüber gesetzt. Ein Glas drückt sie ihr in die Hand.

»Sie sehen so aus, als dürften Sie das trinken, weil Sie zu Fuß hierher gelaufen sind.«

Grit Sommers Gesicht ist gerötet, ihre Strickjacke hat sie nur locker auf den Schultern baumeln, ihr Schuhwerk ist für einen längeren Fußmarsch ausgewählt.

»Stimmt!«, sagt sie deshalb und »Prosit, das ist ganz lieb von Ihnen. – Hm, ein guter Tropfen. Ich trinke gern Rotwein.«

Lea sagt nichts, setzt ruhig das Glas ab, blickt Grit Sommer aufmunternd an, ist ganz Zuhörerin. Jene fährt fort:

»Wissen Sie, jeder hat eine Schwachstelle. *Nobody is perfect*. Mein Mann kann gut mit Menschen umgehen. Alle mögen ihn. Er ist jedermanns Darling. Er ist für jeden da. Er liebt die Menschen, für die er sorgen muss. Ja, das ist wirklich so. Aber das haben Sie gewiss auch schon von allen hier im Ort gehört, denn etwas anderes kann niemand behaupten. Aber ...«

Die Frau stockt, greift zum Glas, trinkt einen Schluck, vorsichtig, nippt eigentlich nur, wie eine ängstliche Amsel an der Vogeltränke, stellt ihr Glas geräuschlos auf die blanke Holzplatte des Tisches, holt Luft, blickt Lea direkt ins Gesicht und:

»Aber mein Mann hat auch seine Schwachstelle, und die kennen nur ich und einige wenige Leute.«

»Und?«

Lea ist dieses *Und* herausgerutscht, am liebsten hätte sie den Mund gehalten, doch nun ist es heraus, und wieder ermuntert sie diese Frau, die ihr Vertrauen gesucht hat mit einem »Und?« zum Weitersprechen.

»Mein Mann liebt nicht nur alle Leute und opfert sich für sie auf, er liebt auch und das ganz besonders hübsche Frauen.«

Nun ist es heraus. Wieder greift Grit Sommer zum Glas, nimmt jetzt einen kräftigen Schluck, bringt das Glas mit einem entschlossenen Ruck auf die Tischplatte zurück und lehnt sich mit geschlossenen Augen an die Rückenlehne des Stuhls.

»So, jetzt ist es heraus!« Sie öffnet die Augen, blickt hoch, verschränkt die Arme vor der Brust, als wolle sie sagen, nun ist alles gesagt, mehr muss ich wohl nicht preisgeben.

Vogelgesang perlt herein. Ein Sonnenstrahl fällt schräg von der Tür auf den Dielenboden. Feine Staubteilchen wirbeln im hellen Licht des Strahls.

»Da haben Sie ja all die Jahre ganz schön was mitgemacht.«

Lea fühlt Mitleid, wie vor Tagen, als sie im Haus von Sommers weilte. Ihr Urinstinkt sagte ihr damals, diese Frau hat schwer zu tragen gehabt. Nun weiß sie es.

»Er hat es immer sehr verschwiegen angestellt. Meistens hatte er seine Geliebte in einer anderen Stadt. Bei mir hat's lange gedauert, ehe ich dahinter gekommen bin.«

»Haben Sie nie daran gedacht, sich scheiden zu lassen?«

»Wo denken Sie hin! Der Skandal, die Schande, der Aufruhr. Das konnte ich meinem Mann in seiner Position nicht antun.«

»Aber er, er konnte Ihnen das antun?«

Leas Stimme ist unwillkürlich lauter geworden. Solche Themen erregen sie. Sie kann sich nicht helfen, wenn sie dergleichen hört, steigt ihr Adrenalinspiegel Mount-Everest-hoch.

Grit Sommer ist zusammengezuckt, als Leas Stimme lauter wurde, sie legt die Hände in den Schoß, spielt jetzt mit den Fingern, ballt dann die Hände zu Fäusten und sagt:

»Sie haben Recht, meine Schuld auch, man zerbricht nur an dem, das man zulässt. Man schluckt und schluckt. Sind wir nicht auch so erzogen worden? Rücksicht nehmen, dem Mann die Karriereleiter hinauf helfen, die Leiter noch halten, dass er unbesorgt klettern kann, höher und höher, bis zur letzten Sprosse, und dann die Leiter immer noch halten, damit er nicht stürzt. Die habe ich so gehalten, bis ... bis ...?« – Grit Sommer atmet flach und rasch.

»Bis vor zwei Jahren, da wurde ich sehr krank. Eine Magengeschichte. Ich durchlief viele Tests und langwierige Untersuchungen. Nichts! Jedenfalls nichts Organisches, nicht mal eine Schleimhautentzündung, und trotzdem konnte ich keinen Bissen runter kriegen, bis ein Neurologe eine Depression attestierte. Ich bekam Medikamente, starke sedierende Mittel. Die habe ich brav eingenommen, bis ich nicht mehr ich war.

Da war immer so ein Gefühl in Wolkenwatte zu laufen, neben mir zu stehen. Ich habe viel geschlafen, das Leben lief neben mir her – da habe ich eines Tages die Tabletten weggeworfen, und so langsam dämmerte mir meine so genannte Krankheit. Eines Tages hatte ich die Kraft, zu sagen, er oder ich. Ich habe mir meinen Mann zur Brust genommen. Versprochen hat er mir viel, gehalten wahrscheinlich nichts. Sei's drum. Ich lasse ihn gewähren, lasse ihn sein Leben leben. Wir wohnen zwar zusammen, aber jeder lebt sein eigenes Leben. Er verletzt mich heute nicht mehr, ich bin unverwundbar geworden. Ich vermute, dass hinter seinem Verschwinden wieder eine Frau steckt.«

»Sie meinen ...«

»Genau das meine ich. Vielleicht ist er mit einer Frau, die ihm die Pistole auf die Brust gesetzt hat, durchgebrannt.«

»Aber nein, Frau Sommer. Er hatte Angst, er bestand nur noch aus Angst. So viel geballte Furcht habe ich noch nie bei einem Menschen gesehen.«

»Dann ist es wohl doch ein Mann gewesen, der ihm diese Angst eingejagt hat. Egal, wie – in jedem Fall bin ich mir sicher, dass es mit einer Frau zusammenhängt.«

Lea kann nicht anders. Sie ist eine Frau. Und zwar eine Frau, die den Schmerz kennt, wenn ihr Mann sich einer anderen zuwendet. So steht sie auf, geht zu Grit Sommer und nimmt sie in den Arm, ohne Worte, ohne Pathos, ohne alles. Sie hält sie lange im Arm. Dann lässt sie los und setzt sich wieder auf ihren Stuhl.

»Sie wundern sich, dass ich nicht weine. Glauben Sie mir, Frau Winter, ich habe keine Tränen mehr.«

Was gibt es da noch zu sagen! Beide schweigen, sie leeren ihre Gläser, Lea schüttet nach. Sie trinken ihr zweites Glas sehr schnell aus, sie verstehen sich, mögen sich, reden nun von Lea und ihren Kindern, auch von Junus und von Leas Schreiberei.

Zum Letzteren verrät Lea nicht sehr viel, denn über ungelegte Eier spricht sie nicht gern. Aber von Junus muss sie erzählen und wie sie ihn kennen gelernt hat.

»Mein Mann ist Syrer. Ich lernte ihn im letzten Semester kennen. Er studierte die Abschlusssemester in Deutschland, danach wollte er zurück. Die Liebe hat anders entschieden. Auf einer Party an der Uni begegnete er mir. Es war die Zeit des Letkiss' und Twists.«

»Oh, welch wundervolle Zeit«, schwärmt Grit Sommer, »ich hab gern getwistet.«

»Mein Mann gar nicht. Er war so steif, als hätte er eine Fahnenstange verschluckt. Ich brachte ihm bei, wie man die Beine schwenkt, mit einem Fuß rührt, wie die Hüften geschwungen werden und wie man mit dem zuckenden Körper rückwärts bis auf den Fußboden ruckt und sich langsam wieder hoch schraubt. Ich trug damals Hosen mit Schlag und ganz enge Blusen. Junus fand das *tofte*, damals sagte man das. Kennen Sie das Wort?«

Als Grit lebhaft nickt und ihre Augen einen nostalgischen Tränenglanz bekommen, fährt Lea in ihrer Erzählung fort:

»Irgendwann waren wir dann das letzte Paar auf der Tanzfläche, die Musiker packten ihre Instrumente ein, wir standen draußen, und der Mond war an allem schuld.«

Grit lächelt vor sich hin. Hinter ihren Augen scheinen Erinnerungsfilme abzulaufen. Lea bemerkt es, schüttet vom Rotwein nach und erzählt mit leiser Stimme weiter:

»Meine Mondgöttin nannte mein Mann mich damals. Ich fand diesen Vergleich kalt, und für mein Empfinden drückte er so was wie Unnahbarkeit aus. Mein Mann meinte, ich sei auch *ein Kräutlein-Rühr-mich-nicht-an,* denn er gucke schon zwei Semester hinter mir her und ich hätte ihn noch nie bemerkt.

Bei uns Sauerländern dauere dergleichen etwas länger, antwortete ich, wir brennen nicht sofort lichterloh, und ob er schon vom Land der tausend Berge gehört habe. In Winterberg sei er gewesen, zum Skilaufen. Ob er wisse, wie der liebe Gott den Sauerländer erschuf, fragte ich ihn in dieser Nacht auf dem Nachhauseweg.«

»Ja, stammen denn die Sauerländer nicht von Adam und Eva ab?«, fragt Grit.

»Genau das hat Junus damals auch gefragt. Nein, lautete meine Version. Den Sauerländer schuf Gott aus einer besonderen Laune heraus. Er wollte etwas ganz Besonderes, ein einmaliges Menschenwesen um sich haben, und deshalb hat er ihn etwas später modelliert, nachdem Kain den Abel erschlagen hatte und

Gott ganz enttäuscht war von seinen ersten Geschöpfen. Mord und Totschlag in der Bibel. Der erste Krimi sozusagen.

Also, Gott nahm einen besonders dicken und harten Klumpen Lehm für seinen ersten Sauerländer. Dann hat er gedrückt und geknetet, sehr lange und ausgiebig. Die Schultern waren breiter, der Schädel dicker, das Gesicht ernster. Er warf ein Lachen hinein, aber es fiel immer wieder ab. Zu guter Letzt hat er ein kleines Lächeln eingedrückt und so lange festgehalten, bis es endlich haftete. Dann endlich war Gott zufrieden mit seinem Mannsbild. Aber sein Geschöpf hatte noch kein Leben in sich. So hauchte Gott ihm seinen Atem ein. Doch der Klotz blieb stehen, bewegte sich keinen Millimeter.

›Geh!‹, sagte Gott, aber er bewegte sich nicht.

Nanu, dachte Gott, bei Adam hat es doch funktioniert. Warum setzt sich dieses Prachtexemplar nicht in Bewegung? Da gab ihm der liebe Gott einen Tritt ins Hinterteil.

›Was stößt du mich?‹, fragte der Mensch und schaute seinen Schöpfer erbost an.

›Geh!‹, wiederholte der ›und danke hättest du auch sagen können.‹

›Wofür?‹ war die Antwort, ›dafür, dass du mir in den Allerwertesten getreten hast?‹, und bedächtig ging er von dannen.

›Wohin gehst du?‹, rief Gott, ›bleib in meinem Paradies.‹

›Nein‹, erwiderte der Sauerländer, ›ich pfeif auf dein Paradies, ich schaffe mir mein eigenes‹, und damit verschwand er in den fichtengrünen Wäldern und ließ sich in einem wasserreichen Tal nieder. Tausend Berge umgaben und beschützten ihn. Und hat er sich nicht hier seinen eigenen Garten Eden geschaffen?«

Nun muss Grit lachen.

»Sehen Sie«, schmunzelt Lea, »genau so hat Junus auch gelacht. Und diese Sauerländer Schöpfungsgeschichte musste ich ihm immer wieder erzählen. Ein paar Tage später, es war Frühling ...

»Welch schöne Metapher!«, unterbricht Grit Sommer.

»Ja, nicht. Also, ein paar Tage später erscheint Junus in meiner unaufgeräumten Studentenbude mit roten Tulpen, tausend Stück, für jeden Berg eine. Das Hereintragen nahm gar kein Ende.«

»Wie romantisch, nein, wie romantisch, noch nie gehört!« Die Bürgermeistersgattin kann sich gar nicht beruhigen.

»Ach ja«, seufzt Lea, »die Liebe fängt oft romantisch an und dann ...«

»Sagen Sie nur, Sie haben auch Kummer mit ihm?«

»Leider, vor einem Jahr habe ich ihn rausgeworfen.«

»Und Ihre Kinder?«

»Waren sehr traurig, haben hinter meinem Rücken wieder alles eingefädelt. Bevor ich hier hergeflüchtet bin, ist er wiedergekommen. Aber ich lass ihn noch zappeln. Ich hab ihn im Moment am Kanthaken.«

»Sie machen's richtig«, sagt Grit Sommer, wieder ernst geworden, »den Schritt habe ich versäumt oder verträumt, wie Sie wollen.«

Lea muss auch von ihren Kindern erzählen. Dem kommt sie gern nach – mit zeitweise wasserfeuchten Augen.

Zum Schluss, als der letzte Tropfen getrunken ist, lachen sie über alltägliche Nichtigkeiten und liebenswerte Schrullen, die sie über sich verraten.

»Stellen Sie sich vor«, lacht Grit, »ich muss jeden Mittag nach dem Essen noch drei Pralinchen verputzen. Mehr genehmige ich mir einfach nicht. Oh, ich könnte, wenn ich wollte, aber nein, drei lege ich mir hin, bringe die Pralinenschachtel weg, und nachdem ich die drei betrachtet habe, mit der Vorfreude auf den Genuss, esse ich eine nach der anderen, ganz langsam.«

»Nach dem Motto *Man gönnt sich ja sonst nichts*«, lacht Lea, »so geht es mir mit dem Gläschen Rotwein abends.«

An diesem Abend allerdings ist es mehr als ein Gläschen, mit jedem Schluck werden ihre Zungen flinker und leichter. Draußen ist es dunkel geworden, als Grit Sommer sich verabschiedet. Lea lässt sie nicht allein gehen, sie besteht darauf, sie wenigstens bis zur festen Straße – wie heißt sie doch gleich? Roter Weg! – zu begleiten. So schnappt sie sich die Taschenlampe, und lachend verlassen die beiden Frauen die Waldhütte. Wie könnte es anders sein, ihre Schritte sind leicht und beschwingt.

»Besuchen Sie mich bald wieder!«, ruft Lea der Frau nach, als ihr dunkler Schatten sich der Stadt zu bewegt.

»Bestimmt!«

Auf dem Rückweg gehen Lea so viele Gedanken durch den Kopf, dumpf schwant ihr, dass sie mit dem Verschwinden dieses Sauerländer Casanovas noch einige Male konfrontiert werden wird.

15

Ihre Mutter hatte sie am Telefon beschworen, einmal wieder ein richtiges Mittagsmahl zu sich zu nehmen. Eine wahre Kaskade mütterlicher Sorgen prasselt auf sie hernieder.

»Essen hält Leib und Seele zusammen, weißte doch. Ohne zu essen, kannste auch nich schreiben. Du musst dich doch konzentrieren, woll. Und da ist Schokolade das beste und chute Butter. Kind, isst du chute Butter? – Nee, hab ich mir gedacht. Chute Butter is Nervenfutter. Aber ihr jungen Dinger meint immer, ihr habt zu viel auf den Rippen. Da kann man nie zu viel haben, das sach ich immer fürs Trudi, wer weiß, wofürs gut is. Du hast doch'n Mann, Lea, und was für einen! Der liebt dich, will dich am Wochenende besuchen kommen, wird auch Zeit, verdori noch mal, wofür hat der 'ne Frau, das hätte ich mich früher nicht getraut, deinen Vater so lange allein zu lassen ...«

»Mutter, bitte!«

»Is ja in Ordnung, ich hör schon auf, aber versprich mir, dass du heute essen gehst!«

»Nein, Mutter, heute nicht, am Wochenende, wenn Junus kommt.«

Und damit gibt sich Luzie endgültig zufrieden und verabschiedet sich abrupt und schnörkellos, wie das so ihre Art ist.

Am nächsten Tag meldet sich Junus bereits am frühen Morgen. Seine Stimme ist unbekümmert, als sei nichts gewesen. Lea ist sehr früh aufgestanden. Gerade öffnet sie die Hüttentür, starrt noch schlafbenommen in die Morgenfrühe. Zwischen den Bäumen leuchtet Rosa im Wolkengrau. Es wird wieder einer von diesen Bilderbuchtagen werden. Ihr Schlaf war brunnentief und erquickend gewesen, und jetzt Junus. Sie atmet flach und gepresst, reckt ihr Schlafgesicht weit hinaus, dass die Halssehnen sich wie Gummibänder dehnen.

Junus plaudert sogleich drauf los. Er komme aus Oslo, stehe in Düsseldorf auf dem Flughafen, habe gut geschlafen, und er freue sich riesig auf das Wochenende. Gleich hole er seinen Wagen, fahre ins goldene Herbstsauerland und ob er Luzie grüßen solle.

»Nein«, sagt Lea laut, so laut, dass in der Nähe eine Tannenmeise aus dem Geäst flattert, einen wippenden Zweig zurücklassend.

Wenn du denkst, ich schmelze dahin, denkt Lea, *dann … dann blühen eher Zitronenbäume in Lappland, als dass solches geschieht*.

»Du besuchst mich nicht in der Hütte, basta!«

»Aber, liebste aller Ehefrauen, gerade die will ich kennen lernen.«

»Nein, hier setzt du keinen Fuß über die Schwelle!«

»Und wo dann?« Junus lässt sich nicht aus der Ruhe bringen, seine Worte kommen freundlich, aber bestimmt.

»In Paderborn. Wir treffen uns in Paderborn.«

»Okay, Mondgöttin, in Paderborn. Und wo dort?«

»Das gebe ich noch durch.«

»Da bin ich aber gespannt.« Junus lacht auf.

Lea wirft einen Funkelblick in die Buchen und Fichten. Sie ist inzwischen nach draußen gegangen, als müsse sie den Ring, der ihren Brustkorb presst, absprengen. Sie hat keine Lust auf ein Telefonat mit Romeo-und-Julia-Gestammel und verabschiedet sich kurz und schmerzlos.

Schmerzlos? Lea wiegt ihr Handy in der Hand, greift mit der anderen in ihr wirres Lockenhaar und schleudert einen unschreibbaren Ausdruck in den frühen Tag. An und für sich ist sie wütend, denn sie mag solche frühen Anrufe nicht. Auch Junus' Gebalze mag sie nicht, nun, eih doch, und eigentlich ist sie auf sich selbst wütend. Ihr verletzter Stolz macht ihr wie immer schwer zu schaffen. Junus soll kommen, Junus soll bleiben, wo er ist. Zwei Seelen, ach, in ihrer Brust. Sie könne nie über ihren Schatten springen, sei dickschädelig wie ein Erzsauerländer, behauptet ihre Mutter. Dabei weiß sie nichts, rein nichts von dem Widerstreit, der in ihrer Tochter bei solchen Situationen tobt. Sie kann einfach nicht den ersten Schritt tun, kann dem, der ihn tut, nur schwerlich entgegenkommen. Tausendundein Lächeln hat sie tief in ihrem Innern für Junus gespeichert, dennoch bricht sie in Tränen aus. Durch den Tränenschleier bemerkt sie, wie die heitere Linie der Berge vor ihr in gleißendes Morgenlicht getaucht ist.

Ach was, fort mit der Gefühlsduselei. Sie wird frühstücken und dann schreiben. Heute ist Donnerstag, und Samstag wird sie Junus treffen.

Auch am Freitag ruft ihr Mann sehr früh an. Paderborn sei ihm lieb, er freue sich, sei aufgeregt wie ein Primaner, und wo?

»Was, wo?«, sagt Lea unwirsch. Junus weiß genau, dass sie noch im Bett liegt, die Zunge schlaftrunken am Gaumen klebt und Lea ein schrecklicher Morgenmuffel ist. Draußen zwitschern die Vögel.

»Wo treffen wir uns?«, fragt Junus.

Für einen Moment ist Lea verwirrt, sie hat sich noch keine Gedanken um den Treffpunkt gemacht, obwohl sie ein Hotelzimmer gebucht hat. Aber dort möchte sie Junus nicht hinbestellen, oh nein, so schnell geht das bei den Sauerländern nicht. Zappeln lassen, ist ihre Devise, und mit Halleluja wird sie ihn erst recht nicht empfangen.

»Am Hasenfenster«, sagt sie spontan und gähnt.

»Wo finde ich denn solches?« Junus lacht.

»In Paderborn.« Lea mag nicht, wenn Junus sich gestelzt ausdrückt. Wo finde ich denn solches, das sträubt ihr die Nackenhaare. Deshalb faucht sie wie ein Tigerweibchen:

»Du bist Korrespondent, mein lieber Junus, du kennst dich am Hindukusch aus, du gehst im Louvre ein und aus, bist in Israel zu Hause, du wirst das Hasenfenster finden, bei Gott, du wirst es finden. – Samstag um elf!«

»Kann es sein, dass meine Lea *twers* ist?«

»Hat das Luzie behauptet?«

»Meine Feststellung.«

»Seit wann gebrauchst du Sauerländer Ausdrücke?«

»Also, Samstag um elf am Hasenfenster«, beschließt Junus das Telefonat.

Wieder nimmt Lea die Route über Rüthen in die Domstadt. Sie ist viel zu früh am »Galerie Hotel Abdinghof«. Nun, sie wird in Ruhe auspacken, sich umziehen und sich »hübschen«, wie sie es nennt.

Im Bad betrachtet sie sich lange im Spiegel, ehe sie Makeup auflegt. Das ist sie? Ein ausgeruhtes Gesicht wirft ihr Spiegelbild zurück. Die Abgeschiedenheit und die Waldluft lassen sie jünger aussehen. Diese krakeligen Krähenfüße, Lea umfährt sie mit der Kuppe ihres Zeigefingers, sind etwas milder geworden. Und in ihren dunklen Pupillen, ist da etwa ein verborgenes Glitzern? Freude gar?

»Ach Junus«, sagt sie laut, »du hast mir so gefehlt.«

Zum Hasenfenster im Kreuzgang des Doms benötigt Lea etwa zehn Minuten. Wiederum ist sie zu früh. Im Haus neben dem Hotel bemerkt sie eine eingeschlagene Fensterscheibe, dahinter ein weißes Schriftstück, das die Lücke ausfüllt. Lea hat viel Zeit, sie liest und lächelt:

»Was passiert ist???

Ich gehe immer noch davon aus, dass eine heimliche Verehrerin die Größe des Steins falsch eingeschätzt hat! Sollte es sich jedoch um den primitiven Hilfeschrei eines frustrierten oder cholerischen Mitmenschen handeln bin ich auch jederzeit für ein klärendes Gespräch bereit.

Mit freundlichen Grüßen

J. O. Mühlenbein«

»Scherzkeks würde Svenny sagen«, murmelt Lea. Jemand, der den Steinwurf gelassen sieht, von Rechtschreibung und Interpunktion nicht viel hält, aber mit dem Steinewerfer noch kommunizieren will. Das Interessanteste am Leben sind doch die Mitmenschen!

»Cool, würde Pia den Schreiber nennen«, murmelt sie und ist schon am Jenny-Aloni-Stein und an den Paderquellen.

16

Pralle Sonne, als sie die Stufen zum Rathausplatz hoch steigt. Sie zieht ihren Blazer aus, den roten, den Junus so gern an ihr mag. Marktstände auf dem Domplatz. Lea schlängelt sich hindurch, riecht Bratwurst und würde am liebsten eine essen. Doch verkneift sie sich solche Gelüste und steuert auf das Hauptportal zu. Immer wieder muss sie dieses Figurenportal bewundern. Die Muttergottes als Himmelskönigin, und dort Jakobus mit der Muschel. Den wird sie nie vergessen, jemand aus der Firmgruppe damals hatte auf die Frage, weshalb dieser Apostel mit der Muschel abgebildet sei, geantwortet:
»Weil er die gern gegessen hat. Igitt, Muscheln!«

Laut dröhnen elf Schläge in Leas Erinnerungen. Es treibt sie schließlich in das Innere des Doms. Sich dessen bewusst werdend, zwingt sie sich aus der Eile. Wie lautet ihre Devise? Ja, eben, noch ein bisschen zappeln lassen. Sie verlangsamt ihren Schritt, geht vor dem Hauptaltar in eine Kniebeuge hinunter und wendet sich nach rechts in den Kreuzgang. Noch zwei schwere Türen, und dort hinten steht Junus vor dem Hasenfenster. Lea ist, als lege ihr Herz den Pochhammer beiseite. Sie sieht als erstes, – immer ist das so -, sein breites Kreuz mit den zurückgedrückten Schultern. Seine dunkle Löwenmähne hat er mit Gel etwas gebändigt. Die Locken glänzen in der Sonne. Die Hände hat er tief in die Taschen seines Sakkos vergraben. Auch er hat Leas Lieblingsjackett angezogen, das mit den Lederstücken an den Ellenbogen. Er hatte es vor einiger Zeit aus Dublin mitgebracht. Darin sähe er aus wie ein *smarter Landlord*, hatte Lea ihn damals bewundert.

Im Hof des Kreuzgangs befindet sich sonst niemand. Wie ein Indianer schleicht sich Lea heran. Doch Junus muss sie erspürt haben, langsam dreht er sich um, der stechende Blick seiner kohlschwarzen Augen erhellt sich, wird sanft und mild. Endlich fällt alles Starre und Sture von Lea ab, und sie fliegt ihm entgegen. Mit zögernden Fingern streicht Junus über Leas Haare, drückt Küsse hinein, hebt ihr Gesicht an das seine und küsst sie lange.

»Meine Mondgöttin«, flüstert er, und Lea weiß, dass sie nur diesen Mann lieben wird und niemanden sonst.

»Hast du das Hasenfenster gefunden?« Eine dumme Frage ist es, Lea weiß es, aber wie soll sie beginnen nach so langer Zeit?

Ein stummes Lächeln ist die Antwort.

»Soll ich dir das Fenster erklären?«, fragt Lea und sprudelt los, als habe sie alles auswendig gelernt.

»Also, erstens stellt es natürlich in den drei Hasen die göttlichen Personen der Dreieinigkeit dar. Kein Hase ist vollständig ohne den Nachbarhasen. Schau, es sind nur drei Ohrenlöffel, und trotzdem hat jeder Hase zwei Ohren. Schau genau hin, siehst du, der hat zwei, der auch und der Dritte ebenfalls. Es gibt da ein Verslein, warte mal, gleich hab ich's: *Der Hasen und der Löffel drei, und doch hat jeder Hase zwei.*

Die Hasen können aber auch ein Symbol aus keltischer Zeit sein, als die Göttin Ostara oft mit Hasen dargestellt wurde, weil diese die Fruchtbarkeit symbolisieren. Denk an Frühling und Osterhäschen, mein Lieber.

Die drei Hasen scheinen zu laufen, verschreckt zu eilen.

Vielleicht ist das Runde das Rad der Zeit, vielleicht die ganze Welt sogar. Und wie die Hasen rennen auch wir, hasten Tag und Nacht, als wären wir auf der Flucht. Aber wer jagt uns, wer hetzt uns? Letztlich sind wir es selbst. Und doch bleiben wir nicht stehen und halten so das Laufrad immer in Schwung.

Ach Junus, wir beide sind genauso.«

Sie schmiegt sich in seinen Arm.

»Auch ich will dir etwas zeigen. Ich glaube nicht, dass man es dir bisher als etwas Besonderes vor Augen geführt hat.«

Junus führt Lea in den Dom, sie bleiben auf der rechten Seite, gehen an den Seitenaltären vorbei und verlassen das Gebäude durch die rote Pforte.

Eine Steintreppe hinunter, und schon stehen sie vor der Bartholomäuskapelle mit dem schweren Bronzeportal, auf dem das Leben des Namensgebers zu sehen ist.

»Aber die Kapelle kenne ich doch«, ruft Lea aus, »was ist denn daran so Besonderes? – Und woher kennst du sie?«

»Erstens angelesen, die Entstehungsgeschichte, meine ich, und zweitens habe ich mir vorhin eine Führung angehört. Aber jetzt komm erst mal rein.«

Auch hier sind sie allein. Außer einem kleinen Steinaltar und sechs in den Kapitellen mit reichen Verzierungen versehenen Säulen ist der Innenraum leer. Junus stellt sich in die rechte Ecke des Raumes und beginnt zu singen. *Guten Abend, gute Nacht …*

Ein volltönender Klang erfüllt den Raum. Lea blickt um sich, ihr ist, als wäre sie von vielen Stimmen umgeben. Doch niemand ist anwesend. Junus singt allein. Dabei kann ihr Mann gar nicht singen. Sonst empfand sie seinen Bass als kratzig, aber jetzt klingt sein Lied erzengelgleich.

Mit Rosen bedacht, mit Näglein besteckt …

Junus wechselt langsam vom rechten zum linken Flügel. Als ließe ein komplett besetzter Chor seine Stimmen erschallen, so schwillt und senkt sich sein Gesang unter das Deckengewölbe. Immer noch staunt sie, lässt ihre Blicke die Wände abtasten, ob nicht irgendwo eine Mikrofonanlage angebracht ist. Aber dort ist nichts dergleichen.

Schlupf unter die Deck. Morgen früh, wenn Gott will, wirst du wieder geweckt …

Das Lied klingt, als wären unzählige Stereoboxen geöffnet und die Beschallung punktgenau auf Leas Gehör ausgerichtet. Fast wähnt sie sich in elysischen Gefilden. *So muss es klingen, wenn himmlische Chöre singen*, denkt Lea.

»Welch eine Akustik!«, sagt sie deshalb voller Bewunderung. »Natürlich bin ich schon mal hier in dieser Kapelle gewesen, doch von dieser außergewöhnlichen, ich möchte sagen, fast außerirdischen Akustik habe ich bislang nichts gewusst. Junus, du könntest glatt bei den Regensburger Domspatzen singen, so schön und sonor hört sich dein Bass an.«

»Diese Kapelle ist nicht nur für ihre Akustik bekannt und berühmt, auch weil sie byzantinische Stilelemente aufweist. Mir stach das sogleich ins Auge. Syrischer, heimatlicher Wiedererkennungseffekt sozusagen. Schau die Säulen, die freistehenden und die der Wand vorgesetzten, die Ausschmückung der Kapitelle, wundervoll! Und das alles ist nahezu eintausend Jahre alt.«

»Ich weiß«, fällt ihm Lea in seinen Wortschwall, »der Bischof Meinwerk ließ damals zur Errichtung dieses Kleinods griechische Baumeister und Bauleute aus Italien kommen, wo sie gerade beschäftigt waren. Alles erinnert mich an die Kirchen in Ravenna, weißt du noch, Junus, als wir vor Jahren dort waren.

Für dich waren Kirchen doch schon immer von einer besonderen Faszination gewesen.«

»Ach Lea, und gerade hier in dieser Stadt ist wichtige europäische Geschichte geschrieben worden.«

»Na, du hast dich aber gut vorbereitet, mein Lieber!«

»Und ich bin froh, dass du unser Treffen unter dem Hasenfenster arrangiert hast. – Und jetzt singen wir gemeinsam die zweite Strophe. Komm!«

Während sie das Lied anstimmen, ihre Standorte immer wechseln, beobachtet Junus seine Frau. Er liebt die Selbstsicherheit, mit der sie sich bewegt. Ihre geschmeidigen Bewegungen haben für ihn immer noch etwas Berückendes. Die dunklen Haarlocken, die keinen Friseur brauchen, umrahmen ihr offenes freundliches Gesicht. Ihre Auszeit in der einsamen Waldhütte, oft gewiss auch an der frischen Luft, scheint ihr vortrefflich zu bekommen.

Junus findet seine Frau attraktiv wie eh und je, von einer natürlichen unaufdringlichen Schönheit. Mehr denn jemals zuvor strahlt sie großes Selbstvertrauen aus.

... Schlafe selig und süß, schau im Traum's Paradies ...

So singen sie, den scheinbar vielstimmigen vollen Klang mit all ihren Sinnen auskostend.

Mit ihr schlafen, auf der Stelle, mit ihr schlafen, das möchte er, und immer bei ihr bleiben, wie Heinrich II. und seine hehre Kunigunde, die auf dem Bronzeportal auf ewig vereint dargestellt sind.

Noch eine Weile umschwingt sie der Nachhall ihrer Stimmen, als sie aufhören zu singen. Und beide schauen sie nach oben unter das gefächerte Gewölbe, als erwarteten sie dort soeben verstummte himmlische Heerscharen.

»Wunderschön!«, schwärmt Lea, »danke, dass du mir das vorgeführt hast. Aber jetzt habe ich einen Mordshunger. Komm, ich weiß ein hübsches Café.« Sie entführt Junus ins Celona am Rathausplatz. Dröhnendes Mittagsgeläut, alle Glocken dieser Stadt scheinen zu schwingen.

»Von Paderborn sagt man«, will Lea Junus aufklären, »entweder es regnet, oder die Glocken läuten.«

Darüber muss ihr Mann herzhaft lachen. Dabei wirft er den Löwenkopf nach hinten und stößt die Lacher heraus wie Fanfarenstöße. Mit diesem ungehemmten Lachen kann er ganze Völkerscharen anstecken. Und auch jetzt bleiben Passanten stehen, lachen oder schmunzeln zumindest. Als sich Junus endlich beruhigt hat, sagt er:

»Wenigstens eines davon entspricht heute nicht den Tatsachen, die Sonne scheint nämlich, und wie, – lass uns draußen sitzen.«

Junus hasst es, mitten in einem Menschenpulk zu sein, deshalb setzen sie sich an einen Tisch, der am Rande steht.

17

»Hier gibt es köstliche Kaffeevariationen.« Lea weiß, dass ihr Mann um die Mittagszeit gern seinen Kaffee trinkt. Auch er hat einen Mordshunger. Nach der Bestellung berichtet Junus von Svens jüngsten Experimenten im Keller.

»Gestern Abend hat es einen heftigen Knall gegeben. Luzie und ich, Ayse war schon nach Hause gegangen, stürmen nach unten. Da steht unser Jüngster wie ein begossener Pudel, schwarz im Gesicht und an den Händen, den Bunsenbrenner an, Scherben auf dem Experimentiertisch und eine dampfende, höllisch stinkende Flüssigkeit dazwischen. Luzie hat Zeter und Mordio geschrieen und gefragt, ob Svenny das Schießpulver erfunden habe. Das sei schon längst entdeckt, antwortete er, und zwar von einem Mönch namens Schwarz, und er sei dem geräuschlosen Zwieback auf der Spur.

Und deshalb mache er solch ein Gedöns, solch ein Höllenfeuer und solch eine Knallerei? Wenn man den Zwieback in den Kaffee einstippe, mache er auch keinen Krach mehr.«

Jetzt muss Lea herzhaft lachen, sie stellt sich die Szene vor: ihre Mutter außer sich, den Pulsschlag auf einhundertachtzig, die mausgrauen Augen tellerrund, mit zusammengeschlagenen Händen und ständig *Jesusmariaundjosef* ins Kellergewölbe trompetend. Die Szenerie sich weiter ausmalend, sagt Lea:

»Und dann hat sie bestimmt befohlen: *Marsch ins Bad, dass ich dich schrubbe!* Und Svenny hat protestiert und gerufen, er sei doch kein Baby, an seine Haut lasse er nur Duschgel und keine Omma.«

»Genau so«, bestätigt Junus, »du mit deinem sechsten Sinn!«

»Das ist Erfahrung, bei jedem Knalleffekt das gleiche Procedere, ich kenne das.«

»Und trotzdem, deine Mutter ist Gold wert, und Svenny liebt seine Omma abgöttisch.

»Du sagst auch schon *Omma*, mein Schnuckelsauerländer«, lacht Lea und streichelt über den Tisch hinweg seine Wange. Während sie essen, fühlt Lea, die mit dem Rücken zu den anderen zahlreichen Gästen sitzt, stechende Blicke auf sich gerichtet.

»Jemand hinter mir starrt mich an, stimmt's?«

»Ich kann niemanden sehen, der zu dir schielt.«

»Er durchbohrt mich förmlich, das spür ich.«

»Ich wäre glücklich, wenn du was anderes spürtest.«

»Und das wäre?«

»Ein gewisses Verlangen nach deinem Mann.«

»Junus! Spaß beiseite, ist das hinter mir ein Er oder eine Sie?«

»Bestimmt ein Er, meine Liebe, denn du siehst bezaubernd aus!«

»Aber nicht von hinten.«

»Von allen Seiten, glaub es mir.«

»Verdammt, lass doch mal das Sülzen. Tauschen wir die Plätze!«

Da beide ihr Mahl beendet haben, tauschen sie die Plätze. Beim Umschauen bemerkt Lea, wie jemand blitzschnell den Kopf beinahe in seinen *Café con leche* tunkt.

Haben wir dich, denkt Lea. Und jetzt nimmt sie den Beobachter ins Visier: Dunkles volles Haar, merkwürdig blasses Gesicht, tote, aufeinander gepresste Lippen. Alter? Schwer zu bestimmen, nicht jung, nicht alt und merkwürdig statuenhaft, wie eingefroren, als sei er auf den Gartenstuhl in Bronze gegossen. Und irgendetwas stimmt nicht, passt einfach nicht zu seinem Aussehen. Doch Lea kann dieses Detail noch nicht bestimmen.

»Na, hast du deinen Observer ausfindig gemacht?«

»Ja, klar doch, er fühlt sich ertappt, kriegt die Lider gar nicht mehr hoch, liegen unten wie herabgeknallte Jalousien.«

»Welch poetisches Bild, Metapher gar!«

»Ach Junus, bitte!« Lea legt ihre Hände auf seine, drückt sie, »irgendetwas kenne ich an dem Typen, und irgendetwas stimmt nicht, sonst würde ich ihn erkennen.«

Sie vermag nicht, den Blick von ihm abzuwenden. Wie ein Magnet zieht dieser Jemand sie an.

»Ist dir bewusst, dass du ihn jetzt anstarrst wie eine Schlange ihre Beute?«

»Welch poetisches Bild, Metapher gar!«

»Auge um Auge, Zahn um Zahn?«

»Genau das ist es, Junus. Ich bin überzeugt, er kennt mich, aber ich ihn nicht, wenn ich rausfinde, was nicht stimmt, dann ...«

»Lea, es ist unser Tag, er hat so schön angefangen.« Junus ist ernst geworden. Die Bitte, diesen ihren Tag nicht zu zerstören, liegt in seinem Einwand.

Aber seine Frau ist Jägerin, eine Diana. Die Pfeile in ihrem Köcher rumoren, rühren sich und wollen abgeschossen werden.

Die Hände, ihr Blick ist auf seine Hände fixiert. Lang und schmal sind sie, die Finger ständig in Bewegung. Die Fingerkuppen fahren über die Marmorplatte des Bistrotisches, zeichnen die marmorierten Linien nach, stoppen abrupt, trommeln ein paar Takte, lassen wieder ab. Er krampft die Finger beider Hände umeinander, lässt los, sein Gesicht zeigt keine Regung, kein Zucken, ist wie in Granit gemeißelt, immer noch sind die Augen auf das nervöse Spiel seiner Hände gerichtet. Dann hat er die Finger gelöst, wie Tiger auf dem Sprung liegen sie leicht angewinkelt auf dem Tisch, zucken und zittern, als lasse sie eine innere Spannfeder nicht zur Ruhe kommen. Es sind keine Hände, die schwere Arbeit verrichtet haben, es sind Finger, die gewohnt sind, ihre Zeit drinnen zu verbringen.

Zu musizieren vielleicht, zu malen oder zu schreiben. Jetzt greift seine rechte Hand in die Tasche des Oberhemdes, nestelt eine Sonnenbrille heraus und schiebt diese mit einem energischen Ruck über die Augen. Die Hand wieder zurück auf der Tischplatte, ballt sich zur Faust, die linke krümmt sich ebenso, als müsse sie die Finger verstecken und vor Lea verbergen. Diese weiß plötzlich, wem diese Hände gehören. Dumpfes schraubt sich in ihr hoch, und Junus fragt erschreckt:

»Lea, was ist? Geht es dir nicht gut?«

»Doch, doch«, murmelt diese, »ich weiß jetzt auch, was zu diesem Typen da hinten nicht passt. Es sind die Haare, diese blöden schwarzen Haare, es ist eine Perücke, und eine schlecht sitzende dazu, als hätte er kein Geld gehabt für eine bessere.«

»Bist du jetzt zufrieden?«, fragt Junus.

»Der hat in Wahrheit eine ganz andere Haarfarbe.«

»Und um das herauszufinden, hast du ihn die ganze Zeit angegafft? Ist es denn so wichtig?« Junus ist ungehalten. Er ist manches von Lea gewohnt, aber das ist heute ihr gemeinsamer Tag, heute in dieser Stadt, über die er so viel gelesen hat, um ihr zu imponieren. Und sie starrt andere Männer an, um schließlich zu entdecken, dass einer von ihnen eine Perücke trägt, und dazu eine schlecht sitzende.

»Lass uns zahlen«, sagt Junus, in der Hoffnung, Lea von diesem Mannsbild loszueisen.

Aber jener will auch zahlen, er hat den Ober herbeigeschnippt, zahlt, steht rasch auf. Ehe Junus etwas sagen kann, ist Lea ebenfalls aufgestanden und eilt hinter dem Fremden her.

»Bin gleich zurück«, wirft sie Junus hin, »warte auf mich!«

Und mit ausladenden Schritten verfolgt sie jenen, der eine miserable Perücke trägt, sich mit hastenden Schritten entfernt, als sei er auf der Flucht.

»Ist sie jetzt von allen guten Geistern verlassen«, murmelt Junus. Dann wiederholt er es so laut, dass die Köpfe an den Nachbartischen zu ihm herumfliegen, einige Gesichter mit einem breiten Grinsen darin.

»Na, das sieht nach Zoff aus!«, orakelt ein blondes junges Ding mit gepiercten Augenbrauen, »das wird heute bei denen rattenscharf enden.«

Junus indes bleibt sitzen und bestellt nochmals einen Kaffee und setzt eine Miene auf, die man mit *Und wie's dadrinnen aussieht, geht niemand was an* umschreiben könnte. In ihm aber siedet es.

18

Lea bleibt dem Mann auf den Fersen, sie beeilt sich, laufen will sie nicht, es würde zu sehr auffallen. Er quert den Rathausplatz, eilt geradeaus weiter, nimmt federleicht die Stufen zu den Paderquellen hinunter, stapft am Kinderspielplatz vorbei, hastet den Jenny-Aloni-Weg entlang, legt ein rascheres Tempo ein, und Lea hetzt jetzt weit hinter ihm her. Irgendwann muss er doch stehen bleiben, hofft sie. Sie ist sich ganz sicher, er will mit ihr reden, er hat eine Botschaft für sie. Im Café hat er es darauf angelegt, dass sie ihn erkennt. *Also, warum jetzt so hastig, mein Lieber, und warum durch die halbe Domstadt,* denkt Lea.
Aber er scheint nicht ans Stehenbleiben zu denken, er schaut sich nicht um, rempelt manchmal einen Passanten an, entschuldigt sich nicht, hetzt weiter, als sei eine Meute Hunde hinter ihm her. Lea hat Mühe, ihn nicht aus den Augen zu verlieren, Fußgänger im Samstagsbummelschritt schieben sich immer wieder zwischen ihn und sie. Lea achtet nicht mehr darauf, wohin der Weg führt. Er schlägt etliche Haken, hält sich jetzt mehr rechts, Fachwerkhäuser, eine ehemalige Mühle, wieder ein Arm der Pader, Kopfsteinpflaster. Lea knickt um, sie spürt einen zerrenden Schmerz.

»Verdammt«, schreit sie auf, »halt doch endlich an!« Da, ein kleiner Park, der Geißlersche Garten. Vielleicht hält er dort an. Aber nein, er durcheilt ihn, verlässt ihn seitlich, hastet wieder über dieses vertrackte Kopfsteinpflaster den Ikenberg hoch. Vor dem Diözesanmuseum, diesem gesichtslosen Neubau, verlangsamt er ein wenig sein Tempo.

Und jetzt endlich blickt er nach hinten, lange, als habe er Mühe, jemanden ausfindig zu machen. Er hebt die Sonnenbrille an, scheint gefunden zu haben, was er suchte, klappt die Brille herunter, wendet sich entschlossen nach links und springt die Stufen zum Haupteingang des Domes hinunter.

»Na endlich«, murmelt Lea, »durch den Dom wirst du ja wohl nicht im Schweinsgalopp düsen, als anständig erzogener Sauerländer ist dir hoffentlich bewusst, dass man sich im Hause des Herrn ehrfürchtig beträgt und nicht wie ein Bekloppter rennt.«

Und tatsächlich findet Lea ihn vor dem gewaltigen Grabmal des Fürstbischofs von Fürstenberg. Er gibt sich den Anschein, die vielen Figuren um das Jüngste Gericht zu betrachten. Lea stellt sich neben ihn, er wendet nicht den Kopf, gleichwohl hat er ihre Anwesenheit bemerkt.

»Na endlich, Herr Bürgermeister!«, sagt Lea.

Er indessen starrt weiter zu dem knienden Bischof, hebt den Kopf, blickt nach oben und sagt immer noch nichts. Bleich, ausgemergelt und verzweifelt sind die Verdammten dargestellt, die der Allmächtige in die Gluten der Hölle hinabgeworfen hat. In bejammernswerten Verrenkungen geben sie ihrem schrecklichen Schicksal Ausdruck. Aber sie sind gerichtet, der ewigen Verdammnis anheim gegeben, und niemand hat Mitleid mit ihnen.

»Ist es Absicht, sich vor dieses gigantische Grabmal zu stellen, um mit mir zu reden, Herr Bürger ...?«

»Lassen Sie den Bürgermeister weg, der ist tot.«

»Aber schauen Sie nach oben, sehen Sie, die Auferstehung

des Lazarus, und hier, die Vision des Propheten Ezechiel von der Totenerweckung.«

»Trotzdem, der Bürgermeister ist gestorben, tot, begraben, verstehen Sie!«

»Aber Peter Sommer lebt.«

»Der lebt.«

»Das sehe ich. Ihre Frau wird sich freuen.«

»Sagen Sie ihr, dass mir alles furchtbar Leid tut.«

»Wie kommen Sie darauf, dass ich ...?«

»Sie waren bei ihr, das weiß ich. Sie haben sich bestimmt auf Anhieb gut verstanden. Bitte, sagen Sie ihr, dass ich bereue, aufrichtig bereue, was ich ihr angetan habe.«

»Was haben Sie ihr angetan?«

»Sie weiß es, das genügt.«

»Will der Peter Sommer nicht zurückkommen?«

»Nein, niemals, hören Sie, niemals!«

Er sagt das sehr heftig, er wendet den Kopf, die Sonnenbrille hat er abgenommen, und nun sieht Lea in seine Augen, sie haben den gleichen Ausdruck wie damals in der Hütte, als er Lea bedroht hatte, eisblau, fischig und kalt. Immer noch stehen sie vor dem Monument, sind allein. Im Dom befinden sich nur wenige Besucher. Lea entdeckt hinter all dieser Kälte und obwohl es hier drinnen dämmerig ist, jene Angst, die ihr schon damals aufgefallen war. Es ist nicht die flackernde Angst, die ruhelose, die nervenvibrierende Panik von damals, es ist vielmehr eine abgestandene, eine, an die er sich gewöhnt hat, mit der zu leben er sich abgefunden hat.

Seine rechte Hand ist ständig in Bewegung, greift, schneidet und ballt sich, schiebt, krallt und flattert, wie außer Kontrolle. In der linken Hand hält er die Sonnenbrille, sie zittert leicht.

»Eine ganze Stadt sucht Sie, eine ganze Region sogar. Sie müssen sich zurückmelden.«

»Niemals, ich sage: Niemals!«

»Sie sind hier offensichtlich untergetaucht. Sie brauchen doch bestimmt das nötige Kleingeld dafür?«

»Das alles hat Sie nicht zu interessieren.«

»Was dann? Weshalb wollen Sie mit mir reden?«

»Sagen Sie das, worum ich Sie bat, meiner Frau.«

»Und warum tun Sie das nicht selbst?«

Schweigen. Eine kleine Besuchergruppe hat sich vor das Grabmal gestellt. Sie reden leise miteinander, versuchen, sich die Darstellungen anhand des Domführers zu erklären. Es sind fünf Japanerinnen. *Natürlich*, denkt Lea, *die sind doch überall, wo es touristische Attraktionen zu sehen gibt*. Eine liest die Erläuterungen auf Englisch vor, das anschließende Gewisper scheint in ihrer Sprache zu sein. Japaner sind ausdauernd bei Besichtigungen, so zeigen sie auf dieses und jenes und versuchen sich, Erklärungen abzuringen. Peter Sommer bleibt auf derselben Stelle stehen, rückt keinen Zentimeter zur Seite, versucht auch nicht, seinen Platz zu verlassen. Auch Lea verharrt geduldig. Vor Jahren hörte sie die Begründung, weshalb Japaner in Scharen an touristischen Zentren anzutreffen sind und so gern reisen. Weil ihre Inseln für alle zu klein seien, müsse die Hälfte der Einwohner immer unterwegs sein. Trotz aller inneren Spannungen schleicht sich ein Lächeln um Leas Mund.

»Bye, bye«, flöten die fünf hübschen Töchter Nippons, ehe sie weiterschlendern.

»Meine Frau darf nicht erfahren, wo ich bin; vielleicht will sie es auch gar nicht wissen.«

»Aber ich, ich muss doch die Polizei ...«

»Nein, niemals, eher bringe ich Sie um.«

»Aber Herr Bürgermeister! Solche Worte an diesem heiligen Ort!«

Sein Gesicht bleibt steinern, trotz dieses erregten Ausbruchs, aber seine Hände scheinen immer unruhiger zu werden.

»Wovor fürchten Sie sich so?«

Lea behält ihn im Auge mit ihrem scharfen zupackenden Blick. Seine rechte Hand fingert sich in seine Hosentasche, mit der linken klatscht er sich wieder die Sonnenbrille vor die Augen und verschwindet aus der Roten Pforte nach draußen.

Lea zögert einen Augenblick. Im Celona sitzt Junus und wartet auf sie, ihr Jagdinstinkt will hinter Peter Sommer her. Was soll sie tun? Entschlossen läuft sie durch das Portal, das der Mann vor wenigen Sekunden zugeworfen hat, blickt sich um, rennt die Stufen hinunter und sieht nichts mehr von ihm. *Mein Gott*, denkt sie, *er kann doch nicht vom Erdboden verschluckt sein.*

An der Bartholomäuskapelle läuft sie in den Museumsladen hinein, fragt nach einem Mann mit dunklem Haar. Nein, in den letzten Minuten sei niemand hier hereingekommen. Also muss er draußen sein. Lea geht einmal um den Dom. Wieder empfindet sie das dunkle Museumsgebäude wie einen Pickel in diesem schönen Antlitz der Stadt.

Sie gibt auf, nachdem sie von Peter Sommer keine Spur mehr entdeckt. Sie bleibt am Kump stehen, blickt auf ihre Armbanduhr und erschrickt. Fast zwei Stunden sind verstrichen, seit sie Junus verlassen hat. Eine rasche Kehrtwendung. Und dieses Mal fliegt sie durch den Menschenpulk. In weniger als fünf Minuten hat sie das Café erreicht, aber von ihrem Mann ist nichts zu sehen.

Hechelnd vom raschen Lauf, wirft sie sich in den erstbesten Stuhl. Erst einmal ruhig werden, verordnet sie sich. Eine Nuss-Schokolade bestellen und die weitere Strategie überlegen.

Peter Sommer ist hier in der Stadt oder in der näheren Umgebung. Vielleicht ist hier so eine frühere Verflossene, die ihn aufgenommen hat. Bestimmt sogar, denn alte Liebe rostet nicht. Ein Hotel kann er nicht gebucht haben, er muss irgendwo Unterschlupf gefunden haben. Und warum sollte sie eigentlich die Polizei benachrichtigen? Die glaubt ihr doch diese Räuberpistole wieder nicht. Warum soll sie ihn auch der Polizei ausliefern? Er hat kein Verbrechen begangen, ist nur verschwunden. Das ist nicht strafbar. Und Grit Sommer? Will sie ihren Mann wieder haben?

Als Bürgermeister ist er doch erledigt, oder nicht? Und wieder sieht sie diese Angst in seinen Augen, diese tote, erloschene und gleichwohl mit Händen greifbare Angst.

Lea schüttelt ihre Haare, als müsse sie ihn aus ihren Locken herauswirbeln. Und jetzt zu Junus. Sie kramt ihr Handy aus der Jackentasche, klickt seine eingespeicherte Nummer an.

Er meldet sich nicht, hat auch seine Mailbox ausgeschaltet. Au wei, das Hotel hat Lea ihm auch nicht verraten, war einfach nicht dazu gekommen. Junus ist auf dem Weg nach Hause, zu Luzie und Sven. Ayse? Sie hat heute frei, außerdem einen Freund, und der würde Junus jeden Knochen einzeln brechen, wenn er ihr noch einmal nachstellt.

Als Lea zum Galerie-Hotel-Abdinghof geht, ist ihr hundeelend zumute. Sie mag dort gar nicht allein bleiben. Also bezahlt sie für eine Nacht und entflieht in die Helma-Hütte nach Olsberg.

Kleinlaut ruft sie ihre Mutter an, fragt, ob Junus angekommen sei. Und Luzie wäre nicht Luzie, wenn sie nicht eine gehörige Standpauke vom Stapel ließe. Lea hält den Hörer weit weg, vernimmt amüsiert, und geknickt zugleich, einzelne Wortfetzen.

»Dickschädel«, natürlich, der ist immer dabei, »Eheliche Pflichten«, na klar, die muss Luzie ebenfalls stets erwähnen, ihre eigene Ehe scheint nur aus opferwilligen Pflichten einer ergebenen Dienerin bestanden zu haben. »Junus hat das arme Dier, sitzt hier bei mich bei, hab' ihm erst mal'nen anständigen Kaffee chebrüht«.

»Mutter, dann gib mir meinen Mann doch!«, bittet Lea in einer Atempause, denn Luzie pladdert ohne Punkt und Komma.

»Der will nicht, schüttelt den Kopf. Was hast du mit ihm angestellt, 'nen Schluffen machst du aus dem, läufst hinter anderen Mannsbildern her, die eine Perücke tragen. Oja, oja, er hat mir alles erzählt, musste sich aussprechen. Chut, dass er jemand hat. Das erspart den Süchtiater oder so ähnlich, wie der moderne Seelendingsbums heißt ...«

Und abermals hält Lea den Hörer einen Meter vom Ohr entfernt. Wenn wieder eine Pause eintritt, Luzie muss doch mal nach Luft schnappen, dann will sie wissen, was Junus in der kommenden Woche vorhat. Jetzt, Ende der Tirade, schnell dazwischen:

»Ist Junus die nächste Woche im Lande?«

»Will er nicht verraten. Tät ich auch nicht an seiner Stelle.«

»Mutter, nun halt mal die Luft an. Es reicht. Sicher hab' ich Mist gebaut …«

»Aha, also Einsicht erchibt die beste Aussicht. Ich will mal 'n chutes Wort für dich einlegen, woll, das will ich. Vielleicht ruft er dich später an. Wo bist du überhaupt?«

»Mutter, es gibt doch Handys, da ist es egal, wo man sich aufhält. In Honolulu oder in Buxtehude.«

»Was, in Honolulu biste?«

»Nein, Mutter, nein, das wäre viel zu weit weg.«

»Ach, dir ist doch alles zuzutrauen.«

»Ich bin wieder in der Waldhütte, wenn's dich beruhigt.«

»Gott sei's getrommelt und gepfiffen, ich dacht schon, du wärst bei diesem … diesem Perückenkerl.«

»Mutter, das war kein bloßes Hinterherlaufen, das hatte seinen Grund.«

»Das erzähl deiner Großmutter.«

»Mutter, lass uns Schluss machen, lege deine Hand auf Junus' Wunde und besänftige den Stier.«

Lea atmet erst einmal tief durch. Sie muss unbedingt erfahren, ob Junus nächste Woche wieder auf Achse ist oder frei hat. Dann wird sie alles ins rechte Lot rücken, ihn in die Hütte einladen, neuen Rotwein kaufen … Ihr schlechtes Gewissen nagt mächtig an ihr.

Und trotzdem geht ihr Grit Sommer nicht aus dem Kopf. Sie wählt deren Nummer und berichtet ihr vom Zusammentreffen mit ihrem Mann. Die lauscht stumm, unterbricht nicht, hört sich alles geduldig an. Bei der aufgetragenen Entschuldigung glaubt Lea ein Aufschluchzen zu vernehmen. Danach bleibt es lange sehr still.

»Frau Sommer, sind Sie noch dran?«

»Ja, doch, ja, doch!«

»Er lebt, Frau Sommer. Ihr Mann lebt. Vielleicht renkt sich alles ein.«

»Ach, Frau Winter, er ist untergetaucht bei einer, die er vor Jahren hatte. Sie wohnte damals im Sanddornweg. Damals habe ich noch hinter ihm herspioniert. Das tu ich schon lange nicht mehr. Diese da vom Sanddornweg ist jetzt um einiges älter, aber sehr betucht.«

»Ich wunderte mich«, versucht Lea zu scherzen, »dass er dieses Mal kein Geld von mir verlangte. Er trug ein völlig neues Outfit, nur die Perücke war nicht allererste Schokolade.«

»Dann hat er auch nicht vor, sie lange zu tragen.«

»Was haben Sie nun vor?«

»Gar nichts.«

»Das ist aber nicht viel.«

»Ich will nicht mehr.«

»Aber eine ganze Stadt wartet auf ein Lebenszeichen Ihres Mannes.«

»Das tangiert mich wenig.«

»Sie geben ihn auf?«

»Es gibt Männer, die gibt man schließlich auf. Ich bin des Kämpfens müde, so müde.«

»Möchten Sie jetzt allein sein, oder soll ich kommen?«

Lea spürt instinktiv, dass diese Frau trotz aller vermeintlichen Stärke sich anlehnen muss. Der wahre Lenker unseres Lebens ist das Herz. Es hat eine Stimme. Um diese vernehmen zu können, muss man schweigen. Als Grit nichts sagt, spürt Lea, wie Grit Sommer den Hörer umkrampft, bis ihre Knöchel weiß werden. Nach langem Schweigen haucht Lea in die Muschel:

»Ich bin gleich bei Ihnen.«

Grit Sommer öffnet ihr die Tür wie in Trance. Schmerz spiegelt sich in ihrem Gesicht. Lea nimmt sie lange in den Arm. Als sie sich lösen, sagt die Frau:

»Wir sollten *Du* zueinander sagen.« Lea nickt stumm.

»Ich krümme mich nicht mehr um mein Inneres«, behauptet Grit tapfer. Doch Lea blickt in ein Gesicht, das eine andere Sprache spricht.

»Lass uns trotzdem reden. Es wird dir gut tun.«

»Es ist schwer, in einer Zeit zu lieben, da die Liebe wenig gilt«, erwidert Grit. Es klingt wie eine Rechtfertigung.

Sie reden die halbe Nacht.

19

Am Sonntag steht Lea spät auf. Eine SMS von Pia:

Mama, wo treibst du dich rum?

Papa ist sauer.

Ruf mein Handy an.

Lea blickt auf ihre Uhr. Elf. Um diese Zeit darf sie ihre Tochter noch nicht wecken. Also joggt sie. Der Wald ist eine einzige Farbensymphonie. Wenn Farben Töne wären, dann spielte jetzt ein Riesenorchester. Lea hört wundervolle Melodienwogen über sich zusammenschlagen, Chopins Nocturnes und Mozarts Posthornserenade.

Sie denkt an die Akustik in der Bartholomäuskapelle in Paderborn, und wieder zerrt der Ausgang des gestrigen Tages an ihrer Seele. Als sie zurück ist, ruft sie Pia an.

»Na, Mama, endlich! Du, der Papa ist nicht ansprechbar. Hab eben bei ihm ins Schlafzimmer geguckt. Der liegt noch angezogen im Bett. Der liegt im Salz, wie Omi sagt.«

»Um Himmels willen, was ist denn passiert?«

»Als ich nach Hause gekommen bin, das war gestern sehr früh, so um zwölf, da saßen die Beiden in der Küche mit Körnchen und Bier. Und unser Luzie gab ganz cool das Kommando. Komm, mein lieber Schwiegersohn, noch ein Körnchen, noch ein Bierchen, auf einem Bein steht man schlecht, woll. Die Zwei waren schon ganz schön schicker, als ich mich dazu setzte. Und dann hat Omi mir auch einen eingeschüttet und mich ausgemotzt, als ich nicht trinken wollte. Das wäre uncool, hat sie gesagt. Stell dir das vor. Und dann, um ungefähr eins, haben die Beiden den Ententanz getanzt. Und da ist Papa umgekippt, einfach so, bums – lag er da. Wir haben ihn ins Bett getragen. Und Luzie hat gemosert, die ganze Zeit, ätzend gemosert, einem echten Sauerländer wäre das nicht passiert. Die, die aus dem Morgenland kommen, könnten nichts vertragen, weil Allah denen das Trinken verbietet. Dabei muss ein Mann sich doch auch mal einen Richtigen ansaufen. Und das Lea soll sich nicht so anstellen, wenn er einmal hinter anderen Weiberröcken hinterher guckt. Das wäre normal. Und wenn ihr bei Junus in Syrien lebtet, hätte der einen ganzen Harem, jawoll, und dann würdest du erst recht dumm aus der Wäsche gucken.

Und das Trudi hätte auch gesagt, Lea solle endlich Nägel mit Köppen machen und mit dem Junus zu Potte kommen. Der arme Mann könne einem ja Leid tun.«

»Pia«, wirft Lea endlich dazwischen, »kann es sein, dass du Luzies Quasselstrippengen geerbt hast?«

»Wieso, Mama?«

»Nur so, Liebes, nur so. Weißt du, ob Papa Montag weg muss oder eine Woche ...«

»Nein, der hat nicht frei. Der fliegt heute Abend von Paderborn nach London.«

»Gut, Liebes, dann werde ich dort sein und auf ihn warten.«

»Mama, was, wenn wir Papa nicht wach kriegen?«

»Luzie schafft das schon. Dein Opa war öfters in diesem Zustand der restlosen Glückseligkeit. Oma holte ihn immer ganz schnell auf den Boden der Tatsachen herunter.«

»Und wie?«

»Eimer kaltes Wasser über den Kopf, Fettsuppe mit Klößchen und Eierstich und einen Kaffee, der Tote aufweckt.«

»Papas Flug geht um neunzehn Uhr, steht hier am Telefon.«

»Super, Liebes, danke. – Und in der Schule?«

»Bestens, Mama, bleib cool!«

Bleib cool hat eine ganz subtile Bedeutung. Also ist wieder etwas vorgefallen. Lea kennt ihre Tochter und den Ton, in dem Pia dieses *Bleib cool* sagte, weiß sie auch zu deuten. Sie wird Pia in den nächsten Tagen darauf ansprechen. Doch jetzt gilt es, die Krise Nummer eins in den Griff zu bekommen: ihre Ehe.

Lea steht um halb sechs in der Abfertigungshalle des Flughafens Paderborn-Lippstadt. Wenig später schwingt Junus durch die Drehtür. Zögernd geht ihm Lea entgegen. Seine dichten Brauen fliegen hoch, ein zaghaftes Lächeln. Sich dessen bewusst werdend, lässt er es schnell verschwinden und kehrt eine grimmige Miene heraus.

»Ich weiß«, sagt Lea so reuevoll wie möglich, »entschuldige.«

»Was gibt es da zu entschuldigen?«, brummelt Junus, »lass mich einfach zufrieden. Du siehst doch, ich muss jetzt einchecken.«

Junus, der eine Hautfarbe hat, die ungeschälten Mandeln gleicht, ist blass, und das sieht bei ihm stets gelblich aus, als habe er Gelbsucht. Lea muss lächeln, sie denkt an die Trinkorgie mit Luzie. Sie weiß, wie trinkfest ihre Mutter ist und wie wenig sie am Tage darauf zu leiden hat. Aber im Schädel ihres Mannes hämmert sicher eine ganze Ambossschmiede. Junus sucht den Schalter zum Einchecken nach London. Lea trippelt neben ihm her.

»Junus, wenn du eingecheckt hast, trinken wir noch einen Kaffee.«

»Bloß den nicht. Luzie hat mir einen Kaffee ...«

»Ich weiß, einen, der am Jüngsten Gericht ganze Heerscharen von Toten erwecken könnte.«

Junus fasst an seine Schläfen, verzieht im Schmerz sein Gesicht.

»Da drin hast du ein ganzes Hammerwerk, stimmts?«, fragt Lea.

Sie bekommt keine Antwort, kann sich aber gut vorstellen, wie die Hämmer einschlagen. An solchen Tagen möchte man seinen Kopf wegwerfen oder sich freiwillig unter die Guillotine legen.

Lea hilft ihm beim Einchecken. Erst findet er sein Ticket, dann seinen Reisepass nicht. Sie durchwühlt seine Weste mit den unendlich vielen Taschen. Nichts. Dann öffnet sie seinen Reisetrolley, zwischen den Socken entdeckt sie beides, schaut ihren Mann fragend an. Der zieht die Schultern hoch:

»War Luzie oder Pia, oder beide«, bringt er gequält heraus, seine Schmiedemeister im Kopf scheinen Überstunden zu machen.

»Ja, bist du denn in diesem Zustand Auto gefahren?«

»Nee – Pia.«

»Aber Pia macht gerade ihren Führerschein, sie hat noch keine Fahrerlaubnis!«

Lea ist entsetzt, ihre Stimme so laut, dass die in der Schlange hinter ihr Stehenden grinsen.

»Pia ist wie eine Göttin gefahren und anhalten wird sie niemand, glaub mir.«

»Und was macht dich so sicher?«

»Sie lenkt jetzt schon das Auto wie ein Profi.«

Junus ist an der Reihe. Lea tritt mit ihm an den Tresen, erledigt die Formalitäten. Junus' Hammerwerk hat gerade Hochkonjunktur, mit zappeligen Fingern presst er seinen Kopf.

»Ist Ihnen nicht gut?«, fragt das Blondchen vom Bodenpersonal.

»Migräne«, sagt Lea.

»Lassen Sie sich im Flugzeug eine Tablette geben«, rät das Blondchen mit gut meinendem Lächeln.

»Und jetzt komm, was trinken!« Lea hakt sich bei ihrem Mann unter.

»Schüttle mich nicht so«, fleht der und lässt sich zur Bar führen. Lea bekommt mühevoll aus ihm heraus, dass er bis Donnerstag in London zu tun hat. Sie will ihn dann wieder von hier abholen und für einige Tage in ihre Waldhütte entführen. Bei dieser Eröffnung freut sich Junus sichtlich, und seine Schmiedemeister scheinen eine Frühstückspause eingelegt zu haben, denn sein Gesicht strahlt wie zwanzig Sonnen.

20

Kaum ist Lea wieder in der Helma-Hütte, ruft Luzie an.

»Ja, Mutter, ja doch, es kommt alles in Ordnung. Nach London ist er für einige Tage bei mir.« Am anderen Ende der Leitung hört sie ein erlösendes Aufatmen.

»Denkste auch ans Essen, Kind?«

»Mutter, nicht schon wieder von vorn. In den nächsten Tagen werde ich groß essen gehen, Ehrenwort.«

So kommt es, dass Lea dienstags den Schinkenwirt aufsucht.

Mittwochs Ruhetag liest sie am Hinweisschild, ehe sie den Hang hinaufkeucht.

Wieder ist es warm, ein herrlicher Herbsttag. Das letzte Stück des Weges ist steil. Ein Reiher fliegt auf, irgendwo müssen Fischteiche sein. Einige Häuschen ducken sich an den Waldsaum. Lea hat es geschafft. Für einen Moment bleibt sie stehen und ruht sich im Schatten der mächtigen Kastanie aus, deren Blätter bereits ins Gelb und Braun gewechselt haben.

Zwei Kinder stürmen aus einem soeben angekommenen Auto.

»Guck, Sandra«, sagt der Junge, »Kastanien. Du brauchst doch welche zum Basteln bei Frau Sammer.«

»Oh, so viele. Wo tue ich die rein?«

»Ich bring eine Tüte mit«, ruft die Mutter.

»Aber keine aus Plastik, sonst meckert Frau Sammer wieder«, ruft Sandra zurück, »die kann keine Plastiktüten leiden, diese Öko-Tussi, weil, die sind nicht umweltfreundlich.«

»Ich habe aber nur eine Plastiktüte, zu Hause können wir sie ja umfüllen.«

Die Gäste sitzen auf der Terrasse vor dem Gasthof. Einige haben das Palaver verfolgt, schauen auf die Kinder, die nun eifrig Kastanien sammeln, und lächeln. Der Koch, vermutlich der Hausherr, steht am Grillgerät und wendet brutzelnde, zischende Fleischstücke.

»Noch'n Tisch oder Platz frei?«, fragt ihn Lea.

»Klar, dort links!« Er zeigt mit dem Grillwender in die linke Ecke der großen Terrasse. Dort steht ein kleiner Einzeltisch, was Lea ganz recht ist.

»In diesem Jahr haben wir oft gegrillt«, erläutert die Bedienung, »besonders bei solchem Kaiserwetter wie heute – sollen wir Ihnen einen Grillteller zusammenstellen?«

Erst jetzt merkt Lea, als der köstliche Grillduft an ihr vorüberzieht, wie ausgehungert sie ist.

»Sie sind wohl neu hier?«, wird sie gefragt.

»Sieht man das?« Lea muss lachen.

»Na ja, irgendwie schon.«

Als die Bedienung das Bier bringt, zögert sie einen Augenblick, bleibt neben Lea stehen und – es muss anscheinend heraus – setzt sie ihre Fragerei fort:

»Sie sind bestimmt die Frau Winter, die drüben in der Helma-Hütte Krimis schreibt.«

»Erraten! Und jetzt?«

»Ich soll Ihnen von Herrn Pfannes bestellen, das Bier ist ein Willkommensgruß, geht auf Rechnung des Hauses,«

»Na, wenn das so ist«, Lea hebt das Glas, »Ihr Herr Pfannes ist wohl der Chef und grillt?«

»Genau.«

»Dann zum Wohlsein!« Lea hebt ihr Glas in Richtung des Schinkenwirtes. Dieser hebt ebenfalls ein Glas in die Höhe, aber es scheint nur Wasser darin zu sein.

Aha, denkt Lea, *Dienst ist Dienst, und Schnaps ist Schnaps, ein Gewissenhafter, der Herr Pfannes.*

Später, als Lea ihren Teller mit wohlschmeckenden Fleischstückchen und Salaten vor sich stehen hat und wie eine Verhungernde darüber herfällt, setzt sich der Wirt für einen kurzen Augenblick zu ihr.

»Darf ich?«, hatte er zunächst angefragt.

»Bitte«, sagt Lea höflich, »aber fragen Sie mich nicht nach Ihrem Bürgermeister aus.«

»Liebe Frau Winter, werde ich nicht machen, Ehrenwort, aber ich glaube, ich habe etwas für Sie.«

»Also hat's doch wieder was mit Ihrem Bürgermeister zu tun. Sie sind bei mir an der falschen Adresse, Sie müssen zur Polizei gehen, Herr Pfannes.«

»Aber Sie sind doch die Letzte gewesen, die ihn gesprochen hat, und da Sie nun gerade hier sind, dachte ich, ich meine, Sie haben Recht, doch ich hatte noch keine Zeit, und überhaupt, es ist vorhin passiert, und ich weiß ja auch nicht, aber weil Sie doch Krimis schreiben ...«

»Also gut, dann erzählen Sie mal der Reihe nach.«

Und wieder denkt Lea *Eigentlich sollte ich aufstehen und gehen, mich nicht mehr da hineinziehen lassen. Was habe ich mit dem Fall zu schaffen? Verdori, warum bleibe ich sitzen?*

Lea ist wütend, trotz des guten Essens und ihres gesättigt

Seins. Doch statt sich zu erheben und dieses sonnige blumenreiche Plätzchen zu verlassen, bleibt sie sitzen, lehnt sich zurück, wischt mit der Serviette über ihre Lippen, greift zum Bierglas, trinkt den letzten Schluck, blickt den Wirt, der etwas hilflos dreinschaut, ins Gesicht und fordert ihn abermals auf zu erzählen. Leise plätschert der Springbrunnen. Über das untere Tal zieht ein Bussard seine weiten Kreise.

»Wie haben die Pilze geschmeckt?«, fragt er und fährt fort, ohne auf eine Antwort zu warten. »Die suche ich selbst, hier oben im Wald habe ich so meine Geheimplätze. Kommt niemand hin, nur ich. Heute Nachmittag war ich auch dort, noch ein Stückchen höher sogar. Wo ich war, da sagen sich wirklich Fuchs und Hase Gute Nacht. Und da finde ich nicht nur meine Pilze, Steinpilze übrigens, sondern auch eine Jacke. Mir wird ganz unheimlich, ich gucke mich um, rufe auch schließlich: *Ist da jemand?* Doch niemand antwortete, kein Rascheln, kein Knacken, absolute Stille. Mir war trotzdem ganz mulmig, zum Glück hatte ich meinen Pilzkorb voll und sah zu, dass ich fortkam.«

Er unterbricht sich, winkt die Bedienung heran:

»Noch ein Bier für Frau Winter, bitte«, sagt er, und Lea, der sich ein Frösteln in den Nacken setzt, sagt:

»Einen Schnaps bitte auch!«

Irgendwo ist sie die Tochter ihrer Mutter, die, wenn es *kribbelig* wird, einen Schnaps zu sich nehmen muss, weil der *das wahre Wort Gottes ist und das Innerste zusammenhält.*

Sie hat während des Berichts dem Wirt ins Gesicht gesehen und versucht, sich darüber klar zu werden, was in diesem etwas schmächtigen, bestimmt nicht zum Helden geborenen Mann, vor sich geht. Er findet eine Jacke, na gut, irgendeine Jacke, er ruft, und niemand antwortet. Es ist ein Waldfleckchen, das sonst keiner betritt, außer dem Förster vielleicht. Oder ein Liebespaar. Aber heutzutage gehen Liebende nicht zum Schäferstündchen in den Wald. Und dann so abgelegen. Die jungen Leute sind erstens nicht mehr so romantisch, und zweitens würden die nicht so weit laufen. Also, was hat es mit dem Kleidungsstück auf sich, und weshalb wird dem Herrn Pfannes so mulmig? Lea ist trotz aller guten Vorsätze gespannte Aufmerksamkeit.

Zusammengesackt sitzt der Wirt vor ihr, schaut sie jetzt an, sieht etwas schüchtern aus, fährt sich mit der linken Hand durch die Haare, lächelt kaum merklich.

»Sie haben doch die Jacke mitgebracht?«, fragt Lea.

»Sicher.«

»Und was denken Sie, wem sie gehören könnte?«

»Dem, an den Sie jetzt auch denken. Frau Winter, ich kenne seine Kleidung nicht, bin so gut wie nie dabei, wenn unten in Olsberg etwas los ist, mein Restaurant hier oben hat mich voll im Griff und meine Frau auch. Außerdem haben wir ein Baby und momentan überhaupt und für nichts mehr Zeit. Sie haben ihn zuletzt gesehen, Sie wissen, was er getragen hat. Frauen wissen das doch. Wir Männer achten nicht auf Kleidung, aber die Frauen, das weiß ich von meiner Gaby.«

»Und nun möchten Sie, dass ich mir die Jacke ansehe!«

Der Wirt nickt, steht auf, sagt nichts mehr, und Lea erhebt sich ebenfalls, sieht in seinen Gesten eine stumme Aufforderung, ihm zu folgen.

Mein Gott, sagt sich Lea, bleib cool, würde Svenny ihr raten. Warum steigt ihr eine Kälte an den Hals, die Jacke kann irgendeine x-beliebige sein, Hinz oder Kunz gehören, warum also diese Kälte auch im Nacken.

Sie gehen durch das Restaurant, in dem einige ältere Gäste sitzen, denen es draußen zu frisch geworden ist. Die Einrichtung macht einen hellen freundlichen Eindruck. Sie passieren die Küche, in der nicht viel los ist, da sich heute alles draußen abgespielt hatte. In einem kleinen Raum, in dem ein Kinderwagen steht, holt der Wirt eine Jacke vom Kleiderhaken, bei deren Anblick Lea so etwas wie einen Faustschlag in ihren vollen Magen spürt. Es besteht kein Zweifel. Es ist der hellblaue Seidenblouson.

Stumm reicht er ihn ihr. Sie zögert, als fürchte sie seine Berührung. Doch schließlich nimmt sie ihn in ihre Hände, hält ihn hoch und breitet ihn aus. Einige dunkle Ränder sind zu erkennen, wie von Wassertropfen, die im empfindlichen Seidengewebe immer ihre Visitenkarte hinterlassen. *Tau vielleicht*, denkt sie. Wer weiß, wie lange er dort oben im Gras oder auf dem feuchten Waldboden gelegen hat.

Weniger forsch, eher zögerlich, greift sie in die Taschen, außen, innen. Gefühle verknoten sich in ihrem Bauch.

»Hab ich auch schon nachgeguckt. Nichts drin. Waren leer.«

Lea legt den Blouson auf einen kleinen Tisch. Im Kinderwagen regt sich etwas, das Gestell vibriert leicht. Herr Pfannes beugt sich über den Wagen, blickt hinein, lächelt.

»Sie wird wach«, flüstert er.

»Ein Mädchen«, flüstert auch Lea. »Darf ich's sehen?«

Welch ein beruhigender Anblick nach dem Schreck. Lea ist, als fühle sie noch immer den Faustschlag in ihrem Magen.

Sie beugt sich über den Kinderwagen. Die kleinen Fäustchen des Babys sind an seinen Mund gepresst. Gierig saugen die kleinen Lippen an ihnen. Ein lustvolles schmatzendes Geräusch erfüllt den kleinen Raum.

»Das macht sie immer, ehe sie richtig wach ist, sie hat dann Hunger und schreit das ganze Haus zusammen.«

»Wie hübsch sie ist«, sagt Lea und bemüht sich, leise zu sprechen.

»Ganz meine Frau.«

»Ein blonder Engel – hat jemand von Ihrer Frau geschwärmt,«

»Wer's auch war, er hat Recht.«

Herr Pfannes blickt auf, lächelt, langsam ziehen Schatten in sein Gesicht, seine Augen sind plötzlich sehr dunkel.

»Es ist seine Jacke, stimmt's?«

Lea nickt.

»Sie müssen die Polizei verständigen.«

»Hatte er sie an, als er abends bei Ihnen in der Hütte war?« Lea nickt.

»Sicher?«

»Ganz sicher!«

»Dann weiß ich auch, weshalb ich da oben so ein mulmiges Gefühl hatte. Mir war ganz schrecklich zu Mute. Mir war so, bitte halten Sie mich nicht für überspannt, mir war so, als wäre jemand in der Nähe, irgendwie da und doch nicht da. Ich hätte die Umgebung absuchen sollen. Aber ich wollte nur weg, nichts wie fort. Ganz seltsam. Sie halten mich wohl für sehr feige?«

»Nein, überhaupt nicht. Gefühle sind manchmal stärker als wir. Außerdem mussten Sie ja zurück, um Ihre Gäste zu bekochen. Aber jetzt ist es noch nicht zu spät, Sie müssen die Polizei benachrichtigen. Es ist gleich stockdunkel.«

»Können Sie das für mich erledigen, hier draußen können Sie anrufen. Ich habe noch nie was mit denen zu tun gehabt.

Sie sollen durch den Hintereingang kommen. Ich möchte nicht, dass die Gäste beunruhigt werden.«

Er sieht Lea so flehentlich an, dass sie ihm den Wunsch unmöglich abschlagen kann. So geht sie zum Telefon und gibt den Fund durch. Wider Willen zittert ihre Stimme. Lea weiß nicht, ob die Ursache der Herr Pauli ist, der Wochenenddienst hat, oder die Gewissheit, dass sie wieder mitten ins Geschehen einbezogen worden ist.

Herr Pfannes knetet unablässig seine Finger, als er zu Protokoll gibt, wo und wie er den Blouson gefunden hat. Inzwischen ist es dunkel geworden.

Am nächsten Morgen soll eine große Suchaktion mit dem Schinkenwirt im Eisenberg durchgeführt werden.

»Muss ich auch suchen?«, fragt der bang, »ich kann das nämlich nicht, meine Nerven, wenn Sie verstehen.«

»Nein, nein«, beschwichtigt ihn Herr Pauli. »Sie zeigen uns nur die Stelle, wo Sie die Jacke gefunden haben.«

Herr Pauli blickt Lea erwartungsvoll an.

»Nein, nein«, wehrt diese energisch ab. »Ich halte mich da raus. Mit Ihrem Bürgermeister will ich nichts zu tun haben.«

Merkwürdig, geht es ihr auf dem Nachhauseweg durch den Kopf, *wie gelangt der Blouson dort oben hin? Nur der Blouson oder auch der Vermisste?* Ein tiefer Schauder durchfährt sie. Sie hat ihn doch erst kürzlich gesehen und mit ihm gesprochen. Hätte sie es doch melden müssen? Aber er hat ihr angedroht, sie umzubringen, wenn sie zur Polizei geht. Und seine Frau? Von der Polizei wollte auch sie nichts wissen. Was, wenn er dort oben ...?

Lea mag den Gedanken gar nicht zu Ende denken. Ob dort

oben eine Hütte sei, hatte sie den Herrn Pfannes gefragt. Nein, nur ein Stollen, ein still gelegter Erzstollen, den Fledermäuse als Domizil benutzen. Aber selbst der sei weiter entfernt. Lea geht rascher, ihr ist kalt.

Als sie mit ihrer Taschenlampe an der Hütte ankommt, ist die Tür angelehnt, Sie hatte zwar nicht abgeschlossen, aber angelehnt? Eine Kerze brennt, im Dämmerlicht erkennt sie Junus und fliegt ihm an den Hals. Er hat London bereits früher verlassen, ist vom Flughafen mit dem Taxi gekommen. *Nur wer die Sehnsucht kennt*, sagt er wie zur Entschuldigung.

Die Helma-Hütte hat sicher schon viel gesehen, doch Etagenbetten wie in einer Jugendherberge sind der Liebe nicht gerade förderlich.

Lea und Junus breiten die Matratzen auf dem Boden des Aufenthaltraums aus und sind im siebten Himmel.

Der allerdings währt nur bis Donnerstagnachmittag, dann stehen Helga und Walter, ihr Lebensgefährte, vor der Hüttentür und berichten das Neueste.

»Wir dachten, das musst du wissen, Lea, das ist alles so ungeheuerlich, wir dachten, das interessiert dich.«

»Und da seid ihr extra mit dem Rad ...?«

»Das Wetter ist so toll, wir dachten ...«

»Dass dein Mann hier ist, haben wir nicht gewusst, sonst wären wir doch nicht ...«

»Ist meine Frau schon wieder in einen Schlamassel geraten? Das sieht ihr ähnlich. Sie kann's nicht lassen«, lacht Junus.

»Also, dann los, wenn ihr schon hier seid. Habt ihr euren Bürgermeister gefunden?«

»Ja, das ist es ja. Er ist wieder da.«

»Und dort oben im Eisenberg gefunden? – Ich hoffe, es geht ihm gut«, will Lea alles auf einmal wissen.

»Vielleicht geht's ihm gut, vielleicht auch nicht, wer kann das schon so genau wissen«, Helga ist sehr ernst geworden, »er ist nämlich tot.«

Sie alle sitzen draußen vor der Hütte. Die Sonne scheint warm auf den Vorbau. Es ist still. In der Ferne ist ein Eisenbahnzug zu hören, überlaut dröhnt sein Näherkommen in die Stille.

Endlich lässt sich Lea vernehmen:

»Aber das ist ja schrecklich. Und wie ist er ..., ich meine, wie ...?«

»Erstickt vermutlich, sein Kopf steckte unter einer Plastiktüte, Hände und Füße gefesselt. Er muss auch misshandelt worden sein.«

»Ich verstehe zwar gar nichts, Lea und ich hatten bis jetzt anderes zu tun. Aber um was es hier geht, das hört sich abenteuerlich an.« Junus ist entsetzt, bittet um Aufklärung.

»Hast du keine Zeitung gelesen?«, fragt Lea, »es hat in allen gestanden. Der Bürgermeister ist weg.«

»Ich hatte mit meinen eigenen Reportagen genug zu tun, also bitte, Lea, lass mich nicht dumm sterben.«

Junus war schon immer Detail versessen, und so dauert es eine Weile, bis er den roten Faden hat.

»Wer kann so etwas tun?«, fragt er zum Schluss.

Da Lea nicht verraten möchte, dass sie mit Grit Sommer etliche Kontakte hatte, lässt sie die anderen drei dieser Frage nachgehen.

»Bestechung?«

»Nein, niemals!«

»Korruption?«

»Ist völlig auszuschließen. Der nicht!«

»Eine politische Intrige?«

»Nie, er verstand sich mit allen Parteien gut. Und wenn's anders gewesen wäre, – deshalb bringt man doch niemanden um. Wo leben wir denn!«

»Er hatte wahnsinnige Angst. Noch nie habe ich jemanden mit einer solch gehetzten Angst gesehen«, wirft Lea in die Überlegungen ein.

»Könnte eine Frauengeschichte dahinter stecken?«, fragt Junus und blickt Lea an wie ein Unschuldslamm. »Welcher Mann hat die nicht?«

»Ach«, sagt Helga, »er war nett zu allen, ob alt, ob jung, ob hübsch, ob verhutzelt, aber er war bestimmt kein Schürzenjäger.«

»Jeder hat Schwachstellen. Er hatte auch eine, mit Sicherheit, und die ist ihm zum Verhängnis geworden.« Junus ganz sachlich.

»Ich kann mir das alles nicht vorstellen. Er war einfach ideal, ohne Fehl und Tadel. Eine Affäre mit Frauen, der, nie!«

»Niemand ist perfekt. Irgendetwas Dunkles muss auf seiner weißen Weste gewesen sein«.

»Ich weiß, dass er Ärger mit einem stadtbekannten Querulanten hatte, der ihm manches Mal eingeheizt hat, wenn er lukrative Baugrundstücke erwerben wollte und sie nicht zugeteilt bekam. Soviel ich weiß, hat die Polizei bei dem eine Hausdurchsuchung durchgeführt, aber nichts gefunden. Der war auch wirklich der Einzige, der ihm manchmal Knüppel zwischen die Beine geworfen hatte«, erzählt Helga.

»Ach, so einen hat jede Stadt. Hunde, die bellen, beißen nicht. Der wollte nur Terror machen, der bringt niemanden um«, verwirft Walter diesen Gedanken.

»Vielleicht steckt doch eine Affäre mit einer Frau dahinter«, insistiert nun Lea. »Gerade Leute, die im öffentlichen Leben stehen, führen manchmal ein Doppelleben. Wenn euer Bürgermeister wirklich so absolut integer war, dann bleibt eigentlich nur das.«

»Ja, aber um Himmels willen mit wem denn?«

Helgas Augen sind rund vor Entsetzen.

»Das wird die entscheidende Frage sein, wenn überhaupt.«

Junus hatte bereits eine Weile geschwiegen. Etwas scheint ihm zu dämmern. Paderborn, Café Celona, der Typ mit der Perücke, hinter dem Lea herrennen musste, – ein Mosaiksteinchen fügt sich ans andere. Er blickt seine Frau an, und sie merkt, dass er kombiniert hat, schließlich ist ihr Mann ja nicht begriffsstutzig.

Deshalb fixiert sie ihn mit stechenden Augen, die ihm sagen sollen: *Halt die Klappe, kein Wort von Paderborn!*

Und Junus schweigt, einerseits erleichtert, dass sie keinem Flirt nachgelaufen ist, andererseits beunruhigt, weil sie wieder in einen Fall verstrickt ist und die Fäden offensichtlich bei ihr zusammenlaufen. Sie wird es nie lassen können. Tief in ihrem Innersten sitzt ein kriminalistisches Gen, das pocht und pocht und sie nicht zur Ruhe kommen lässt.

Eigentlich ist Lea ungehalten, dass man sie immer wieder mit dem Bürgermeister belästigt. Viel lieber möchte sie jetzt mit Junus allein sein, einen Spaziergang in den Wald machen, ihrem Mann einige Kapitel ihres Krimis vorlesen, Rotwein trinken und den Olsberger Bürgermeister endlich aus dem Kopf katapultieren. Offensichtlich scheint ihr das aber nicht zu glücken. So lädt sie Helga und Walter zu einem Glas Rotwein ein, unter einer Bedingung, dass sie den armen Bürgermeister nicht mehr erwähnen. Aus dem Nachmittag wird ein gemeinsamer Abend, und dazu noch ein lustiger. So drängen auch Leas Schuldgefühle nicht an die Oberfläche; denn sie macht sich Vorwürfe, dass sie nicht die Polizei von Paderborn benachrichtigt hatte. Vielleicht würde Peter Sommer dann noch leben.

Oh, mein Gott, denkt sie, *jetzt musst du auch noch mit Schuldgefühlen fertig werden.*

Trotz allen Frohsinns spürt sie den Knoten in ihrem Magen.

Junus bleibt noch den Sonntag, und so können sie die Ruhe des Waldes genießen und lange Spaziergänge unternehmen.

Sie klettern einen steilen Kreuzweg hoch, hoch und immer höher führt dieser, endet an einer kleinen Kapelle auf einem Plateau mitten im Wald.

»Was ein herrliches Fleckchen Erde«, staunt Junus.

Sie entdecken Ausgrabungen, und Lea liest laut die erläuternden Texte in den Schaukästen. Ein Kopfnischengrab ist abgebildet, der Grundriss einer Kirche ist erkennbar.

Herbstflammende Buchen und Ahorn umgeben den großen Platz. Ein frischer Wind streicht von Westen herauf. Sie gehen zurück zur Kapelle. Seitlich davon ist die Sicht auf Olsberg und das Ruhrtal atemberaubend. Steil fällt hier der Felsen ab.

»Heute ist gute Sicht«, Junus und Lea drehen sich um, sind etwas erschrocken, sie haben niemanden kommen hören.

»Heute können Sie bis zum Arnsberger Wald sehen. Dort hinten am Horizont, das ist er.«

»Sie sind ebenfalls hier heraufgekraxelt«, lacht Lea, »ganz schön anstrengend!«

»Das mache ich mindestens einmal in der Woche. Ich sehe

nach dem Rechten, bin der Borbergküster, Körner ist mein Name. Der Berg hier heißt Borberg. Die Mauerreste haben Sie gesehen?«

»Ja«, sagt Lea, »welch eine Überraschung.«

»Sie sind wohl nicht von hier? Wanderer? Urlauber?«

»Nein, nein, ich habe mich dort unten für einige Zeit einquartiert.«

»Ach, dann ist ja alles klar. – Sie sind die Krimischreiberin.«

»Das hat sich also rumgesprochen.« Junus lacht.

»Na, wissen Sie, so was macht schnell die Runde, zumal wir jetzt selbst einen Kriminalfall haben. Haben Sie schon gehört, eine Sonderkommission ist aus Dortmund eingetroffen, die sollen herausfinden, wer unseren Bürgermeister ermordet hat, denn das ist ja nun mal sicher, dass er ermordet wurde.«

Kein Tag ohne dieses Thema, grollt Lea in sich hinein. Aber rasch wieder versöhnlich, denkt sie, *Wes das Herz voll ist, des geht der Mund über.*

»Eine schreckliche Geschichte«, sagt sie deshalb.

»Na, Sie haben doch einiges mitgekriegt«, meint Herr Körner, »haben Sie keine Angst, so allein in der Hütte?«

»Nein, keine Angst, und die letzten Tage war mein Mann bei mir.«

»Ist Ihnen nicht unheimlich, dass der Mörder frei herumläuft?«

»Wer will schon wissen, dass der Täter von hier gewesen ist?«, fragt Junus.

»Unser Bürgermeister ist hier im Rott tot aufgefunden worden, an einen Baum gefesselt. Ihr Auto, Frau Winter, hat man in Paderborn gefunden. Man hat ihn hierher gebracht, alles ganz mysteriös, finden Sie nicht? Ich bin überzeugt, der oder die Mörder sind von hier, ich kann mir nicht helfen. Vielleicht hat die Spurensicherung irgendwelche Hinweise gefunden, Schuhabdrücke oder so was. Sie kennen sich ja da besser aus als ich. Sie sollen ausgesagt haben, er habe eine grottentiefe Angst gehabt, grottentief – habe ich von meinem Enkel«, fügt er lächelnd hinzu.

»Seine Angst war wirklich abgrundtief.«

»Na, die hat er jetzt nicht mehr. Gott sei seiner Seele gnädig.– Dass Sie keine Angst haben, Frau Winter, mitten im Wald, in der Hütte, finde ich bewundernswert. Auch nicht, wenn jetzt morgens und abends die Nebel wallen und die Nonne Pia sie besucht?«

»Wer ist denn das? Wissen Sie, ich habe viel Besuch von den SGV-Leuten, aber eine Nonne ist nicht dabei gewesen.«

»Das glaube ich gern, die ist ja auch lange tot und wallt nur noch mit den Nebeln.«

»Wie das?«

»Also, hier auf dem Borberg stand ein Kloster. Die Nonne Pia lebte darin. Sie war ein adeliges Fräulein vom Wasserschloss Bruchhausen. Da müssen Sie mal hinwandern, der Weg über den Ginsterkopf ist richtig abenteuerlich. Die Nonne Pia ist vermutlich auch dorther gelaufen. Ihre Schwester heiratete in Bruchhausen, sie wollte unbedingt zu dieser Hochzeit, die Äbtissin ließ sie aber nicht gehen. Muss wohl so'n alter Drachen gewesen sein. Die Nonne Pia ist da ausgebüxt, sie wollte nur einen Blick durchs Fenster der Kirche werfen und dann *husch husch* wieder zurück zum Kloster laufen. Den Blick hat sie gehabt, aber auf dem Rückweg kam Nebel auf, ein Gewitter, brausender Sturm, ein Stein an den Bruchhauser Steinen – da müssen Sie unbedingt hin! – löste sich und erschlug die Nonne Pia.

Das kommt davon, wenn man nicht hören kann, hat unser Lehrer früher gesagt. Jetzt geistert die Arme mit den Nebeln herum. Passen Sie auf, morgen spukt sie bei Ihnen, ist ja nicht weit von hier«, lacht Herr Körner.

»Na, dann soll sie nur kommen, auch vor nebelwallenden Nonnen fürchte ich mich nicht. – Und danke für diese wunderschöne Geschichte. Jetzt machen wir uns auf die Socken. Gibt's auch einen anderen Weg nach unten?«

»Dort hinten an den Ausgrabungen, der ist auch viel bequemer, als der steile hier an der Kapelle.«

»Vielen Dank und Tschüss, Herr Körner. Bleiben Sie nicht zu lange, sonst werden Sie doch noch eingenebelt!«

»Keine Sorge, hier kenne ich jedes Steinchen und jeden Grashalm, und Pia kennt mich.«

Unterwegs entdeckt Lea einen Weg zum Schinkenwirt. Dorthin entführt sie ihren Junus, damit er »was Chescheites in den Magen kriecht«, wie ihre Mutter sagen würde.

»Mein Mann«, stellt sie dem Wirt Junus vor, »der braucht was Ordentliches zu futtern.«

»Kein Problem, heute fängt die Spanische Woche an, hier, die Speisekarte!«

»Olé!«, ruft Junus, »dann lassen Sie mal den Toro raus!«

»War's schlimm?«, fragt Lea den Wirt.

»Die entsetzlichste Stunde meines Lebens. Hoffentlich passiert mir so etwas nie wieder. Ich habe ihn gesehen, so am Baum, ein Albtraum.« Herr Pfannes schüttelt sich und wendet sich mit hängenden Schultern seiner Küche zu.

21

Lea stürzt sich am Montagnachmittag auf ihr Buch, als Junus abgereist ist. Er muss Donnerstag für eine Reportage in den Libanon fliegen und sich vorher sachkundig machen. Junus fährt mit dem Zug nach Hause.

»Pass auf dich auf, ein so unruhiges Land musstest du dir wieder aussuchen«, sagt Lea und küsst ihn zum Abschied.

»Ich weiß wirklich nicht, ob ich dich hier in ruhigeren Gefilden zurücklasse. Mord und so, mein Liebes, halt dich aus allem raus!«

»Versprochen, Junus!«

Den nächsten Tag kann Lea ungestört an ihrem Laptop verbringen. Anderntags steht ein Mann bereits um neun Uhr vor der Tür. Er hat graue glatte Haare, ein freundliches Lächeln und etwas Verschmitztes in den Augen.

»Ich kenne Sie«, sagt Lea, »aber im Moment weiß ich nicht...«

»Klaus, der Kartoffelbräter.«

»Richtig, Entschuldigung, Klaus, aber in den letzten Tagen habe ich so viele Leute gesehen.«

»Nein, nein, ich muss mich entschuldigen, dass ich hier aufkreuze, aber an den Platten hier draußen muss noch eine Kleinigkeit verlegt werden, und ich wollte fragen, ob ich das darf, ob ich nicht störe. Das Wetter ist noch so gut, und bald kommt der Winter, nich, und dann geht das nicht mehr.«

»Natürlich darfst du das, du störst mich keineswegs. Du

erledigst deine Arbeit draußen und ich drinnen, und so kommt doch keiner dem anderen ins Gehege.«

»Also dann«, sagt Klaus, tippt an seine Stirn wie ein Soldat zum Gruß und trabt von dannen.

Wie der brave Soldat Schweijk sieht er aus, denkt Lea, als sie ihm noch eine Weile mit ihren Blicken folgt. Sicher so ein unentbehrliches Faktotum für einen Verein. Einer, der alles kann, keine zwei linken Hände hat und der zupackt, ohne große Worte zu verlieren.

Lea schließt die Hüttentür, obwohl die Sonne ihre ersten Strahlen unter das Dach der Veranda schickt. Ein weiterer sonniger Herbsttag kündigt sich an. Die ersten gelben Blätter wirbeln auf der Wiese vor der Hütte. Lea schaut durchs Fenster, Klaus hantiert mit seinem Werkzeugkasten, legt Schüppe und Hacke zur Seite.

»Na, dann woll'n wir mal«, sagt Lea, die bereits seit dem frühen Morgen am Laptop hockt. *Morgenstund hat Gold im Mund* hat ihre Mutter früher immer behauptet und sie sehr früh aus dem Bett geworfen. Jetzt braucht sie niemand aus den Federn zu treiben, Lea steht gern früh auf. Wenn der Tag noch jung ist, geht ihr die Arbeit besonders gut von der Hand.

Wie lange sie ungestört tippen konnte, weiß sie nicht. Plötzliches Lachen und Hallo schrecken sie auf.

Der, der draußen bei Klaus steht, hat eine laute Stimme, einen Bart, und er trägt zwei Bierflaschen in der rechten Hand. Auch er kommt Lea bekannt vor, aber sie weiß nicht so recht, wo sie diese lange Telegrafenstange schon gesehen hat.

Wieder lacht der Bierträger so laut, dass es bis in die Hütte dröhnt.

Lea begibt sich nach draußen, an Konzentration ist jetzt nicht mehr zu denken.

»Meisterstunde!«, trompetet ihr die Stange entgegen.

»Ist es elf Uhr?«, fragt Lea, »ich habe ganz die Zeit vergessen.«

»Wie, Meisterstunde kennst du?«, wundert sich Klaus.

»Klar«, lacht Lea, »die gibt's bei uns auch um elf Uhr. Na, dann Prost, ihr zwei!«

»Das ist der Willy, unser Vorsitzender«, erklärt Klaus, ehe er den ersten langen Schluck aus der Flasche nimmt.

»Ja, nun weiß ich auch, wo ich ihn gesehen habe. Beim Fest hat er die Gäste begrüßt.«

»Und wie gefällt's dir in unserer Hütte?«, fragt dieser.

»Wunderbar – bis auf die ständigen Unterbrechungen durch euern Fall mit dem Bürgermeister.«

Beide lachen, setzen abermals die Flaschen an und genehmigen sich einen kräftigen Schluck.

»Logisch, dass der in aller Munde ist«, sagt Willy, »so was hat unsere Stadt noch nie erlebt. Die Spurensicherung hat die Fußspuren zweier Leute entdeckt und Abdrücke davon genommen. Es soll sich um extrem kleine Schuhgrößen, 38 und 39 handeln, also keine typischen Männergrößen. Und es handelt sich um Turnschuhe, eine ganz bekannte gängige Marke, hab sie vergessen. Auf jeden Fall werden die von zigtausend Leuten getragen.«

»Na, das ist doch mal was«, freut sich Lea. »Vom Bürgermeister keine Schuhabdrücke?«

»Nein, Schleifspuren, man muss ihn dorthin transportiert haben. Fundort also nicht gleich Tatort, wie es so treffend heißt.«

»Merkwürdig, das müssen dann aber zwei kräftige Frauen gewesen sein!«

»Das Ganze ist mehr als merkwürdig. Niemand kann ein Motiv erkennen.« Willy schüttelt den Kopf.

»Klaus, den Rest vom Weg musst du so legen, guck mal, hier lang! Was du vorhast, ist nicht richtig.«

»Ach, deshalb die Meisterstunde. Du meinst, weil du Vorsitzender bist, musst du mir sagen, wie ich das legen soll. Nee, mein Lieber, so nicht. Ich versteh mehr davon. Ich mach's nach meiner Vorstellung oder gar nicht.«

»Ist ja gut, Klaus, also erledige das nach deinem Plan. Ich meinte nur.«

»Meinen kannste viel, Willy, und Bier bringen auch, aber ansonsten halt dich da raus. Was glaubste, wie viele hier ihren Senf dazu tun mussten. Wenn wir auf die alle gehört hätten, wär die Hütte heute noch nicht renoviert.«

»Die Hütte ist wunderschön«, meint Lea sagen zu müssen, »vor allem die Küche gefällt mir gut. Die ist wirklich allererste Sahne.«

Die beiden Männer strahlen, sind sichtlich ausgesöhnt, leeren ihre Bierflaschen. Willy verabschiedet sich, und Klaus bückt sich über seine Platten.

Einige Stunden müssen vergangen sein, Lea schrickt hoch, als Klaus ans Fenster klopft.

»Komm rein!« Lea ist aufgestanden, hat die Tür geöffnet.

»Hast du die ganze Zeit geschrieben? – Es ist bald Abend, fünf Uhr, bald halb sechs.«

»Wenn ich schreibe, vergesse ich immer die Zeit.«

»Aber Mädchen, du musst doch essen.«

»Heute Morgen um sechs habe ich Milchreis gekocht, den verputze ich jetzt.«

»Mein Leibgericht!« Klaus' Augen strahlen. »Milchreis muss mir meine Frau auch öfters kochen. Das reicht mir, muss nicht immer Fleisch sein. Reis ist so gesund und treibt das Wasser raus, nich!«

»Wenn du magst, kannst du mitessen, ich hab genug für beide.«

So sitzen sie draußen auf der Veranda, genießen die letzten Sonnenstrahlen und essen Milchreis. Sehr still ist es, eine Tannenmeise fliegt in eine nahe Fichte, hüpft auf dem Zweig entlang bis weit nach vorn, bringt das dünne Geäst zum Wippen, stößt eine Strophe in den Abendhimmel und fliegt wieder fort.

»Die Natur bietet viel, nich«, sinniert Klaus, »gibt es Schöneres, als hier zu sitzen, zu beobachten und sich über alles zu freuen. Ich bin kein Sauerländer, komme von der Waterkant, aber ich lebe schon lange hier und liebe die Berge und Wälder. Das alles muss man doch hier mögen, nich. Und wer hier lebt, muss doch wandern. Die Natur lädt doch dazu ein, nich. Wir holen dich mal ab, dann wandern wir mit dir. Du musst auch mal raus, nicht nur in der Hütte hocken, davon kriegste ja'n krummes Kreuz und verknickst dir deine Gebärmutter, nich.«

Lea schaut ihn an, prustet mit vollem Reismund, am liebsten würde sie laut lachen, aber das ist nicht möglich mit dem vollen Mund. Klaus sitzt da wie ein Philosoph, ernst, nach innen schauend, ein wenig erschöpft nach dem langen Arbeitstag, seine Augen schimmern vor Glück und Zufriedenheit.

Plötzlich horcht er auf. Ein Schreien in der Luft, ein vielstimmiges Schreien.

»Die Kraniche ziehen fort«, sagt Klaus, »jetzt kommt der

Herbst. Lass uns da hinten mal gucken, die müssen über uns sein.«

Sie stehen auf, gehen auf die Wiese vor der Hütte, und da ziehen sie über ihre Köpfe hinweg. In einer Eins fliegen sie mit schwerem Flügelschlag unter dem fast wolkenlosen Himmel. Dann löst sich die Eins auf, ein anderer Kranich setzt sich an die Spitze, die Formation gerät etwas in Unordnung, andere dieser großen majestätischen Vögel verlassen ihren Platz, fügen sich an den frei gewordenen Stellen wieder ein, bis sich eine neue Eins gebildet hat. Ihr Schreien ist jetzt laut, als müssten sie allen unter ihnen zurufen, dass sie eine große Reise antreten und allen und allem *Auf Wiedersehen* zuschnattern wollen. Warum nur stürmen die Kraniche so schreiend gen Süden? Wissen sie nicht, dass sie die Menschen und Berge nie vergessen werden?

Lea und Klaus reden nicht, während sie den Vögeln zuschauen, bis diese entschwunden sind. Ihr Lärmen wird leiser und leiser, verebbt schließlich ganz.

»Es ist immer wie Abschied«, sagt Klaus, »wenn die Kraniche ziehen, wird einem ganz wehmütig.«

»Es ist«, sagt Lea, »als hörte man die Stimmen versunkener Tage.«

Sie schweigen lange Zeit. Ihre Gedanken fliegen hinter den Vögeln her.

»Noch ein Glas Rotwein?«, fragt Lea, »oder wartet deine Frau?«

»Ein Glas ist schon in Ordnung. Kann ich mir mit meinem Fahrrad auch erlauben. Aber dann mach ich eine Fliege, sonst wird's noch dunkel, mein Licht ist nämlich defekt.«

»Dann holt dich womöglich noch die Nonne Pia«, lacht Lea.

»Ach, die ist dir auch begegnet!«

»Nein, nein, aber ihre traurige Geschichte hab ich neulich auf dem Borberg gehört.«

»Na, dann schreib mal die Sage von ihr in einem deiner Krimis auf. Ist doch schön gruselig – oder?«

Aus dem einen Glas Rotwein werden zwei und schließlich drei. Klaus schiebt sein Fahrrad durch die beginnende Dämmerung.

»Hoffentlich schimpft deine Frau nicht!«

»Meine? – Nie!«

Lea ist sich sicher, dass seine Augen wieder diesen ihm eigenen Schimmer haben.

22

Für die nächsten zwei Tage reichen noch die Vorräte, doch am dritten Tag nach Klaus' und Willys Meisterstunde muss sie sich in den Ort begeben, wenn sie nicht verhungern will. Beim Bäcker erfährt sie, dass nun alle polizeilichen Untersuchungen abgeschlossen sind und der Bürgermeister am kommenden Samstag beerdigt wird. Lea kauft einen großen Blumenstrauß und begibt sich zu Grit Sommer.

In tiefes Schwarz gekleidet, das ihr übrigens sehr gut steht, weil es sie viel schlanker erscheinen lässt, steht diese vor ihr. Beide Frauen bleiben zuerst starr und stumm, bringen sekundenlang keinen Ton über die Lippen.

Endlich löst sich Lea aus ihrer Starrheit und nimmt Grit in den Arm. Diese weint, als Lea ihr den Strauß mit gelben Rosen in die Hand drückt und sagt:

»Es tut mir so Leid, bitte, der Strauß ist für dich.«

Natürlich hat Grit kein Taschentuch zur Hand, sie schnieft die Flut der Tränen hoch, Lea hilft ihr mit einem Papiertaschentuch aus, das sie aus ihrer Umhängetasche zieht.

»Komm«, schluchzt Grit und geht voraus ins Wohnzimmer.

Lea lässt sie erst einmal weinen. Ihre Schultern beben, der Weinkrampf schüttelt sie, wie Sturm einen Baum peitscht. Sie setzen sich nebeneinander, umarmen sich, und Lea wiegt die andere behutsam.

Nach einer guten Weile erst vermag sie zu sprechen.

»Er hat mir oft sehr wehgetan, aber dieses Ende habe ich ihm nicht gewünscht. Bei der Identifizierung bin ich eingeknickt. Sie haben ihn geschlagen, gewürgt und verletzt, es muss schrecklich gewesen sein. Er ist nicht erstickt. Herzversagen. Das alles war zu viel für ihn. Sein Herz war nicht das Stärkste. Und er lebte ja auch wie eine Kerze, an beiden Seiten gleichzeitig brennend. Jetzt liegt er ganz friedlich in der Leichenhalle. Ich bin oft bei ihm.«

Das erste Taschentuch ist aufgeweicht. Lea reicht Grit die ganze Packung, die diese aufreißt und vorsichtig damit ihre geröteten Augen abtupft. Dann knüllt sie es in der Faust der linken Hand zusammen, schiebt es in die rechte Hand, breitet es auseinander, verknüllt es wieder und flüstert heiser:

»Weißt du, Lea, wenn die Beerdigung schon vorbei wäre! Denn mir graut davor. Am liebsten würde ich ihn im Familienkreis, unsere Familie ist nicht sehr groß, zu Grabe tragen lassen, aber das geht nicht. Er war ein Mann der Öffentlichkeit, und die ganze Stadt wird auf dem Friedhof sein.«

»Du wirst alles überstehen, und danach kannst du in der Zeit der Trauer irgendwohin fahren und abschalten«, rät Lea.

»Daran habe ich auch gedacht. Ich bin nicht scharf darauf zu wissen, wer ihn umgebracht hat. Wer auch immer ihn auf dem Gewissen hat, er wird demjenigen auch Kummer bereitet haben, davon bin ich überzeugt. Wer es auch gewesen ist, dieses Ende hat er allerdings nicht verdient. Wir waren immerhin zweiunddreißig Jahre lang verheiratet, die wirft man doch nicht so einfach über die Schulter.«

Grit schaut Lea wie um Verständnis bittend an. Die Tränenflut ist verebbt, aber immer noch knüllt die verzweifelte Frau das Taschentuch von einer Hand in die andere.

»Ich verstehe dich sehr gut, zu gut. Du bist eine starke Frau, du wirst alles überstehen, glaub mir. Etwas von deinem Mann ist bereits in dir gestorben, das habe ich bei unserer ersten Begegnung gesehen.«

»Das stimmt. – Wie gut du beobachten kannst.«

Grit bearbeitet jetzt ein neues Taschentuch. Sie guckt nicht hoch, blickt finster und angestrengt in ihren Schoß, druckst an irgendetwas herum, will es sagen und zögert doch, es liegt ihr schwer im Mund, aber sie hält es zurück. Sie kaut daran, will es hinunterschlucken und hat doch Angst, dass es ihr im Halse stecken bleibt.

Lea spürt Grits Zaudern, will sie aber nicht drängen.

»Als ich bei dir in der Hütte war, bin ich sehr offen gewesen. Hier im Ort würde ich mich das nicht trauen. Auch im Nachhinein will ich meinem Mann nicht schaden. Die Sonderkommission hat mich nach seinen potenziellen Feinden ausgequetscht. Ich habe von seinen Affären nichts gesagt. Nur dir habe ich mich anvertraut, wohl wissend, dass du niemals darüber reden würdest. Und deshalb vertraue ich dir ein weiteres Geheimnis an. Mein Mann, Peter ..., nun, er hat ein Kind. Einen Sohn. Sein Sohn ist achtzehn. Wohnt nicht hier. Lebt bei seiner Mutter, die allein Erziehende ist. Ich habe ein ganz gutes Verhältnis zu ihr, besuche manchmal beide, wollte, es wäre mein Sohn. Niemals hätten die Zwei meinen Mann kompromittiert. Sie ist Brasilianerin. Peter mochte vor allem exotische Frauen. Das war sein schwacher Punkt.«

Grit hebt den Kopf, zieht die Augenbrauen in die Höhe, kraust die Stirn, als wolle sie sagen, da kann man nichts machen, ich konnte auch nichts machen.

»Die Summe aller Laster ist konstant«, schiebt sie hinterher, »der eine raucht, der andere trinkt, der Dritte hat einen Autotick, der Vierte spielt, der Fünfte hat dies, des Sechste jenes.«

»Wer ohne Fehler ist, der werfe den ersten Stein«, beendet Lea diese so alltägliche Philosophie.

Die Klingel der Haustür schrillt in die Stille, denn beide Frauen hatten geschwiegen. Was gab es da noch zu sagen?

Grit eilt, um zu öffnen. Die Frauenstimme kommt Lea bekannt vor, und richtig, die braune zerschlissene Lederjacke tritt ins Wohnzimmer, begleitet von einem Polizeibeamten.

»Nein«, ruft Frau Brauer, die Kommissarin aus Dortmund, »das hätte ich denn doch nicht für möglich gehalten. Ich habe zwar bereits alle Protokolle in diesem Mordfall gelesen, aber Sie hier anzutreffen, das übertrifft mein kühnstes Vorstellungsvermögen. Tag, Frau Winter«

»Dann erübrigt sich ja jede Vorstellung«, Grits Stimme ist wieder gefasst und selbstbewusst.

Und ob Lea diese Frau kennt, die klein und rundlich und einem Rollmops nicht unähnlich ist. *Klein, aber oho!*, wie ihre Kollegen zu sagen pflegen. Und in der Tat, diese Person ist respekteinflößend, eine Frau ohne Wenn und Aber. Unter der abgewetzten Lederjacke agiert ein Energiebündel, das nicht eher loslässt, bis es sein Ziel erreicht hat.

Die Hand, die sich Lea zum Gruß entgegenstreckt, hat kleine stählerne Finger. Der Händedruck zwänge Lea in die Knie, wenn sie nicht säße. Noch immer sind ihre Haare von undefinierbarer Farbe, zudem derart verwirbelt, dass sie widerborstig von ihrem Kopf abstehen. Die Augen grau, von bohrender Intensität, sind fest auf Lea gerichtet. Um den Mund, den Lea schon damals wurstlippig fand, ist kein Lächeln, eher Trotz und Entschlossenheit.

23

Es war nach Leas Geburtstag vor gut einem Jahr gewesen. Sie hatte zu ihrer Party auch Lukas, den »grünen« Stadtrat eingeladen. Zusammen hatten sie sich an Hinrichs Fersen geheftet. Genau wie sie hatten anonyme Schreiben Lukas vor weiteren Recherchen in Sachen Hinrichs gewarnt. Sie hatten sich beide nicht darum geschert.

Gegen zehn Uhr rief Lukas' Oma an. Sie weinte und brachte keinen Satz zustande. Leas Herz begann sich zusammenzukrampfen, etwas schnürte sich eng um ihre Brust.

»Lukas im Krankenhaus, um sechs Uhr, Herr Lange hat mich hingebracht.«

»Bitte quälen Sie mich nicht. Wo sind Sie? Im Krankenhaus oder zu Hause?«

»Im Krankenhaus.«

Lea flog aus dem Haus in die Garage. Es war ein Sonntagmorgen. Gottlob waren die Straßen leer. Die Kirchgänger saßen im Hochamt, und bestimmt auch Hinrichs, vorn in der ersten Bank, damit ihn alle sahen.

Lukas' Oma kauerte vor dem OP. Ihr Gesicht war aschgrau, ihre Lippen zitterten, ein Häufchen Angst, Angst sprang auch aus ihren Augen.

»Er wird operiert. Herr Lange hat die Nachricht gebracht. Das Fahrrad ist total kaputt. Sie haben es behalten. Wollen es untersuchen. Um fünf hat ihn jemand gefunden, hat auf der Straße gelegen, schwer verletzt, ja, weiß auch nicht mehr.«

Lea nahm die zitternden Hände in ihre.

»Es wird gut. Sie werden sehen, es wird alles gut.«

»Hat er getrunken? Er trinkt doch keinen Alkohol.«

»Er hat auch gestern Abend keinen Alkohol getrunken. Mein Gott, wir waren so fröhlich und ausgelassen.«

»Wann ist er weg?«

»Ich weiß nicht genau, gegen zwei, halb drei.«

»Haben Sie ihn gesehen?«

»Nein, sie wussten erst nicht, hier im Krankenhaus hat der Arzt ...«

Aha, dachte Lea, *Dr. Vollmann, er hat seinen Ratskollegen identifiziert. Hoffentlich hat er auch einen gehörigen Schrecken gekriegt.*

Dieses böse Tier, das Wut hieß, kroch wieder hoch.

»Hinrichs«, sagte sie laut, »dieses Mal bist du zu weit gegangen!«

»Wie bitte?« Lukas' Oma schaute sie an.

»Nichts, gar nichts«, beruhigte Lea diese angsttoten Augen an ihrer Seite.

Zwei Frauen saßen zusammen und warteten.

Ein penetrantes Tick-tack, Tick-tack fiel in die Stille, Erinnerung machte sich in Leas Kopf breit. Das hatte sie doch irgendwann gehört, sie strengte sich an, aber sie wusste nicht, wann sie es vernommen hatte. Es war überlaut, wie jetzt.

Da, vor ihr hing die große Uhr, der große Zeiger sprang unaufhörlich, gönnte sich keine Ruhe, sprang und sprang.

Der Raum war weiß, die Türen waren weiß, die Fliesen auf dem Fußboden ebenfalls, nur ab und an eine graue dazwischen.

Aber was ist schon grau, dachte Lea, *nicht weiß und nicht schwarz, nicht Fisch und nicht Fleisch, – dazwischen, wie so vieles, nicht entweder, nicht oder, – dazwischen.*

Für sie gab es jetzt kein Dazwischen mehr. Sie wollte nun singen, wie die Nachtigall, die nur nachts singt.

Sie ließ die immer noch zitternden Hände los und ballte ihre zu Fäusten.

Lukas' Oma bemerkte es nicht.

Es ist gut so, dachte Lea.

Eine Faust drückte ihr klopfendes Herz zusammen. Wie schwer war Lukas verletzt? *Vollmann, nun mach schon, komm raus, bitte!*

Die Schiebetür wurde aufgerissen, eine Krankenschwester in Grün, mit Handschuhen und herabgelassenem Mundschutz wollte an ihnen vorbeihuschen.

»Halt, halten Sie bitte! Wie steht's?«

»Kann Ihnen leider nichts sagen. Der Chefarzt kommt gleich zu Ihnen.«

»Was hat sie gesagt?« – Wieder diese Angstaugen.

»Es wird gut, es wird alles gut«, beruhigte Lea. Aber ihr Herz schlug eine rasendere Gangart an, sie glaubte, seine Schläge würden ihren Brustkorb sprengen.

Und dann Dr. Vollmann. Er trug die OP-Kleidung, die Handschuhe hatte er ausgezogen, den Mundschutz unter dem Kinn baumeln. Er streifte, indem er auf sie zukam, die grüne Kappe ab. Er ging langsam, bedächtig.

Die beiden Frauen erhoben sich, starrten in das ausdruckslose Gesicht des Arztes.

»Nein«, schrie Lea auf.

Lukas' Oma schaut sie verständnislos an.

»Ja, leider«, sagte Dr. Vollmann, »wir haben alles versucht, seit sieben Uhr operieren wir. Die inneren Blutungen waren zu stark, zudem Nieren- und Leberriss. Ein Auto muss ihn angefahren haben. Es tut mir unendlich Leid. – Sie waren befreundet, Frau Winter, man erzählte es mir.«

Lea geleitete die alte Frau zum Stuhl zurück, Sie hatte verstanden, hatte aber keine Tränen. Sie stierte vor sich hin. Und Lea dachte, *so weint jemand ohne Tränen*.

24

Lukas' Tod züngelte wie ein Lauffeuer durch die Stadt. Natürlich waren alle erschüttert ob des Unfalls.

Doch Lea sagte allen nur den einen Satz:

»Es war kein Unfall, es war Mord.«

Gebetsmühlenartig wiederholte sie das immer wieder, zu mehr war sie an diesem Sonntag nicht fähig.

Am Abend weihte sie ihre Familie ein.

Ayse nahm Lea einfach in den Arm, und Sven setzte sich auf ihren Schoß. Das hatte er schon lange nicht mehr getan.

Leas Mutter musste wie immer Luft ablassen, doch jeder empfand es dieses Mal als Erleichterung:

»Das chibt's doch einfach nicht! Doch nicht in unserem kleinen Örtchen, weit ab vom Schuss! Hier ist doch alles so friedlich. Die Leute gehen in die Kirche, wir haben einen guten Pastor, unser Bürgermeister ist ein Ehrenmann, und der Hinrichs, nein, das hätte ich nicht von ihm gedacht. Kann ich auch nicht glauben. Der soll bei die Kriminellen bei sein. Nein, das glaube ich einfach nicht.«

»Mutter, der Hinrichs erledigt so etwas nicht selbst.«

»Du meinst, er lässt das andere für ihn tun? Das ist ja noch schlimmer. Verdori noch mal, man guckt den Leuten nur vor den Kopp, aber glauben, glauben kann ich's erst, wenn es bewiesen ist.«

»Das wird das Schwierigste werden, Mutter.«

»Warum? Ist doch klar wie Klärchen.«

»Nichts ist klar. Und bitte nichts davon in deinem Kegelclub, bleibt alles erst mal in der Familie.«

»Das hätte ich auch von alleine gewusst!«

Schnapp, ging das Schloss zu.

»Ommi, sei nicht eingeschnappt«, sagte Sven. »Du bist eine tolle Omma, aber wenn du immer so beleidigt tust, kann ich dich nicht lieb haben.«

»Ist ja gut. Oder, wie heißt das bei euch – alles o.k., alles paletti.«

Am anderen Morgen fuhr Lea, bevor sie ihre Arbeit in der Redaktion aufnahm, zu Hermann Lange.

»Ein bedauerlicher Unfall mit Fahrerflucht«, sagte der, mit einer Miene, die ehrliche Trauer ausdrückte.

»Nein, es war kein Unfall, es war Mord, kalt geplanter Mord. Und du weißt genau wie ich, wer dahinter steckt.«

»Lea, der Hinrichs sitzt in seiner Finca auf Gran Canaria, seit einer Woche schon. Es hat sich bereits herumgesprochen, was du erzählst, aber glaub mir, es war ein Unfall. Das Fahrrad ist total demoliert, nur noch Schrott wert. Jemand muss ihm frontal hineingefahren sein, oder umgekehrt. Vielleicht hatten beide getrunken.«

»Lukas trinkt nie Alkohol. Jemand ist ihm frontal ins Rad gedüst, da bin ich mir ganz sicher, vorsätzlich, vielleicht wollte er ihn nicht töten, aber er hat es mit Absicht getan. Hermann, werd wach, wir leben hier nicht auf einer Insel, früher mal, aber heute nicht mehr. Und Hinrichs, wer ist das schon? Hat eingeheiratet, ist nicht mal von hier. Na schön, kann er ja. Aber er will auf *Deiwel komm raus* einer von uns sein, deshalb all diese Anstrengungen. Mit einem Sauerländer muss ein Fremder erst einen Sack Salz essen, ehe er ihn zum Freund gewinnen kann.

Der Hinrichs will das schon früher, nach fünfhundert Gramm, denk mal darüber nach! – Ich habe einige Beweise, nicht viel, aber etwas. Es ist an der Zeit, dass ich die präsentiere. Fordere die Mordkommission an! Wenn du es nicht tust, bin ich bei denen auf der Matte, heute noch.«

In der Redaktion herrschte betretenes Schweigen. Julius aber legte sein Brötchen an die Seite und fand als Erster seine Sprache wieder.

»Lea, uns tut das alles sehr, sehr Leid, glaub es mir. Es war so schön auf deiner Party, Lukas war so ausgelassen. Wir können es nicht glauben. Wie konnte das nur passieren, er war doch nüchtern.«

»Mord, Julius!«

»Das haben wir schon gehört.«

»Lea, ich kann mir denken, was du vorhast, jetzt gehst du aufs Ganze, wie ich dich kenne.«

Der Chef stand im Türrahmen und hatte das alles schleppend leise gesagt.

»Du kennst mich gut. Die Kitzeleien vorher hätte ich noch hingenommen, aber jetzt, jetzt ist Mord im Spiel!«

»Was macht dich so sicher?«

»Ich stehe nicht ganz ohne da, etwas habe ich gegen ihn in der Hand.«

»Aber er ist doch gar nicht im Lande!«

»Schon gehört. Mit Geld kann man alles machen. Und komm jetzt bloß nicht mit *Aber doch nicht bei uns.* Den Satz kann ich nämlich nicht mehr hören.«

Mary schraubte sich hinter ihrem Schreibtisch hervor, kam auf Lea zu und drückte ihre Hände.

»Wann wird Lukas beerdigt?«

»Weiß ich nicht, er wird erst noch obduziert, sagte Dr. Vollmann.«

Und Lea heulte, weinte zum ersten Mal bittere Tränen.

Am Abend hatte Sven eine Dame hereingelassen, Frau Brauer von der Mordkommission. Sie hielt Lea ihren Ausweis vors Gesicht.

»Gottlob«, sagte Lea.

»Es war kein Unfall, es war Mord, bitte, glauben Sie mir.«

Die Kommissarin stellte kaum Fragen, sie saugte alles in sich auf wie ein Schwamm. Lea fror, als sie alles erzählt hatte. Sie schudderte und schüttelte sich, als begänne ein Schüttelfrost sie zu rütteln wie der Sturm die Apfelbäume in ihrem Garten.

»Morgen bekomme ich den Obduktionsbericht. Das Fahrrad ist auf der Polizeistation. Unser Labor wird es auf Lackspuren untersuchen«, erklärte Frau Brauer. Sie sagte es sachlich, vollkommen emotionslos. »Soviel ich gesehen habe, sind die rot.«

»Wir müssen ein Protokoll aufnehmen. Sind Sie bereit, nochmals alles, was sie wissen, auch was sie vermuten, zu Protokoll zu geben?«

»Ja«, sagt Lea mit fester Stimme. Die Spur eines Lächelns huscht um Frau Brauers Mund.

»Lachen Sie mich aus?«

»Nein, von Ihrer Sorte gibt es viel zu wenige.«

Von nun an weiß Lea, diese Frau ist ohne Schnörkel, der Mordfall in guten Händen.

»Ich denke, Sie haben sich in der Hütte vergraben und schreiben?«, fragt die Kommissarin jetzt.

»Durch die Ereignisse und Umstände haben wir uns angefreundet. Heute bin ich hier, um Frau Sommer zu kondolieren«, erklärt Lea.

»Ich habe Ihnen schon alles gesagt, was ich weiß, trotzdem, bitte nehmen Sie Platz«, sagt die Hausherrin.

»Ziemlich sicher bin ich mir, dass Sie mir etwas verschweigen, Frau Sommer. Wissen Sie, das hab ich hier im kleinen Finger. Das Motiv fehlt uns. Wenn wir das wüssten, könnten wir gezielter suchen. Sind Sie sich ganz sicher, dass Sie mir alles, was Sie wissen, gesagt haben?«

»Absolut sicher. Ich weiß nicht mehr als alle anderen hier in der Stadt auch.«

Frau Brauer fixiert Lea. Zu gut kennt diese den Blick der Kommissarin durch sie hindurch. Wie ein Laserstrahl fährt der Blick durch ihr Inneres. Lea hebt die Schultern, versucht damit Unwissenheit und völlige Ahnungslosigkeit zu dokumentieren.

»Na schön«, schließt Frau Brauer diese Befragung, »dann sind die Schuhgrößen 38 und 39 der einzige Anhaltspunkt. Wir werden uns allerdings auch Ihre Kontenbewegungen vornehmen, Frau Sommer.«

»Ich kann Sie nicht hindern«, sagt Grit mit fester Stimme.

Vielleicht eine Spur zu fest, denkt Lea.

Als die Beamten fort sind, fragt Lea:

»Und keine Angst, wenn sie sich euer Konto vornimmt?«

»Keine, die Überweisungen an seinen Sohn erfolgten per Post durch mich, von meinem Taschengeldkonto. Die Alimentenzahlungen geschahen wie zu uralten Zeiten im Briefumschlag. Hat immer hingehauen. Vorsicht ist die Mutter der Porzellankiste, wenn du verstehst.«

Ein kaum merkliches Lächeln spielt um Grits Mund.
»So, und jetzt lade ich dich zu einer Tasse Kaffee ein.«

25

Am Tag der Beerdigung von Peter Sommer ist die Stadt wie ausgestorben, sie gleicht einer Geisterstadt. Lea ist wieder einmal unterwegs, um ihre Essensvorräte aufzufüllen. In allen Geschäften, selbst im Supermarkt ist sie die einzige Kundin.

Für eine Weile, da es ein sonniger Tag ist, setzt sie sich auf eine der Drahtbänke auf dem Rathausplatz. Das Rathaus befindet sich vor ihr, rechts entdeckt sie die Post, aber niemand geht hinein, niemand kommt heraus. Ein paar Krähen ziehen laut krakeelend über den großen Platz.

Passt zur Stimmung dieser Stadt heute Morgen, denkt Lea. *Totenvögel, schwarz und Furcht erregend*. Sie schaudert. Nein, auf dem Friedhof wollte sie nicht dabei sein. In der Kirche beim feierlichen Requiem hatte sie hinten in der letzten Bank noch ein Plätzchen ergattert. Der Priester ging ausgiebig auf den Politiker und Menschen Peter Sommer ein. In seiner Stimme ehrliche Betroffenheit und tiefes Entsetzen.

Lea lässt auf dem Rathausplatz ihren Blick in die Runde schweifen. Auch dieser Platz sowie das mit Schiefer gedeckte und verkleidete Rathaus sind offensichtlich sein Werk. Es sieht alles noch so neu aus. Mitten auf dem Platz plätschert es an verschieden langen behauenen Basaltpflöcken herab. Wie Spargelstangen, dünkt es Lea, sehen diese Pflöcke aus, ein wenig trist, nur grau. Etwas Farbe könnte der gesamte Platz vertragen.

Doch was hat sie sich darum zu kümmern, schilt sie sich. Wieder kreist ein Schwarm Krähen über ihr, überlaut empfindet sie deren krächzendes Geschrei. Die Balkone der langen Häuserreihe seitlich des Platzes sind menschenleer, die Geranien und Sommerblumen blühen wie in einem letzten Rausch, einem letzten Aufschäumen vor dem Tod.

»Ich werde noch depressiv«, murmelt Lea, »wenn ich weiterhin hier sitzen bleibe.«

Was fällt einer Frau in einer solchen Stimmung ein? Sie überlegt, ob ihre Garderobe nicht eine Auffrischung gebrauchen könnte. Und da solches bei einer Frau immer der Fall ist, beschließt sie, das Geschäft LINEA aufzusuchen. Natürlich ist sie die einzige Kundin.

»Sie sind bestimmt Frau Winter«, meint schließlich die Verkäuferin, die sie mehrmals von der Seite angeschielt hatte, während Lea in all den verführerischen neuen Winterkollektionen herumstöbert.

»Wie kommen Sie darauf?«, fragt sie überrascht.

»Die Olsberger sind alle auf dem Friedhof, und Sie sind inzwischen stadtbekannt.«

»So, so«, sagt Lea, weil ihr nichts Besseres einfällt. Sie stöbert weiter, bleibt stumm, bewundert gerade eine Hose. Markenware, wohin ihr Auge blickt, nicht billig, aber schick. Hat sie nicht erwartet in dieser kleinen Stadt, ihre Augen bekommen jenen Glanz, den alle Frauen in dem Moment haben, da sie von einem Bekleidungsstück direkt gebissen werden.

»Möchten Sie die anprobieren?«, wird sie leise angesprochen.

Lea schlüpft in die Hose wie in eine zweite Haut. Sie sitzt perfekt. Sie wendet sich vor dem Spiegel hin und her. Die Verkäuferin lächelt, freut sich mit Lea über die gute Passform.

»Macht einen schönen Po«, sagt sie, und Lea wird ein wenig

rot, denn so straff und knackig ist der ihre nicht mehr, und gerade dorthin gucken die Männer so gern. Der Zahn der Zeit, tröstet sie sich und muss im Stillen der Verkäuferin mit den roten Haaren und dem gewinnenden Lächeln Recht geben.

Diese Hose macht das Beste aus ihr.

»Möchten Sie eine Tasse Kaffee? – Und in wenigen Tagen feiern wir unser zehnjähriges Bestehen. Dazu lade ich Sie herzlich ein.« Eine Einladungskarte wird ihr in die Hand gedrückt.

»Es gibt ein kaltes Büfett und ab zehn Prozent Preisnachlass auf alle Artikel.«

Während Lea ihren Kaffee trinkt, blickt sie auf all die Herrlichkeiten, die sie an Paris, an die Via Appia, an die Kö, an den Kudamm, an die Fifth Avenue und, und ... denken lassen. Welcher Frau ergeht es nicht so, auch diese Gedanken machen Frauen zu Frauen. Zum Teufel mit den Schlabberjeans und Putzkitteln! Hier ist sie Frau, hier darf sie's sein.

»Heute werden Sie einen ruhigen Tag haben«, sagt sie, als sie mit dem Rothaarschopf eine zweite Tasse Kaffee schlürft.

»Ich bin nicht von hier, aber es berührt mich sehr. Frau Sommer bedauere ich zutiefst. Ein so tüchtiger und liebenswerter Mann. Wie mag's hier nur weitergehen?« Sie verschüttet etwas vom Kaffee, so erregt sie der Gedanke an den Bürgermeister, der nicht mehr ist.

»Na, na«, wendet Lea ein, »niemand ist unersetzlich, sie werden schon einen tüchtigen Mann finden.«

»So einen wie den gibt es kein zweites Mal.«

Nachdem Lea bezahlt hat, verspricht sie wiederzukommen. Ein bisschen Rom, ein wenig Düsseldorf, *un petit peu Champs Elisée* peppt das Sauerland schon lange auf. Die Sauerländer sind schließlich keine Hinterwäldler, der Nabel der Welt ist auch hier. Froh gestimmt verlässt Lea das Geschäft. Hoffentlich luchst ihre Tochter ihr nicht diese Hose ab, denn beide haben sie die gleiche Figur, und Mütter von jungen Töchtern haben manchmal ein Herz aus Wachs, wenn Töchter mit schmachtenden Augen für ein begehrenswertes Objekt vor ihnen stehen.

Verflixt, sie muss Pia anrufen und mit ihr sprechen. Jetzt ist sie in der Schule, aber heute Mittag.

»Hallo, Pia!«

»Hi, Mama!«

»Ich wollte mal hören, ob alles läuft.«

»Aha, Kontrollanruf.«

»Nein, Pia, das verstehst du falsch, wirklich. – Aber als du neulich *bleib cool* sagtest, und das sagst du immer, wenn was im Busch ist …«

»Okay, Mami, ich habe meine Haare grün gefärbt, und ich habe Dreadlocks.«

»Was alles hast du?«

»Mami, du bist doch nicht schwerhörig.«

»Grün hätte doch gereicht. Und was sind Dreadlocks? Sind das etwa diese gezwirbelten Dinger, die man nicht kämmen kann und die aussehen wie Gänseküttelwürstchen?«

»Das ist aber kein schöner Vergleich. Also, meine Locks sind länger und gepflegter und stinken nicht wie in deinem Ausdruck.«

»Aber sie werden bald stinken, zum Himmel stinken, und Läuse werden darin nisten, weil sie nicht gewaschen werden und weil sie so verzwieselt sind. Und das alles in Grün, du musst aussehen, als hättest du ein grünes Spargelbeet auf dem Kopf.«

»Mami, bitte, cool down, okay! Alle in meiner Klasse finden meine Frisur geil.«

»Und wie viele in eurer Oberstufe tragen die Haare wie du?«

»Niemand.«

»Aha, meine Tochter muss so eine Art Vorreiterrolle übernehmen.«

»Klar, die anderen trauen sich nicht.«

Lea schickt einen erbarmungswürdigen Stoßseufzer in ihr Handy.

»Mami, unsere ganze Familie wird eh in dieser Stadt angesehen, die so'n bisschen ga ga ist. Da soll man's den Leuten doch auch richtig zeigen.«

»Nach dem Motto, Pia, *Ist der Ruf erst ruiniert, kannst du leben ungeniert*.«

»Nicht so krass, du wirst hier verehrt wie eine Jeanne d'Arc, Mami, weil du mit Hinrichs ..., na, du weißt schon.«

»Und meine Tochter muss ausflippen. – Was sagt Omi?«

»Ist ausgerastet. Hat mir 'ne lange Gardinenpredigt gehalten. Von wegen der Leute und so. Omi redet auch nicht mehr mit mir, spielt die beleidigte Leberwurst. Aber 'ne Petze ist sie offensichtlich nicht, denn sie hat dir nichts verraten, oder?«

»Nein, und dein Papa?«

»Der war cool, total cool. Hat gemeint, ich sähe aus, als hätte ich den Hyde Park auf dem Kopf und Ostern wird er Eier drin verstecken. Hat der auch nichts verraten?«

»Nein.«

»Klar. Ihr hattet Besseres zu tun. Und? Alles wieder paletti? Wirfst du meinen Erzeuger nicht mehr raus?«

Lea gibt sich geschlagen. Sie hat keine Argumente mehr. Was

sind grüne Haare und Dreadlocks gegen eine Ehekrise, die fast im Aus geendet hätte! Lea bleibt stumm, und Pia, typisch Pia, ist wieder einmal diejenige, die den Sieg davonträgt.

»Siehst du, Mami, jetzt hast du dich beruhigt. Das ist gut so. Ich dachte schon, du kriegst 'nen Herzinfarkt. Du musst dir immer einreden: Es gibt Schlimmeres. Wer weiß, was noch alles auf dich zukommt. Kinder sind Schocker, weißt du doch.«

»Ach, Pia, Liebes, bleib, wie du bist. Hat das neulich mit Papas Auto gut geklappt?«

»Super. Total super. Mein Fahrlehrer meinte gestern, ich brauch gar nicht so viele Stunden, er will mich zur Prüfung anmelden.«

»Pia, bitte versprich mir, dass du dein Schockkontingent fürs Erste ausgeschöpft hast: Denk ans Abitur. Sei brav!«

»Für die nächste Zeit hast du nichts zu befürchten. Jetzt sind meine Brüder dran. Ciao, Mami!«

26

Einige Tage kann Lea ohne gestört zu werden arbeiten. Der Fall ist in ihrem Laptop nahezu gelöst. Ihr Kommissar Hölzenbein ist ein unnachgiebiger Ermittler, der so lange stochert, bis er die berühmte Stecknadel im Heuhaufen gefunden hat. Lea lässt das Ende noch offen, sie fängt mit der Überarbeitung ihres Falls an. Nur langsam kommt sie voran, da sie jeden Satz gründlich unter die Lupe nimmt. Doch irgendwann wird ihr das lange Sitzen zu viel, und sie joggt in den Wald hinein. Wieder zurück, hört sie bereits von draußen das Handy klingeln. Zu spät! Bis sie aufgeschlossen und das Telefon endlich geortet hat, ist es verstummt. Sie schaltet die Mailbox an und hört Grit Sommers Stimme:

»Lea, wenn es geht, ruf bitte schnell zurück!«

Das klingt nach einer Schreckensmeldung. Lea hat genug von Hiobsbotschaften. Deshalb starrt sie böse ihr Handy an, ohne Grits Nummer einzugeben. Kurz entschlossen legt sie das Gerät zur Seite. Sie hat genug mit sich selbst zu schaffen. Langsam, ohne Eile, öffnet sie wieder ihren Laptop, setzt sich in Positur und will Sätze in ihn hineinklopfen. Sätze, die sie unterwegs geformt und in ihrem Inneren aufbewahrt glaubt.

Doch dort ist es leer, nichts, kein Satz, nicht einmal ein Wort, geschweige denn Gedanken sind abrufbar.

»Nein!«, schreit sie auf. Eine Kaffeetasse steht neben dem Laptop, diese nimmt sie in die Hand und schmettert sie an die Wand. Als sie die Scherben auf dem Boden sieht, fühlt sie sich besser. Und da sie ein ordentlicher Mensch ist, holt sie Handfeger und Dreckschüppe und kehrt alles zusammen. Entschlossen greift sie zum Handy, klickt Grits Nummer ein und ruft an.

»Kannst du kommen?«, fragt Grit als erstes.

»Was ist passiert?«

Lea wundert sich, wie unaufgeregt sie diese Frage stellen kann.

»Es ist in der Tat etwas passiert, heute Nacht. Doch das kann ich am Telefon nicht sagen. Nur du kannst mir helfen. Ich habe alles gut überlegt. Bitte, lass mich nicht im Stich!«

»Ich habe meinem Mann versprochen, mich aus allem heraus zu halten.«

»Es hat nichts mit dem Fall und meinem Mann zu tun. Es ist etwas völlig anderes.«

»Soll ich jetzt sofort kommen?«

»Das wäre schön.«

»Handelt es sich um etwas geheim zu Haltendes? Die Nachbarn werden mich sehen, so am helllichten Tag.«

Eine innere Stimme warnt sie. Wie immer in ähnlichen Situationen spürt sie instinktiv das Lauernde, das Gefährliche und sie Vereinnahmende.

»Meine Nachbarn wissen um unsere Freundschaft. Übermorgen reise ich nach Rügen. Sie denken dann nichts anderes, als dass du dich von mir verabschiedest.«

»Seltsam, dass Nachbarn auch in Olsberg immer etwas denken müssen, ich dachte, das gäbe es nur bei uns.«

»Kommst du gleich?«, fragt Grit, und jetzt hört Lea in der Frage Angst, gleichzeitig etwas Gehetztes, als sei jemand hinter ihr her.

Als Lea bei Grit das Wohnzimmer betritt, fällt ihr als erstes auf, dass die Jalousien zur Hälfte heruntergelassen sind. Zwar scheint inzwischen die Sonne, doch sperrt niemand die letzten herbstlichen Sonnenstrahlen aus, jeder ist froh, besonders im sonnenarmen Sauerland, die letzte Himmelswärme noch genießen zu können.

Grit schaltet eine Stehlampe ein. Sie wurstelt an ihren Fingern, als sie sich Lea gegenüber setzt. Sie hockt auf der Kante des Sessels, als sei sie hier nicht zu Hause, als wolle sie gleich dieses Haus verlassen.

Wie eine Fremde, denkt Lea und wartet ab. Immer noch rubbelt Grit ihre Finger, als gleite eine Kette durch ihre Hände und sie müsse den Anfang suchen.

Und immer noch wartet Lea, lässt der Anderen Zeit.

»Ich weiß einfach nicht, wie ich anfangen soll«, sagt Grit endlich gequält, »ich koche uns Kaffee.« Und schon ist sie verschwunden, ohne Lea anzusehen.

Merkwürdig, denkt die sich. Was mag geschehen sein? Haben die Mörder ihres Mannes sie in irgendeiner Weise bedrängt? Aber halt, nein – sie sagte am Telefon, das nächtliche Ereignis habe nichts mit dem Mordfall zu schaffen.

Lea hört Grit in der Küche hantieren. Gerade stellt sie Kaffeetassen auf ein Tablett, sie vernimmt ganz deutlich das Aneinanderticken des Porzellans. Über ihr glaubt sie, hart aufgesetzte Schritte zu hören, als liefe jemand barfuß über Holzdielen. Möglicherweise noch Trauergäste, vermutet Lea. Da hört sie ganz deutlich das Knarzen von Treppenstufen und wispernde Stimmen. Und wie aus dem Nichts stehen plötzlich zwei Frauen im Wohnzimmer. Lea reißt die Augen auf, sie traut ihnen fast nicht, eine ist Semra Abcevit, da ist sie sich ganz sicher. Diese hübsche junge Frau hat Lea nicht vergessen.

Die andere junge Frau ist eine ungewöhnliche Schönheit, das stellt Lea auf den ersten Blick fest. Ihre Hautfarbe gleicht braungoldenen Herbstblättern, ihr Haar, schwarz, fällt in lockiger Fülle auf den Rücken, sie ist überaus groß und sehr schlank.

Die beiden Frauen scheinen nicht überrascht zu sein, Lea im Wohnzimmer zu sehen.

Lea vermag nichts zu sagen, sie sieht, wie die beiden Frauen sich setzen, wie sie ihr scheu lächelnd ins Gesicht blicken, sie hört wie aus weiter Ferne Semras Stimme, die ein perfektes, akzentfreies Deutsch spricht.

»Sie machen ein schrecklich verdutztes Gesicht, Frau Winter. Sie sind gewiss vollkommen überrascht, uns hier zu sehen. Hat Frau Sommer sie noch nicht eingeweiht? Nein, wie ich sehe, nicht. Das ist meine Freundin Esme aus Anatolien. Wir sind seit der Schulzeit befreundet.«

Grit kommt mit einem Tablett, auf dem vier Gedecke stehen. Wortlos stellt sie alles auf den kleinen gläsernen Couchtisch. Semra verteilt die Tassen und Teller und nimmt Zucker und Milch vom Tablett, dieses stellt sie dann zur Seite auf den Fußboden und lehnt es an das Sofa. Alles geschieht so selbstverständlich, als sei Semra hier zu Hause. Grit war noch einmal weggegangen, nun kommt sie mit der Kaffeekanne zurück. Sie setzt diese vor Semra ab, die sie aufschraubt und die Tassen füllt. Noch einmal entfernt sich Grit und kehrt mit einem Teller Gebäck zurück.

Als die drei Frauen zu ihren Tassen greifen, nimmt auch Lea ihren Kaffee auf und nippt, dabei die anderen über den Rand der Tasse beobachtend.

»Ich weiß«, lässt sich Grit hören, nachdem sie ihre Tasse mit Bedacht auf die Untertasse gestellt und den Henkel ordentlich nach rechts gedreht hat, »wir spannen dich auf die Folter, aber jetzt geht's los, meine Liebe! –

Die beiden, Semra und Esme, sind heute Nacht zu mir geflüchtet. Semra habe ich früher, als sie die Realschule besuchte, Nachhilfestunden gegeben. Sie ist bei uns, bei mir wie zu Hause. Esme – die beiden sind seit über zehn Jahren unzertrennlich – muss sich für eine Weile verstecken. Ihr Vater und ihre Brüder haben einen Mann für sie ausgesucht, den sie heiraten soll, aber nicht will. Ihre Brüder wollen sie mit Gewalt nach Anatolien verschleppen. Sie hat Angst.«

Lea, die bisher nicht fähig war, ein Wort zu sagen oder eine Frage zu stellen, sieht Esme in die Augen. Nachtschwarz sind sie, etwas Flackerndes glaubt Lea in ihnen wahr zu nehmen, etwas Gehetztes, als seien sie wilde Tiere, die Jäger über eine Steppe jagen. Ihre Hände hat Esme krampfartig umeinandergeschlungen, hell treten die Knöchelkuppen aus der dunklen Haut; sie schlägt die Augen nieder und blickt auf das gewaltsame Spiel ihrer Hände.

»Und nun habt ihr eine Idee, wie man Esme helfen kann«, sagt Lea, »indem ihr sie bei mir in der Hütte verstecken wollt.«

Niemand nickt, niemand sagt etwas. Die drei schauen Lea nur schweigend an, und Lea beendet dieses Schweigen, indem sie feststellt:

»Keine Antwort ist auch eine Antwort!«

Wieder Schweigen. Sie nehmen erneut ihre Tassen auf und trinken. Esmes Tasse zittert in ihrer Hand, sie verschüttet etwas von ihrem Kaffee auf ihr T-Shirt. Ihre Augen verdunkeln sich noch mehr. Sie setzt die Tasse hart auf dem Tisch ab und schlägt die Hände vor ihr Gesicht. Ein Weinkrampf schüttelt sie. Semra nimmt sie in den Arm und streicht sanft über ihr Haar.

»Nicht weinen!«, sagt sie leise. »Nicht weinen!«

Wie eine Litanei wiederholt sie diese zwei Worte.

»Du bist unsere letzte Hoffnung. Bei dir wird Esme niemand vermuten.«

Es fällt Lea schwer, Grits flehendem Blick standzuhalten.

»Und das alles habt ihr euch heute Nacht ausgedacht?«

»Mein Vater schlägt mich tot«, schluchzt Esme, »und heiraten werde ich Hasan nicht, das ist sicher.«

Immer noch schüttelt sie das Weinen.

»Ich bleibe nicht ewig in der Hütte – und dann?«, gibt Lea zu bedenken.

»Dann werden wir eine andere Lösung finden«, sagt Semra, »meine Eltern und meine Brüder werden mir helfen.«

»Ich habe die Hütte nur noch für die nächsten vierzehn Tage gemietet, dann bin ich weg.«

»Heißt das, du nimmst Esme auf?«, fragt Grit, wobei Bangigkeit aber auch Hoffnung in der Frage mitschwingen.

»Ich bekomme häufig Besuch aus eurem hübschen Ort.«

»Die Hütte hat mehrere Räume, du kannst Esme verstecken.«

»Ich kann in Teufels Küche kommen. Was, wenn Esmes Familie herausfindet, wo sie steckt. Die bringen mich doch glatt um.«

»Meine Eltern und meine Brüder werden das nicht zulassen, glauben Sie mir, Frau Winter«, sagt Semra, und ihre Augen sind noch schwärzer vor Angst.

»Das ist kein Pappenstiel, was ihr da von mir verlangt.« Lea ist sehr ernst geworden. Sie trinkt ihre Tasse leer, greift als einzige zum Gebäck. In solchen verzwickten Situationen muss sie immerzu futtern. Schon jetzt ärgert sie sich über diesen Esszwang, weil sie an die unnötige Kalorienzufuhr denkt. *Verdammt und eins* möchte sie am liebsten laut herausschreien, aber wenn sie Esme ansieht, die wie ein Häuflein Asche im Sofa hängt, dann hat ihr soziales Herz abermals die Oberhand gewonnen.

»Also gut«, sagt sie deshalb.

Esme lächelt unter Tränen, die in ihrem Gesicht helle Fließspuren hinterlassen haben. Grit reicht ihr eine Packung Papiertaschentücher, Esme reißt die Packung auseinander, zieht ein Tuch heraus und fährt sich damit über Augen und Wangen. Wie schön ihre schmalen schlanken Hände sind, bemerkt Lea.

Grit ist auf Lea zugegangen, setzt sich neben sie und nimmt sie wortlos in den Arm.

»Wie soll der Transfer ablaufen?«, fragt Lea.

»Ich bringe sie heute Nacht mit dem Auto, gegen zwei, ich klopfe dreimal«, antwortet Grit.

Lea fährt bedrückt und voller Unruhe zurück in ihre Waldeinsamkeit, die sie bald aufgeben muss. Zwei Seelen wohnen wieder einmal in ihrer Brust. Einerseits möchte sie Esme helfen, andererseits fürchtet sie deren aufgebrachte Familie. Hat nicht kürzlich erst der Vater eines türkischen Mädchens sein eigenes Fleisch und Blut getötet, weil die Tochter renitent war und den von ihm ausgesuchten Mann nicht heiraten wollte! In Schweden hatte sich diese Tragödie zugetragen und die westliche Welt erschüttert.

Esme ist eine Schönheit. Der Allmächtige hat sie mit Liebe und Hingabe geschaffen. Nur alle tausend Jahre bringt er ein solches Geschöpf zustande. Wer sie anschaut, entbrennt in Liebe. Wie viel Sorgfalt und hütende Pflicht haben Vater und Brüder bisher aufbringen müssen, um Esme vor anderen Männern zu beschützen. Wer sie anschaut, wird verrückt vor Liebe.

Nur vage kann sich Lea in jene Gedanken dieses ihr immer noch fremden Kulturkreises hineinversetzen. Ayse ist sehr westlich erzogen, und Semra scheint ebenfalls in der westlichen Anschauung aufgewachsen zu sein. Ayses Schwestern haben damals von ihr die Pille verlangt, und das war's auch schon. Keine weiteren Vorwürfe, keine Vorhaltungen, geschweige denn Drohungen. Ob Ayses Eltern von dem Vorfall Kenntnis hatten, oder hatten die Mädchen geschwiegen?

Ayse hat nun einen Freund, einen aus Kroatien. Sie richten ihre Wohnung ein und wollen erst später heiraten. Welche Unterschiede zwischen Ayse und Esme!

Und Semra – sie scheint behütet und bewacht, doch ihre Lebensart dem Westen näher als dem Osten. Einmal hatte Lea gesehen, wie Zoran, Ayses Freund, Geschirr abtrocknete. »Nanu«, hatte sie sich gewundert, »so was machst du, Zoran?«

»Warum nicht?«, hatte der erwidert.

»Ich will keinen Pascha als Mann«, war Ayse in ihrer energischen Art dazwischen gefahren.

So geht's auch, hatte Lea damals gedacht. *Ist das die berühmte Integration?*

Doch bei Esme ist das offensichtlich anders.

Dunkle Ahnungen quälen Lea, aber nun hat sie versprochen, dieses schöne Kind zu verstecken. Es gibt kein Zurück, und sie will sich jetzt auch keine Furcht einreden.

Wer so schön ist wie Esme, ist der Liebling des Allmächtigen. Er wird seine schützende Hand über sie halten.

Mit diesen Gedanken kehrt Leas innere Ruhe zurück. Trotzdem findet sie keinen Schlaf, bis es in der Nacht an ihre Tür klopft. Grit knipst die Taschenlampe aus, als sie mit den Mädchen eintritt.

»Hat euch jemand gesehen? Seid ihr jemandem begegnet?«, fragt Lea.

»Niemandem, bestimmt! Und wo mein Auto steht, dahin setzt keiner einen Fuß«, antwortet Grit.

»Hast du auch noch nicht geschlafen?«, fragt Lea weiter.

»Wie kann man bei diesen Aufregungen ein Auge zu tun«, flüstert Grit, sie hat sich wohl die ganze Zeit mit Esme im Flüsterton verständigt.

»Du kannst wieder normal reden«, sagt Lea deshalb, »hier am Ende der Welt belauscht uns niemand und erst recht nicht um diese nachtschlafende Zeit.«

Esme zittert am ganzen Körper. Lea bringt sie zu Bett wie ein kleines Kind. Sie hat nur das, was sie am Leibe trägt, bei sich.

»Sie ist Hals über Kopf zu Semra geflüchtet«, erklärt Grit für sie, da Esme jetzt gänzlich unfähig ist zu sprechen. Die Angst scheint sie vollkommen zu lähmen. Wie ein kleines hilfloses Vögelchen, denkt Lea, das aus dem Nest gefallen ist.

Ihre Tochter Pia hatte einmal ein Gartenrotschwänzchen mit nach Hause gebracht und es mit Hilfe einer Pipette und mit Insekten groß gezogen. Sie war damals so stolz auf ihre Tochter gewesen, dass sie diese Prozedur durchgehalten und den Vogel durchgebracht hatte.

»Werden die Brüder von Esme nicht zuerst bei Semra und ihren Eltern suchen?«, fragt sie Grit.

»Das haben sie sicher schon längst, aber die werden wie Beton sein. Nichts werden die verraten, ich kenne Abcevits ganz gut. Sei mir nicht böse, wenn ich jetzt davonschleiche. Ich fahre doch weg und habe kaum etwas gepackt.«

Lea umarmt ihre neue Freundin, Grit drückt Lea fest an sich:

»Halt die Ohren steif, du schaffst das! Ich weiß es.«

Alle halten Lea für stark, unerschütterlich, angstfrei und was noch alles. Wenn die wüssten, denkt Lea bei sich.

»Solch eine Angst habe ich schon lange nicht mehr gehabt«, murmelt sie, als sie nach Esme schaut. Diese liegt im unteren Etagenbett zusammengekrümmt wie ein Embryo. Ihre Augen sind schwarz wie die Nacht da draußen. Sie irrlichtern durch den kleinen Raum. Lea überkommt großes Mitleid mit diesem schönen Kind.

»Sie werden mich töten, wenn sie mich finden.« Wieder weint Esme. »Allah hat mich vergessen.«

»Wer dich anschaut, Esme, kann dich nicht töten, glaub mir. Du bist so schön, du bist Himmel und Paradies zugleich. Auch dein Gott Allah blickt jetzt mit Wohlgefallen auf dich herab. Er allein wird dich beschützen, ich bin nur sein Werkzeug. Alles wird gut, du wirst sehen.«

»Nichts wird gut, aber ich danke dir für alles.« Esme zittert immer noch. Lea gibt ihr eine dicke Strickjacke.

»Und versuch zu schlafen!«, sagt sie, löscht die Deckenleuchte und geht in ihre Schlafkammer.

Was hat sie sich wieder aufgeladen! Ihr Herzschlag pulst in kleinen raschen Stößen. Als sie sich auszieht und hinlegt, um der Nacht wenigstens noch einen Fingerhut voll Schlaf abzuluchsen, möchte sie am liebsten heulen. Während ihr ein paar Tränen in die Augen steigen, werden ihre Trauer um Esme und ihre eigene Verwirrung immer größer.

Was, wenn Esmes Vater und Brüder bereits einen Verdacht haben! Bei diesem Gedanken verkrampft sich ihr Herz, das doch sonst spatzenkeck vor nichts zurückschreckt. Warum nur quält sie dieses Mal so große Angst! Die gleiche Furcht, die sie jetzt spürt, hat sie erst kürzlich hier in der Hütte in den Augen eines anderen gesehen.

Lange blickt Lea am anderen Morgen in den Spiegel. Die Schrecken der vergangenen Nacht und des Tages zuvor liest sie nicht mehr so krass in ihren Augen. Der neue Tag, die Sonne fällt abermals schräg in die Hütte, bringt neben Wärme, Zuversicht und neue Energie. Am liebsten würde Lea in den Wald hineingehen und beim Joggen noch mehr Energie in sich hineinlaufen. Sie fürchtet jedoch, Esme könnte aufwachen und sich allein gelassen fühlen. Der Schlaf wird auch ihr neuen Mut und neue Kräfte schenken, deshalb will Lea sie nicht wecken.
Sehr leise verrichtet sie ihre Morgentoilette und deckt den Frühstückstisch. Dann überarbeitet sie einige Seiten in ihrem Laptop. Esme steht irgendwann vor ihr, zaghaft lächelnd. Sie hat sich bereits im Bad zurecht gemacht, und Lea ist, als leuchteten nun zwei Sonnen in der Hütte.

»Gut geschlafen?«, fragt Lea, »lass uns frühstücken.«

»Ich hatte schreckliche Albträume«, sagt Esme und lobt Leas Kaffee.

»Das ist kein Wunder«, versucht Lea ihr die nächtlichen Bilder zu mildern, »aber du kannst sie mir auch erzählen, wenn du möchtest.«

»Ich kann mich nicht genau erinnern, weiß nur, dass ich weglaufen wollte, aber nicht konnte. Schreckliche Monster verfolgten mich.«

»Du sprichst ein sehr gutes Deutsch, Esme.«

»Meine Eltern holten mich, als ich sechs war. Ich bin hier eingeschult worden, genauer gesagt in Winterberg.«

»Deine Eltern wohnen nicht in Olsberg?«

»Nein, immer noch in Winterberg.«

»Und du bist nach Olsberg zur Realschule gefahren und hast dort Semra kennen gelernt?«

»Genau. Ich bin zwei Jahre älter als sie.«

Esme isst kaum etwas, und Lea ganz Mutter:

»Du musst essen, wir werden die nächste Zeit sehr viel Power brauchen, Essen hält Leib und Seele zusammen, weißt du.«

»Mir ist schlecht.« Fast wimmert Esme diese Entschuldigung.

»Das ist die Angst«, tröstet Lea, »wir werden sie nach und nach abbauen, dann geht's dir besser.«

»Hast du auch Angst?«

»Und wie!«

»Es tut mir so Leid«, flüstert Esme und weint.

Aber dieses Mal fängt sie sich schneller als gestern. Lea möge ihr in der Küche alles zeigen, dann werde sie ab jetzt kochen und beide versorgen.

»Oh«, freut sich Lea ehrlich, »das kann ich gut gebrauchen, ich vergesse nämlich oft das Essen.«

»Ich denke, Essen hält ...«

»Ich weiß, ich weiß«, unterbricht Lea sie, und beide müssen sie kichern, aber Esmes Lachen klingt wie unter Qualen.

»Wir werden uns gut verstehen«, versichert Lea. Instinktiv fühlt sie, dass trotz aller Ungewissheit und Besorgnis, sicher auch Bedrohung, beide jenen berühmten gewissen Draht zueinander haben.

»Du bist doch berufstätig, oder?«, fragt Lea.

»Wie Semra in einer Apotheke.«

»Und, hast du dich dort abgemeldet, krank gemeldet oder so?«

»Nichts dergleichen.«

»Deine Eltern werden eine Vermisstenanzeige aufgeben.«

»Vielleicht, aber das glaube ich nicht, so etwas regeln mein Vater und meine Brüder selbst, und in der Apotheke werden sie sagen, ich sei krank. Ich war vor kurzem krank geschrieben, hatte Unterleibsschwierigkeiten.«

Als sie sieht, wie Leas Augenbrauen fragend hochschnellen, antwortet sie, ohne den Blick zu senken:

»Ich hatte eine Fehlgeburt.«

»Ja, hast du denn einen Freund?«

»Ich hatte einen«, weint Esme.

»Wussten deine Eltern davon?«

»Nein, – und von der Fehlgeburt nur meine Mutter.«

»Aber das alles ist doch bei euch wie ein Verbrechen. Arme Esme!«

Lea, wieder ganz Mutter, drückt sie an sich, streicht ihr über das wundervolle Haar, das wie eine Kaskade Seide auf ihrem Rücken liegt.

»Verstehst du jetzt, weshalb sie mich töten werden, wenn ich nicht Hasan heirate. Hasan ist debil, ein stinkender Bauer und viel älter als ich. Ich kenne ihn gut, er wohnt in unserem Dorf in Anatolien. Früher habe ich oft seine Schafe und Ziegen gehütet, er hat mir damals schon immer Angst gemacht. Ich zitterte am ganzen Körper, wenn ich mit ihm allein war. Einmal hat er, hat er ...«

»Du musst mir das alles nicht erzählen«, wehrt Lea ab.

»Ich habe es meiner Mutter gesagt, aber die hat mich geschlagen und gesagt, ich hätte eine schlechte Fantasie.«

»Ich verspreche dir, du musst Hasan nicht heiraten, sie werden dich nicht finden.«

Den Tag über kann Lea an ihrem Manuskript korrigieren, Esme hantiert leise in der Küche umher, sie sitzt im Sofa und liest in Leas Büchern, oder sie geht in ihre Schlafkammer.

Das alles erledigt sie so verhuscht und leise, dass Lea glaubt, sie sei allein. Abends serviert Esme ein köstliches Gericht aus den wenigen Zutaten, die Lea noch vorrätig hatte. Als diese ihr ein Glas Rotwein anbietet, lehnt sie ab, sagt, dass Allah den Genuss von Alkohol verbietet.

»Aber es ist doch dunkel«, versucht Lea zu scherzen, »Allah sieht es nicht.«

Esme bleibt ernst, erwidert, Allah sähe alles, auch im Dunkeln.

»Trinken deine Brüder, wie viele sind es eigentlich, und dein Vater auch keinen Alkohol?«

»Ich habe zwei Brüder, wir leben streng nach dem Koran, sie trinken wie mein Vater selten Alkohol. Wenn der Ramadan vorbei ist, zum Beispiel nur.«

In der Nacht, als Lea wach wird und Geräusche in der Hütte zu vernehmen glaubt, steht sie auf und begegnet Esme, die mit der Taschenlampe umhertappt.

Sie wolle sich nur vergewissern, ob alle Fenster geschlossen seien, ob die Tür verriegelt, ob der Herd ausgeschaltet sei, ob niemand um die Hütte schleiche, ein Käuzchen habe lange und penetrant geschrieen und schließlich, sie habe nicht schlafen können.

Wieder sieht Lea, als sie die Beleuchtung eingeschaltet hat, in Esmes nachtdunklen Augen diese tiefe ruhelose Angst. Was auch immer geschehen oder sich zwangsläufig entwickeln mag, die Angst wird in den nächsten Tagen und vielleicht Wochen ihr größter Gegner sein. Es ist jene Art von Angst, so tief irgendwo in Esme eingegraben, die sie lähmt, dann wieder umtreibt, nicht zur Ruhe kommen lässt und wiederum quälend sich in ihr verkapselt, um irgendwann erneut aufzubrechen.

Lea, die ein für Esme viel zu großes Nachthemd geliehen hat, sieht einen Teil ihres Nackens und entblößten Rückens, die rote Striemen wie von Schlägen zeigen, und weiß nun, dass Esmes Angst ein Gesicht hat. Ein Gesicht der Gewalt, der Brutalität, der Intoleranz, ja, des Fanatismus.

»Komm in mein Bett«, sagt Lea. Sie hält sie im Arm und spürt, wie allmählich das Zittern dieses armen Geschöpfes nachlässt.

27

Der nächste Tag und einige weitere Tage vergehen in Schweigen. Manchmal muss Lea die Hütte verlassen, um unten in der Stadt einzukaufen. Esme setzt nie einen Fuß vor die Tür. Sie kocht und schweigt, liest und schweigt, schläft und tappt im Dunkeln in der Hütte umher, mitten in der Nacht, wenn der volle Mond seinen silbernen Teppich auf dem Fußboden ausbreitet, und führt ihre Kontrollen durch. Lea, die einen leichten Schlaf hat, hört das Tappen, aber sie steht nicht mehr auf, sie ist der Meinung, Esme müsse mit ihrer Angst allein fertig werden, müsse über sie hinauswachsen, müsse sie irgendwann wie eine hässliche Vase, von der man sich schon immer trennen wollte, weil eine ungeliebte Tante sie einst schenkte, zu Boden schleudern und in den Scherben triumphierend herumtreten, ohne sich die nackten Sohlen zu zerschneiden.

Eines Mittags ruft Semra an, will wissen, wie es ihrer Freundin geht. Lea übergibt Esme das Handy.

»Nein«, sagt diese, »komm nicht, obwohl ich dich vermisse. Es ist zu gefährlich. Was, wenn dich jemand beobachtet. Meine Brüder erledigen alles gründlich.«

Esmes Stimme ist nicht mehr so zittrig, fällt Lea auf, ihr Rücken ist straff, ihre Haltung verrät Festigkeit.

»Ich werde noch einige Tage warten, dann muss sich etwas entscheiden«, sagt sie. »Lea hat ihre Arbeit bald abgeschlossen. Natürlich weiß ich, dass du mir Geld geben wirst, darauf vertraue ich auch, weil ich untertauchen muss.«

Sie reden noch eine Weile, und Esme lächelt manchmal, aber es ist ein mühsames Lächeln wie unter Peitschenhieben.

Am Nachmittag, ein Nieselregen senkt sich wie grauer Schleier zwischen die Bäume vor der Hütte, klopft es an die Tür. Seitdem Esme da ist, hat Lea immer abgeschlossen. Angst zeigt sich auf Esmes Gesicht, die gerade auf dem Sofa kauert und liest. Sie ist zunächst wie gelähmt, springt dann schnell auf und huscht hinaus, wobei das Buch auf den Boden kracht. Nochmaliges Klopfen.

»Ich komme«, ruft Lea, dreht den Schlüssel und steht vor Bruni.

»Hoffentlich störe ich nicht, ich muss doch mal nachgucken, wie es dir geht. Seit wann schließt du ab?«

»Es geht mir gut, kann nicht klagen. Komm rein!«

Auf die letzte Frage weiß Lea keine Antwort.

Unsicher blickt sie in die Runde, muss sich vergewissern, dass nichts an die Anwesenheit einer anderen Person erinnert. Sie haben von Anfang an vereinbart, dass niemals etwas herumsteht, Tassen oder Gedecke, die auf einen zweiten Bewohner schließen lassen, sollte plötzlich ein Besucher aufkreuzen. Aber alles scheint in Ordnung, das Buch hebt Lea auf.

»Setz dich!«, sagt Lea zu Bruni, »ich koch uns Kaffee, und dann können wir etwas quatschen.«

Sie lässt die Türen offen, so dass sie sich Belangloses zurufen können: Schon mal wieder gewandert? – Ja, doch, nach Nuttlar. – Wie weit bist du mit dem Buch? – Fast fertig, die letzen Tage hatte ich viel Muße, bin gut vorangekommen. – Ist alles okay mit der Hütte? – Natürlich, ein ideales Schreibasyl.

Als Lea das zweite Wort *Asyl* sagt, versetzt es ihr einen Stoß. Sie denkt an Esme und schweigt, während Bruni unbekümmert erzählt, vom Wetter, vom spürbar nahenden Herbst und von einem jungen Mädchen, das verschwunden sei.

Rasch trägt Lea das Geschirr aus der Küche zu Bruni in den Tagesraum, sie will vermeiden, dass Esme davon hört.

»Warte«, bittet Lea, »ich will nur noch die Kaffeekanne holen, dann erzähl mir davon.«

»Hast du es nicht in der Zeitung gelesen?«, fragt Bruni.

»Die letzten Tage habe ich keine Zeitung gekauft, wollte mich nicht ablenken lassen.«

»Also, das Mädchen heißt Esme, den Nachnamen kann ich mir einfach nicht merken, türkisch oder so. Sie wird polizeilich gesucht. Bildhübsch, sag ich dir. Ihr Bild war in der Zeitung. Die Familie sucht ebenfalls fieberhaft.«

»Und warum ist sie verschwunden? Vermutet man eine Entführung oder gar ein Verbrechen?«

»Nein, Entführung und Verbrechen haben uns ja nun gereicht. Es soll um eine Zwangsverheiratung gehen, wie das bei diesen Leuten so ist. Sie muss getürmt sein.«

»Na, dann bin ich beruhigt«, erwidert Lea, die inzwischen Kaffee eingeschenkt und etwas Gebäck auf den Tisch gestellt hat, aber von wegen beruhigt. Ihre Hände zittern bei diesen Verrichtungen, flattern wie Kolibris über betörenden Blüten.

»Und die andere Sache mit eurem Bürgermeister, – ist da schon etwas bekannt?«

»Doch, ja, man hat damals auf dem Eisenberg auch einen mysteriösen Zettel gefunden. Er lag im Gras, war durch den Tau verschmiert.«

»Und was stand darauf?«

»Das weiß ich nicht.«

»Sonst keine Spuren?«

»Jedenfalls nichts, was den Fall weiterbringt.«

Bruni lobt den Kaffee, nimmt von dem Gebäck, lobt auch dieses, vermutet, es sei selbst gebacken.

Lea sagt, das backe ihre Mutter, die sei ein wahres Backgenie, sie selbst habe davon nichts mitbekommen, sie sei eine miserable Hausfrau. Sie lächelt mühsam. Sie ist unkonzentriert, muss sich bei Bruni entschuldigen, da sie eine Frage nicht beantwortet hat, dabei war es eine wichtige, eine sehr wichtige sogar.

»Kann ich mal eben in die Schlafstube? Ich will eine Ecke ausmessen, denn da wollen wir einen Einbauschrank anfertigen lassen.«, fragt Bruni ein zweites Mal.

»Um Gottes willen!«, fährt Lea hoch. Aber sie weiß selbst nicht, weshalb um Gottes willen. Eine Ausrede muss ihr einfallen, eine plausible, verdammt, wo nimmt sie eine solche Ausrede her, dass Bruni die Lust vergeht, die Stube aufzusuchen und dort auszumessen?

»Weißt du«, sagt sie deshalb und dehnt noch die beiden Wörter extrem lang, »ich muss erst mal putzen. Es wäre mir sehr unangenehm. Und außerdem habe ich gerade etwas Wäsche gewaschen und dort aufgehängt, weil ich die Stube sonst nicht benutze. Ist es denn so eilig mit dem Schrank?«

»Nein, eigentlich nicht.«

»Hat es Zeit, bis ich ausgezogen bin und alles leer ist?«

»Eigentlich schon.« Indem Bruni hochschaut, – Lea hat es längst bemerkt, – sagt sie:

»Sag mal, spukt es hier? Die Lampe wackelt ja. Das habe ich noch nie gesehen.«

»Ich will dir etwas verraten, ein Geheimnis. Immer, wenn ich etwas lauter werde, wackeln die Lampen. Manchmal, wenn ich anhaltend schreie, platzen auch die Glasschirme.«

»Das möchte ich sehen. Bitte schrei doch mal!«

»Liebe Bruni, lieber nicht, ich habe schon so viele Lampen zerschrieen, dass ich es Leid bin, immer wieder neue zu kaufen.«

»Die hier ist nicht viel wert. Los, schrei!«

»Liebste Bruni, nein! Mir ist nicht nach Schreien, das muss spontan kommen.«

»Du kannst direkt auf dem Jahrmarkt auftreten, bist ja eine Sensation.«

»Wenn ich mit meinen Krimis kein Geld verdiene, wenn die ein Flop sind, werde ich mit dem Kaputtschreien von Lampen auftreten«, lacht Lea.

»Ach, übrigens, deshalb bin ich auch gekommen. Hast du Lust zu wandern?«, fragt Bruni und fügt fürsorglich hinzu:

»Die Decke fällt dir ja hier auf den Kopf, du musst mal raus. Also, was ist?«

Lea lässt sich Zeit mit der Antwort. Jetzt sitzt sie in der Tinte. Kann sie Esme allein lassen? Wirre Vorstellungen gehen ihr durch den Kopf: *Esme dreht durch. Esme wirft sich der Familie reumütig in die Arme. Esme wird zu Hasan nach Anatolien verschleppt. Esme wird geschlagen ...*

»Wie lange wandert ihr? Wie lange bin ich weg?«, fragt sie deshalb.

»Es ist eine Tageswanderung. Wir haben uns die Strecke zur Feuereiche vorgenommen. Hast du was vom Rothaarsteig gehört?«

»Na sicher, den kennt doch jeder im Sauerland, zumindest vom Hörensagen.«

»Bist du ihn schon mal gelaufen, oder ein Stück davon?«

Als Lea verneinend den Kopf schüttelt, fährt Bruni fort:

»Dann wird's verdori höchste Zeit, komm mit!«

»Wann geht ihr?«

»Morgen.«

»Oh, das ist plötzlich.«

»Gib deinem Herzen einen Ruck, besieg den inneren Schweinehund. Ich hol dich auch ab, wenn du willst. Ansonsten um neun Uhr an der Wandertafel.«

»Wandertafel?«

»Du weißt doch, wo mitten in Olsberg die Ampel ist. Davor geht's rechts ab in den Kurpark, direkt hinter dem schönen Blumenladen, links, gegenüber von dem Bistro, steht die Wandertafel.«

Als Bruni fortgegangen ist, holt Lea Esme. Sie hockt mit angezogenen Knien auf ihrem Bett, Tränen noch an ihren langen Wimpern.

»Einmal hast du aufgeschrieen, da ist sie wiedergekommen, diese Angst, die mich wie eine Schlange würgt, bis mir die Luft ausgeht. Bei uns in Anatolien gibt es Schlangen, ich habe schreckliche Angst vor ihnen.«

»Bei mir brauchst du keine Angst zu haben. Bitte, glaub mir. Und hier gibt's keine Schlangen.«

»Du sollst dieses Angebot annehmen und wandern, ich hab's gehört.«

»Und du?«

»Ich komme allein klar.«

Lea sieht Esme zweifelnd an.

»Doch, doch, mach's. Du darfst nicht auch noch eingesperrt sein.«

»Es handelt sich um einen ganzen Tag.«

»Ich bin kein Kind. Ich schließe ab und lasse niemanden in die Hütte. Ich bin nicht wie das Geißlein. Der Wolf hat bei mir keine Chance.«

28

Mit sehr gemischten Gefühlen tritt Lea am nächsten Morgen den Weg zur Wandertafel an. *Wird Esme nichts Unbedachtes anstellen? Ach was!*, wischt sie entschlossen ihre Bedenken fort.

Esme ist eine vernünftige junge Frau, die weiß, was sie will. Und in den nächsten Tagen muss eine Entscheidung getroffen werden. Dann ist Lea nur eine Interimslösung gewesen, mehr nicht. Der Weg zum Treffpunkt dauert eine gute halbe Stunde. Lea kann Esme nicht aus ihrem Kopf verbannen. Sie vertraut ihr, weiß, dass sie nichts Unbedachtes unternehmen wird, wenn sie allein ist. Doch immer noch spuken ihr die Brüder und der Vater im Gehirnkasten herum. Ohne sie jemals gesehen zu haben, fürchtet sie sich vor ihnen, vor ihren Vorstellungen der Familienehre. Esme hat diese verletzt, besudelt in ihren Augen. Sie werden alles daransetzen, um diese Familienehre wiederherzustellen. Eine so andere Tradition von Ehre und Moral! Wer im Westen vermag sich in sie hinein zu versetzen. Lea denkt an Ayse, die mit ihrem Mann geschlafen hat, die Schwestern schienen das nicht als ehrverletzend angesehen zu haben. Lea hatte damals nicht über irgendwelche familiären Konsequenzen für Ayse nachgedacht, hatte nur ihren demütigenden Schmerz gespürt. Manchmal erzählt Junus von seiner großen Familie. Die Mehrzahl hat im Westen studiert, sich dessen Lebensweise schnell angeeignet und mit in die Heimat genommen. Ihr Mann ist nicht gläubig, er scheint ohne Gott zu leben. Manchmal liest er in der Bibel und stellt fest, wie viele

Gemeinsamkeiten es mit dem Koran gibt. Oft reden sie in der Familie darüber, und Luzie sagt dann:

»Ach Junus, aus dir machen wir eines Tages einen Christenmenschen, woll.«

Ihr Mann lächelt dann sein schwer zu deutendes, hintergründiges Lächeln und schweigt.

Als die Kinder zur Erstkommunion gegangen sind, ist er zur Messfeier in der Kirche gewesen. Er habe alles mit Staunen genossen, versicherte er. Ja, es habe ihn jedes Mal sehr berührt, obwohl er dem Sinn nichts abgewinnen könne.

Lea hat ihre Kinder christlich erzogen, Junus hatte niemals Einwände, sie hat niemals in irgendeiner Art und Weise nur den Hauch einer Intoleranz zu spüren bekommen. Lea hat bei der Trauung ihren Mädchennamen behalten. Auch dagegen hatte er nicht protestiert. In ihrer Heimatstadt ist »Winter« ein alt hergebrachter Sauerländer Stamm, und da Lea die einzige Erbin ist, wollte sie auch diesen Namen behalten. Integration – es wird viel davon geredet, die einen fügen sich ein, andere lehnen sie ab. Kopftuchdebatte hin, Kopftuchdebatte her, wer sagt schon, was richtig und was falsch ist. Früher hatten wir die Hexenverbrennung, heute verbrennen wir an manchen Orten die Toleranz. Arme Esme, sie hat den Spagat gewagt zwischen der Tradition Anatoliens und dem westlichen Leben. Sie muss den Mann, der ihr Herz gewonnen hat, sehr lieben. Aber wo ist er überhaupt, fragt sich Lea zum wiederholten Male.

Welch schwer wiegende Gedanken, sagt sie sich, gut, dass du gleich am Treffpunkt bist. Und dort wird sie mit großem Hallo empfangen.

Durch den Wald zieht die Wandergruppe fröhlich schwatzend an Elleringhausen vorbei nach Bruchhausen. Klaus erklärt

Lea die Entstehung der Bruchhauser Steine. Diese riesigen Porphyrfelsen müsse sie sich einmal eingehend anschauen. Den Feldstein könne sie sogar erklettern, an den übrigen Steinen sei das Klettern verboten.

Ein großer Vogel kreist mit ruhigem Flügelschlag über einem der mächtigen Steine.

»Das ist ein Wanderfalke«, wird Lea aufgeklärt. »Die brüten hier wieder seit einigen Jahren, deshalb auch das Kletterverbot, denn diese Vögel sind äußerst scheu. Dort oben an dem Bornstein haben sie ihren Horst. Ihr Brüten wird strengstens bewacht.«

»Etwas Majestätisches hat der Wanderfalke, wie bedächtig er seine Runden dreht«, sagt Lea, die Nase in die Luft gereckt, die Augen mit einer Hand gegen die pralle Sonne schirmend.

»Die Bruchhauser sind sehr stolz auf diese Vögel.«

Unterhalb der Steine vorbei, an einem Wildgehege mit vielen Rehen und Hirschen, führt der Weg zur Feuereiche.

»Wem gehört dieses Gehege?«, will Lea wissen.

»Dem Baron von Fürstenberg. Der bewohnt im Dorf ein Wasserschloss. Es ist dasselbe Schloss, zu dem die Nonne Pia gelaufen ist, um der Hochzeit wenigsten am Fenster beizuwohnen.«

»Kennt Lea denn die Sage von der Nonne Pia?«, fragt Rita.

»Und ob ich die kenne! Und die Steine muss ich mir mal in aller Ruhe zur Brust nehmen«, antwortet Lea.

»Siehst du das Kreuz auf dem Feldstein? Das haben irgendwelche Idioten schon einige Male abgesägt.«

»Großer Gott, wem fällt so was Verrücktes ein?«

Schulterzucken bei allen, niemand hat darauf eine Antwort.

»Eine Story für dich, Lea? Wenn du den oder die Übeltäter

dingfest machen könntest, würde dir ganz Bruchhausen vor lauter Dankbarkeit zu Füßen liegen.«

»Aber ich bin keine Hellseherin und auch nicht allwissend, außerdem gerate ich allzu schnell in solche mysteriösen Dinge, und euer Bürgermeister, der reicht mir.«

»Kaffeepause!«, ruft Helga, die auch sogleich stehen bleibt, ihren Rucksack abstreift und darin kramt.

»Kaffeetrinken jetzt?«, fragt Lea. Jeder hat ein wissendes Grienen im Gesicht, und Klaus' Augen diesen feuchten Schimmer. Helga holt einen »Flachmann« heraus. In die fingerhutgroße Verschlusskappe schüttet sie eine kaffeebraune Flüssigkeit.

»Das ist aber kein Kaffee«, dämmert es Lea, und alle lachen.

»Unsere Herztropfen«, wird sie aufgeklärt. Sie erinnert sich nun, davon bereits gehört zu haben.

»Willst Du auch Herztropfen?«, fragt Helga, und Walter meint:

»Mensch, frag nicht, Lea ist doch kein Kind von Traurigkeit.«

Die so genannte Medizin schmeckt wirklich nach Kaffee, aber darin scheint Hochprozentiges verborgen zu sein. Lea schüttelt sich.

»Das ist gut!«, meint Klaus, »so wird alles gut verteilt.«

Bald darauf überqueren sie die Fahrstraße nach Willingen und stehen nach wenigen Schritten vor einer hohen Holzsäule. Es ist die Feuereiche des Rothaarsteigs. Stumm blicken alle an ihr empor. Bunte Schnitzereien sind zu sehen, dazwischen schlängelt sich ein Kupferband, das die Sonne in ein loderndes Feuer verwandelt. Eine Mitwanderin schickt sich an, die Feuereiche zu erklären:

»Ich kenne den Künstler, bin während der Entstehung bei ihm gewesen. Er wohnt in Brunskappel und hat in den geschälten Eichenstamm die Geschichte des Feuers geschnitzt. Ohne das Feuer sind die Menschen nichts. Mit ihm müssen sie jedoch wachsam umgehen. Hier, seht ihr Prometheus, der Titanensohn, der den Menschen gegen den Willen des Zeus das geraubte Feuer schenkte. Zur Strafe wurde er an einen Felsen des Kaukasus gefesselt. Ein Adler fraß jeden Tag an seiner Leber, doch die wuchs immer wieder nach. Bis Herakles den Vogel des Zeus mit einem Pfeil erlegte und Prometheus, den Feuerbringer, von seiner Qual erlöste. Diese Stellen hier, die erzählen von Feuersbrünsten, hier gebraucht der Mensch das Feuer zum Wärmen, zur Nahrungszubereitung, zum Arbeiten. Die ursprünglichste Wärmequelle war das Holz. Und auch heute wieder ist Holz die sauberste und umweltverträglichste Feuerung. Außerdem wächst Holz immer wieder nach, ist also eine zuverlässige Ressource, wenn der Mensch nicht nur abholzt, sondern stets auch nachpflanzt und den Bestand hütet, ihn als etwas Kostbares hegt und pflegt.«

»Schön erklärt! So bekommen unsere Wälder wieder eine besondere Bedeutung.«

»Und jetzt scheint die Sonne auf das Metall, das soll sicher das Feuer symbolisieren, wie es leuchtet und glänzt.«

»Abends und nachts wird die Feuereiche angestrahlt, natürlich mit Solarenergie. Der Schein ist von der Straße aus erkennbar. Er soll den Autofahrer anregen, anzuhalten und hier her zu gehen.«

»Der Rothaarsteig ist ein Weg der Sinne. Wie steht's im Prospekt:

Schau mal! Hör mal! Riech mal! Fühl mal! Probier mal! Also, alle fünf Sinne werden angesprochen.«

»Und was ist mit meinem sechsten?«, fragt Klaus verschmitzt.

»Du bist zwar heute gebenedeit unter den Frauen, aber den spricht dir niemand an, also keine falschen Hoffnungen«, warnt Bruni. »Du bist unser Wanderführer, und das war's.«

»Wir müssen weiter«, sagt Klaus und zieht zum Scherz einen Schmollflunsch, »wir sind heute Nachmittag an der *Hiebammen Hütte* angemeldet.«

Ein steiler Berg vor ihnen, der keuchend und prustend erklommen wird. Danach auf einem Bergrücken, dem Ginsterkopf, ein schmaler Steg mit einer überwältigenden Aussicht auf das Dorf Elleringhausen und auf das Bergensemble dahinter: Der Olsberg, die Buchhorst, der Ohlenkopf.

Lea lässt sich die Namen sagen. Sie ist fasziniert von der Schönheit der Landschaft, der Ruhe um sie herum und den Bronze- und Goldtönen dieses Herbstes. Nach den Aufregungen der letzten Tage saugt sie all das mit ihren fünf Sinnen ein.

Das nächste Wegstück führt wieder steil hinab. Manche Felsbrocken, die keck und unerwartet aus dem Waldboden aufragen, rutschen die Wanderer auf dem Hinterteil hinunter, begleitet von Lachen und Frohsinn. Lea denkt an Prometheus, der an einen solchen Felsbrocken gefesselt war.

Und einen bekannten Ort queren sie schließlich, den Borberg. Lea erzählt von ihrem Ausflug mit Junus hierher. Prallsaftige Brombeeren laden zum Naschen ein, und natürlich wird abermals eine Kaffeepause eingelegt, denn die Herztropfen sind als Wanderelixier nach einigen Kilometern vonnöten.

Dann der »Hiebämmer«, wie der Wirt hier heißt. Sie sind auf Briloner Gebiet angelangt. Der Duft von Gegrilltem kitzelt ihre Nasen. Zuerst jedoch ein frisch gezapftes Bier. Köstlich!

Etliche Wanderer sitzen auf den groben Holzbänken, die an dickbohligen Tischen stehen. Ein kleiner Bach durchschneidet die Wiesenflächen, die noch sattgrün sich dem Auge präsentieren. Zwei Esel grasen friedlich hinter dem Zaun. Lea blickt umher, von einem dankbaren Wohlsein erfüllt.

Nicht nur der Wirt bedient, sondern auch zwei junge Frauen. Geschäftig flitzen sie hin und her, um einem solchen Ansturm von Gästen gerecht zu werden.

»Die eine ist doch Semra«, stellt Lea fest, »Semra Abcevit.«

Man schaut sie fragend an. Hat sie sich verraten? Lea ist verwirrt. Wie soll sie sich aus der Affäre ziehen?

»Ein so hübsches Ding vergisst man nicht, oder«, sagt sie nassforsch, »die war bei eurer Feier, als ich zur Helma-Hütte gekommen bin.«

Ha, dann ist's ja gut. Alle stemmen beruhigt ihr Glas zum Mund.

»Und dort hinten sitzen Semras Brüder und noch zwei andere Burschen, scheinen auch Türken zu sein, aber die sind mir nicht bekannt«, sagt Rita.

Hoffentlich gibt Semra kein Zeichen der Erkennung, denkt Lea, doch diese bedient die Gäste an einer anderen Ecke des Platzes.

Hin und wieder äugt Lea zu den vier Türken hinüber. Die Brüder Semras lachen viel, die beiden anderen blicken düster vor sich hin. Sie haben Wasser vor sich stehen, Semras Brüder Bier. Jetzt schauen alle vier herüber. Lea wendet sich ab, um nicht mehr hinsehen zu müssen. Einer der zwei ihr unbekannten Türken sieht aus wie eine Bulette mit Schnauzer, der andere hat Ähnlichkeit mit einem Seehund. Löwenmähnig sind sie, von ihren Gesichtern nicht viel zu erkennen. Irgendwie Furcht erregend.

Denen möchte ich nicht im Dunklen begegnen, denkt Lea und wendet ihnen den Rücken zu. Als sie ein gewisses Örtchen aufsucht, steht Semra in dem winzigen Waschraum neben ihr.

»Semra«, sagt Lea, »ist es nicht zu gefährlich, wenn man uns zusammen sieht?«

»Das schon, aber es muss sein. Ich habe einige Male angerufen. Du antwortest nicht, hast du dein Handy ausgeschaltet?« Semras Stimme kling gehetzt, sie spricht schnell und abgehackt.

»Was ist passiert? Mein Handy habe ich in der Hütte gelassen. Esme wollte nicht drangehen, und ich wollte heute mal einen ruhigen Tag verleben. Also, was ist?«

Semras Augen, sonst kohlschwarz und voller Wärme, flackern unruhig, suchen unstet in Leas Gesicht, suchen wie Scheinwerfer im Dunkeln.

»Nun sag doch! Ist was passiert?«

»Noch nicht.« Semra fingert nervös an ihrer Geldtasche herum, die sie unter einer Lederschürze vor dem Bauch trägt. »Das da hinten bei meinen Brüdern sind Esmes Brüder. Esme hat früher auch hier bedient, manchmal jedenfalls, nicht so oft wie ich. Sie sind heute mit hierher gekommen, weil ..., ich weiß auch nicht genau, weshalb. Wahrscheinlich, weil sie Esmes Spuren nachgehen. Vielleicht erhoffen sie sich hier einen Hinweis oder irgendetwas in der Art. Sie wollen Esme um jeden Preis finden. Sie haben vorhin ständig zu dir herüber gelinst, sie wissen, wer du bist. Lea, kurz, ich habe Angst, sie könnten Esme bei dir finden. Sie würden dich … ich weiß auch nicht. Jedenfalls sind sie brutal. Murat zum Beispiel ist verheiratet, mit einer Türkin natürlich, er schlägt seine Frau, und nicht zu knapp.«

Immer noch befingert Semra ihre pralle Geldtasche. Lea nimmt Semras Hände in ihre, drückt sie.

»Und was soll ich jetzt tun?«

»Esme muss weg, aber ich weiß nicht, wohin.«

»Ich kann sie doch nicht in den Wald jagen. Und der Mann, den sie liebt und von dem sie ein Kind erwartete, dieses Weichei, wo steckt der in dieser scheußlichen Situation?«

»Der kann ihr nicht helfen.«

»Was heißt hier, kann nicht, aber ein Kind konnte er ihr … Wenn ich das schon höre.«

»Bitte, Lea, du musst Esme helfen. Ich stehe unter ständiger Beobachtung von Murat und Adnan. Irgendwie scheinen sie mir nicht zu trauen. Sie haben mich ausgequetscht wie eine Zitrone. Und meine Brüder erst! Jeder ihrer Schritte wird überwacht. Du musst uns noch einmal zur Seite stehen, bitte. Entschuldigung, jetzt habe ich in meiner Aufregung die ganze Zeit *du* gesagt.«

»Es bleibt dabei, Aber wie kann ich helfen?«

»Semra, sitzt du auf dem Klo? Mensch, mach schon, hier ist die Hölle los. Ich schaffe das nicht allein, komm!«

Lea war zusammengezuckt, als sie die blecherne Stimme der zweiten Bedienung vor der Tür hörte.

»Ich muss raus. Esme muss weg.« Und rasch ist Semra draußen.

Na fein, Frau Winter, jetzt sitzt du wirklich in der dicksten Brühe. Esme muss weg. Und wie alles aussieht, so schnell wie möglich.

Als Lea am Tisch der Türken vorbeigeht, glaubt sie, bohrende Blicke im Rücken zu verspüren.

»Hat jemand von euch ein Handy«, fragt sie in die Wanderrunde.

»Ist dir nicht gut? Du siehst ganz blass aus«, sagt Bruni besorgt.

»Hab mir den Magen verdorben. Eben ist alles rückwärts gekommen. Bestimmt eure Herztropfen!«, versucht Lea so glaubwürdig wie möglich zu scherzen.

»Ich bestell ein Taxi und fahre zur Hütte.«

Natürlich bedauern das alle, bemitleiden sie, aber von den Herztropfen könne ihre Unpässlichkeit beileibe nicht herrühren, die hätten noch niemandem geschadet, und Lea solle Kamillentee trinken und warme Umschläge auf ihren Bauch legen.

Meine Bauchschmerzen gehen davon bestimmt nicht weg, denkt Lea, und sie spürt wieder diese Faust, die ihren Magen zusammendrückt.

Es ist später Nachmittag, als Lea die Hütte aufschließt. Esme hatte darauf bestanden, dass Lea den Schlüssel mitnahm. Esme liegt auf dem staubseligen Sofa und schläft. Lea schnappt das Handy, es liegt auf dem Tisch, wie sie es am Morgen deponiert hatte. Sie eilt nach draußen, klickt die Nummer von Pia ein und donnert eine Salve von Anordnungen an ihre Tochter.

»Aber Mama, ich hab meinen Führerschein noch nicht!«

»Es ist eilig. Es geht um Leben und Tod, glaub's mir. Der Himmel wird mit dir sein, das weiß ich.«

»Aber es ist Junus' Auto.«

»Auch Allah wird mit dir sein. Doppelt hält besser.«

»Aber Papa hat's doch gar nicht mit Allah.«

»Dafür Esme. Und sie hat Angst, wahnsinnige Angst ... verstehst du?«

»Okay, Mami, also auf Meschede zu, dann Richtung Brilon und Olsberg. Ich fahre prompt los. Total ätzend, Mama, du bist der letzte Heuler.«

»Bitte, Pia, pass auf dich auf!«

»Und die Hütte? Finde ich die?«

»Ich lotse dich per Handy.«

Danach gilt es, Esme auf die kleine Reise vorzubereiten. Lea muss sie wachrütteln, so tief schläft sie.

»War's schön, Lea, hab immer an dich gedacht.«

»Sehr schön.«

»Und warum bist du schon da? Ich habe dich erst später erwartet.«

»Esme, hör gut zu!«, und Lea berichtet von ihrem Treffen mit Semra und beider Brüder.

»Oh mein Gott, das wird nie ein Ende haben. Mein Vater und meine Brüder werden mich jagen bis ans Ende der Welt.«

»Du verschweigst mir etwas, Esme. Du hast mir nicht alles erzählt. Ich spüre, dass da noch etwas ist. Du ziehst mich mit hinein, aber ich darf nicht alles wissen. Wer ist der Vater deines Kindes gewesen? Warum kümmert er sich nicht darum? Das wäre seine allererste Pflicht, verdammt noch mal!«

Esme bedeckt ihr Gesicht, das während Leas Vorhaltungen ganz finster geworden war, mit beiden Händen und weint. Wie vor einigen Tagen schüttelt sie ein heftiger Weinkrampf. Als sie sich etwas beruhigt hat, bringt sie mühsam heraus:

»Ich kann dir nicht alles sagen. Es würde die Sache nur noch schlimmer machen, du müsstest zur Polizei gehen, und dann würden sie dich umbringen.«

Erneutes Schluchzen zerrt an Esme.

»Wenn es um die Familienehre geht, kennt meine Sippe keine Gnade. Ich habe Schande über sie gebracht. Sie sind gezwungen, diese mit Blut rein zu waschen. Eher kommen keine Ruhe und kein Frieden über die Familie. Sie werden mir Tag und Nacht unverdrossen auf den Fersen bleiben. Meine Sünde darf nicht ungesühnt bleiben.«

»Deine Brüder werden keinen Mord begehen, um die Ehre der Familie wieder herzustellen!«

»Doch! Davor schrecken sie nicht zurück. Der ist sogar erlaubt, meint meine Familie. Als Murats Frau einmal ohne Kopftuch zum Einkaufen gegangen ist, hat mein Bruder sie grün und blau geschlagen, und meine Mutter hat zugesehen.«

»Soviel ich weiß, steht in eurem Koran nicht, dass Frauen Kopftücher tragen müssen.«

»In eurer Bibel steht auch nichts vom Zölibat eurer Priester. Das eine wie das andere ist Menschengesetz. Einige halten sich fanatisch daran und verteidigen es bis aufs Blut.«

»So, nun müssen wir überlegen ...« Lea, die Praktische.

»Nein, nein«, fällt ihr Esme ins Wort, »ich werde nach Hause gehen und dem ganzen Spuk ein Ende bereiten. Ich mache so viele andere Menschen unglücklich.« Sie wischt sich mit dem Ärmel die Augen aus, setzt sich gerade, blickt mit ihren nachtschwarzen Augen in Leas Gesicht, und Lea weiß, weiß es genau, dass dieses schöne Kind nicht unglücklich werden darf.

»Nein, Esme, nichts dergleichen wirst du tun. Sei vernünftig, meine Tochter ist unterwegs. Du tauchst bei mir unter. Dort wird dich niemand vermuten. Und wenn, ist Ayse da.«

Lea erzählt Esme von ihrer tüchtigen Hausperle. Die ganze Zeit mustert Esme sie mit seltsamen Blicken. Der Duft von Heckenrosen verströmt sich in der Hütte. Lea hatte an der Hiebammen Hütte die letzten gepflückt, wollte Esme eine Freude bereiten. Lea drückt sie jetzt Esme in die Hände.

»Rosen für die Rose. Die Rose ist das Symbol der Liebe und des Paradieses, aber leider auch der Vergänglichkeit und des Todes. Bei den römischen Kaisern wurden Rosen um die Trinkbecher gewunden, sie sollten den Trinker vor dem Ausplaudern im Rausch bewahren. Als Symbol der Verschwiegenheit findet man die Rose oft in unserem christlichen Glauben in Beichtstühle geschnitzt. Sub rosa, heißt es, wenn man etwas im Vertrauen sagt. Hab Vertrauen zu mir und meiner Familie! Nimm mein Angebot an. Ich habe deine Brüder gesehen. Sie sahen so finster aus, so fanatisch. Dein Leben liegt vor dir. Du hast eigentlich noch gar nicht gelebt. Das Leben ist so schön, so schön, Esme, nicht, dass es das wäre, aber ich sehe es so. Pia muss jeden Augenblick vor Olsberg sein. Ihr werdet euch wunderbar verstehen.«

Esme vergräbt ihr Gesicht in beide Hände. Alles ist gesagt. Die beiden Frauen schweigen. In die Stille musiziert das Handy.

»Eine kleine Nachtmusik«, sagt Esme, die verfremdete Melodie erkennend, »jetzt wird's Nacht um mich.«

Lea beginnt, ihre Tochter zur Helma-Hütte zu lotsen.

»Es wird Tag um dich, Esme, du musst kämpfen, und du wirst gewinnen. Verdammt, du musst gewinnen.«

»Lea, du fluchst zu viel. Allah wird dich bestrafen.«

»Der nicht, mit dem hab ich nichts am Hut.«

»Es gibt nur einen Gott, Lea.«

»Da hast du auch wieder Recht, und Gott ist ein liebender und kein strafender Gott.«

Es wird dunkel draußen. Lea geht ihrer Tochter entgegen. Ein stärkerer Wind brist auf. Die ersten Herbststürme, die schönen Tage sind sicher bald vorbei. Der Wind klagt in den Bäumen. Worüber hat er zu klagen? Jetzt ist wieder alles geordnet. Ein dunkles Gefühl beschleicht Lea trotzdem. Wenn nur alles gut ausgeht und Esme nichts zustößt! Und Luzie? Na, die wird zuerst lamentieren, und dann wird ihr gutes Herz die Oberhand gewinnen. Lea hört sie spektakeln, sie muss wider Willen schmunzeln, und doch greift ihr eine tiefe Traurigkeit ans Herz. Lea tritt aus dem Wald und sieht Pia im Schatten der Dämmerung auf sich zukommen. Wie herrlich jung sie ist und wie federnd und sorglos ihr Gang! Lea ist stolz auf ihre Tochter.

»So, Mami, wo ist denn das schöne Kind?«

Lea umarmt Pia, drückt sie an ihre Brust.

»Schön, dich zu sehen, wenn auch unter diesen Umständen«, sagt sie.

»Mensch, Mami, so viel Wald und so tief in der Pampa und so viel Stress!«

Esme kauert in der Hütte im Dunkeln. Lea schaltet das Licht an. Braune Ringe hat Esme unter den Augen, das fällt Lea jetzt erst auf. Schweißtröpfchen perlen auf ihrer Stirn.

»Hi, Pia«, sagt sie. Ihre Stimme ist so dünn, als summte eine Mücke. Pia setzt sich zu ihr auf das Sofa, mit Karacho, und eine Karachostaubwolke fliegt hoch.

»Komm, Kopf hoch, das kriegen wir hin. Ich hab eine tolle Familie. Du wirst dich wohl fühlen. Und da ist auch noch Ayse, ein Goldstück. Du wirst sehen.«

Esme schaut sie an, zweifelnd, sich in Schweigen hüllend. Aber Pia plaudert unbekümmert.

Nur langsam fasst Esme Vertrauen zu ihr. Nach und nach glättet sich ihr zweifelnder Ausdruck. Pias Stimme ist warm, ihre Argumente sind einfühlsam, ihre ganze Person einnehmend. Schließlich lächelt Esme ein wenig.

»Du siehst lustig aus mit deinen Haaren«, sagt sie.

»Na, die fallen mir jetzt erst auf«, wirft Lea überrascht ein.

»Und?«, fragt Pia.

»Ach Liebes, deine Haare sind ausdiskutiert. Jetzt haben wir anderes zu bedenken. Ihr müsst fahren. Ich bin unruhig. Esmes Brüder hatten so ... – wie soll ich sagen? – so zornige Gesichtszüge.«

»Los, Esme«, fordert Pia sie auf, »pack deine Klamotten!«

»Sie hat keine, Pia, du musst ihr aushelfen. Ihr habt scheint's die gleiche Figur.«

Da nimmt Pia Esme einfach in den Arm. Lea denkt an das Rotkehlchen, das ihre Tochter aufgepäppelt hatte, sie sah gerade jetzt diese spontane Geste und sagt sich, so falsch kann meine Erziehung nicht gewesen sein. Grüne Haare hin, Dreadlocks her, das Herz ist unser Motor und unsere Richtschnur.

»Ich bringe euch zum Auto, los, ihr beiden!«

Lea leuchtet den Weg mit der Taschenlampe aus, denn inzwischen ist es stockdunkel. Laub raschelt unter ihren Füßen, kleine Äste brechen. Der Wind ist stärker geworden. Die Fichten rauschen dunkel und geheimnisvoll. Schwarze Wolkentürme sausen im Eiltempo durch den Mond, der nahezu rund ist.

»Welch eine Szenerie«, ruft Pia aus, »die ideale Kulisse für Thriller wie bei Edgar Wallace in Dartmoor. Hu, schaurig! Wie hältst du's hier aus, Mami, keine Angst?«

Und wie, denkt Lea, aber sie sagt es nicht wegen Esme. Wenn die beiden nur schon weg wären! Es sind nur noch wenige Schritte zu Junus' Auto. Endlich da.

»Lea scheint nie Angst zu haben«, beantwortet Esme Pias Frage. »Deine Mutter ist stark, ihr Wille unerschütterlich. Du darfst nie aufhören, sie zu lieben.«

»Du bist voll ätzend, Esme, manchmal geht'se mir auf den Keks. Aber im Großen und Ganzen ist'se okay.«

»Husch ins Auto und ab mit euch!«

Lea ist erleichtert. Diese Hürde ist genommen. Schnellen Schrittes eilt sie hinunter zur Hütte. Da, das Käuzchen! Es kreischt heute so anders, als wäre es heiser. Kalt wühlt der Wind durch ihre Haare. Lea schließt die Blendladen. Sie dreht den Schlüssel zweimal herum. Welch ein Tag! In ihren Beinen spürt sie die gewanderten Kilometer und beschließt, früh schlafen zu gehen.

In der Nacht plagt sie ein schrecklicher Albtraum. Der Himmel glüht purpurrot. Rotes auch auf der Erde, zu Leas Füßen. Das Rote beginnt, sich zu bewegen. Plötzlich sieht Lea, dass es Schlangen sind. Rote Schlangen. Die Brust wird ihr eng. Dunkles quält sie. Sie läuft, klebt aber fest und läuft doch mühsam mit klebenden Schritten. Es riecht harzig, sie stolpert durch einen Tannenwald. Auf einem Felsen hocken Geier mit nackten Fleischhälsen und stürzen sich auf sie nieder. Plötzlich kommt sie sich klein vor, nicht mehr als nur eine Handvoll. Und auf einmal wieder die roten Schlangen. Eine von ihnen ist Esme, ihr Gesicht aufgedunsen wie eine Trommel, aus ihren Augen stieben Schmeißfliegen. Lea schreit, fährt im Bett hoch und vergräbt ihr Gesicht in beide Hände. Dann fragt sie sich, ob sie endlich wach ist oder immer noch träumt, denn ganz deutlich vernimmt sie gedämpfte Stimmen. Sie lauscht angespannt – in der Hütte ist jemand. Da, Geräusche, als würde ein Fenster geschlossen, dann ein Stuhl gerückt.

Wie ein Blitz ist Lea aus dem Bett, im Bademantel und im Wohnraum. Im aufzuckenden Strahl ihrer Taschenlampe sieht sie jene Männer, mit denen sie instinktiv gerechnet hat.

Dennoch klopft ihr Herz bis zum Hals. Sie schaltet das Licht ein.

»Das ist Einbruch«, sagt ihre Stimme, die in diesem Augenblick nicht zu ihr zu gehören scheint. Breites Grinsen in den dunklen Gesichtern, die ihr noch finsterer scheinen als am Nachmittag.

»Was suchen Sie eigentlich? Bei mir lohnt kein Einbruch.«

Ihre Stimme scheint zu ihr zurück zu kommen. Die Beiden machen ihr keine Angst mehr. Sie sagen auch nichts, stürzen an ihr vorbei ins Bad, in die Küche, in die Schlafräume. Währenddessen hat Lea Zeit, sich umzusehen. Aha, durch das Fenster, das sie aufgehebelt haben. Ein Blendladen liegt herausgebrochen auf der Veranda.

»Mit wem habe ich überhaupt das Vergnügen?«, fragt sie, als die Beiden wieder in der Hüttenstube stehen.

»Wir suchen unsere Schwester, und Sie haben Ihre Hände dabei im Spiel.«

»Wie kommen Sie denn auf diese absurde Idee? Ich kenn Ihre Schwester überhaupt nicht.« Hoffentlich wird sie mit dieser frechen Lüge nicht mit dem ewigen Höllenfeuer bestraft.

»Was hatten Sie mit Semra im WC zu tuscheln?«

»Was für eine Semra?«

»So, jetzt reicht's! Adnan, halt sie fest!«

Adnan scheint der Jüngere zu sein. Er ergreift ihre Hände, zerrt sie hinter ihren Rücken, ein schmerzhafter Ruck in den Schultern, und ein Schlag ins Gesicht erstickt ihren Aufschrei.

»Lügen haben wir aber gar nicht gern. Semra war ganz verstört, als sie wiederkam. Also los, die Wahrheit: Haben Sie Esme hier versteckt?«

»Quatsch, ihr habt doch nachgesehen.« Lea fühlt einen Blutfaden über die Oberlippe rinnen, »oder habt ihr sie gefunden, oder nur ein Anzeichen von eurer Schwester?«

»Sie bitte, sagen Sie Sie zu uns.«

»Brutale Leute pflege ich nicht zu siezen.«

Ein weiterer Schlag ins Gesicht. Das linke Auge brennt.

Verdammt, denkt Lea, *ein Veilchen im Herbst, na, mal was ganz Neues!*

»Ihr scheint wohl schwer von Begriff zu sein, ich kenne weder, wie sagtet ihr, Semra, noch eure Schwester. Und jetzt verschwindet, sonst rufe ich die Polizei.«

Klein von Statur sind die Beiden. Schwere Männer mit breiten, dumpfen, eigensinnigen Schädeln und tief liegenden brennenden Augen. Der Schläger ist sicher Murat. Arme Esme! Wie gut, dass sie in Sicherheit ist und nicht ich sie nach Hause chauffiert habe! Die von mir bewohnte und diese Nacht doch leere Hütte würde sie misstrauisch machen. Esmes Bett habe ich abgezogen und alles Geschirr gespült, im Bad auch alle Spuren beseitigt. Mensch, Lea, wenn deine Hände nicht gefesselt wären, müsstest du dir glatt auf die Schultern klopfen. Und wenn, dann auf die rechte, die linke schmerzt höllisch.

»Also, was ist«, schreit Lea, »haut endlich ab, verdammt noch mal!«

Klacks! *Na, bitte, funktioniert doch!* Adnan lässt ihre Hände los, Murat ist zurückgewichen. Die Stube liegt im tiefsten Dunkel. Und wo ist die Taschenlampe? Auf dem Tisch müsste sie liegen, drei oder vier Schritte nach links, da ist der Tisch, Lea erfummelt die Tischkante und hält die Lampe in Händen. Sie leuchtet in Schreckgesichter. Murat hat eine Adlernase, Adnan beißt sich auf seine Wurstlippen. Lea schwenkt den Lichtstrahl auf den langen Tisch. Dort liegt die zersplitterte Lampe, die vorhin jenen infernalischen Lärm verursacht hatte.

»Das war Allah«, sagt Lea mit nassforscher Stimme, »der bestraft sofort. Ich schließe die Tür auf, und dann macht, dass ihr rauskommt. Eine anständige Frau mitten in der Nacht zu belästigen, zu schlagen und sie der Lüge zu bezichtigen! Das ist Einbruch, Hausfriedensbruch, Nötigung, Beleidigung und Körperverletzung. Das reicht für eine saftige Anzeige. Und jetzt raus!«

»Keine Polizei! Sonst kommen wir wieder. Wir werden die Schlange finden.«

»Aber nicht bei mir. Im Sauerland gibt's keine Schlangen. Zum letzten Mal: Raus!«

Und sie schleichen tatsächlich hinaus. Lea schlägt die Tür zu. Das Holz hallt dumpf nach. Sie tritt vor die Tür, so viel Wut ist in ihr. Jetzt schmerzen auch die Zehen, trotzdem fühlt sie sich besser. In ihren Schultern ein stechendes Pochen, sie befühlt sie. Anscheinend nicht ausgekugelt. Sie eilt ins Badezimmer, blickt in den Spiegel, das Auge schwillt an.

Eis, auf das Auge muss Eis. Leas Wangen brennen. Sie wankt taumelnd zum Kühlschrank. Eisige Schwindel in ihrem Kopf, der zudem brummt, als sei er von Hunderten von Hornissen bevölkert. Ein brutaler Macho, dieser Murat! Adnan sein willfähriger Gehilfe. Und beide trugen sie Turnschuhe.

Lea schleicht angeschlagen ins Bett, fühlt sich ledern wie eine alte Frau. Sie hat das Empfinden, nur aus Schmerzen zu bestehen. Waden und Oberschenkel signalisieren zudem die ersten Anzeichen von Muskelkater. Sie hatte schon als Kind die Sauerländer Berge im Verdacht, dass sie locker und leicht bestiegen werden müssen, um danach mühsam wieder herabzusteigen, Schritt für Schritt mit zitternden Knien und eingeklemmten Zehen.

Zur Abwechslung hat dich mal der Schmerz im Würgegriff. Du verfällst einem bräsigen Zynismus, Lea. Halt ein, sei nicht so qualig. Dieses bisschen Schmerz. Pass auf, und das ist wichtiger, dass du aus diesen zerfransten Fronten zwischen Gut und Böse heil herauskommst!

»Manchmal führe ich ein Gegenleben«, sagt sie und zieht sich die Bettdecke über den Kopf, »aber offensichtlich brauche ich das für mein Überleben.«

Sie schläft tief und traumlos, bis das Handy klingelt. Luzie.

»Nein«, sagt Lea gequält.

»Doch!«, keilt Luzie zurück. »Wie soll das gehen mit dem *armen Dier*?«

»Hat Pia dir alles berichtet?«

»Alles, beim Kaffeetrinken. Ich konnte char nixen runterkriegen.«

»Du musst aber essen, Mutter. Iss viel ›chute Butter‹, weißt du doch, die ist Nervenfutter.«

»Mach dich auch noch lustig.«

»Dabei ist mir gar nicht danach. Mach's kurz, Mutter, hab 'nen fürchterlichen Brummschädel.«

»Kurz, cheht nich. Erst mal: Ist es denn so schlimm, wenn jemand heiraten muss? Ich musste auch heiraten.«

»Ach nee – und warum?«

»Weil du unterwegs warst.«

»Luzie, das schlägt ja dem Fass den Boden aus!«

»Dä, nun weißt du's.«

»Eine Müssebraut warst du!«

»Hat aber keiner mitgekriecht, du warst ein Siebenmonatskind.«

»Und wenn ich an die Fotos denke, ein gut entwickeltes.«

»Ja nun, was willste machen?«

»So, Mutter, nun hör mal gut zu: Heutzutage sind die Zeiten anders. Niemand muss heiraten müssen, auch Türken nicht. Esmes Brüder sind brutal. Heute Nacht hab ich Bekanntschaft mit ihnen machen dürfen. Esme ist in Gefahr, Lebensgefahr. Die Brüder und der Vater werden nicht lange fackeln. Denk an die Geschichte in Schweden. Hast du doch verfolgt und dich empört. Dieser Fall ist so ähnlich, wenn nicht noch schlimmer. Das ist eigentlich alles, und seid lieb zu ihr. Das ist ein bittender Befehl.«

»Is ja chut, reg dich nich auf. Wir schaukeln das.«

»Und kein Wort von Esme zu den andern!«

»Auch zum Trudi nich?«

»Nein, auch deine Busenfreundin darf von Esme nichts wissen. Die ist doch erst recht wie die Westfalenpost, Meteoritenknall und die Nachricht ist überall.«

»Das is ungerecht, Lea, verdori noch mal. Das Trudi doch nich, eher das Ziska.«

»Entschuldige, Mutter, ist mir so rausgerutscht.«

»Wie lange wird Essmich bleiben?«

»Esme, Mutter Esme! Ich weiß nicht, wie lange, hoffe aber, nicht ewig.«

»Junus ist in einigen Tagen zurück.«

»Der vergreift sich nicht mehr.«

»Esme ist schön wie ein Frühlingsmorgen.«

»Junus ist doch kein Sexmonster, Mutter.«

»Aber er kommt aus dem Morgenland.«

»Andere Männer können's auch, glaub's mir.«

Lea hört ihre Mutter förmlich, alle weiteren Wenns und Abers tapfer hinunterschlucken. Sie wird Esme behüten wie eine Glucke ihr Küken, davon ist Lea überzeugt und auch gleichzeitig beruhigt.

Nachdem sich beide verabschiedet haben, blickt sie auf die Uhr. Himmel, schon elf. Sie will aus dem Bett springen, doch ihre angeschlagenen Gliedmaßen zwingen sie zu einer gemächlicheren Gangart. Das Auge ist fast zugeschwollen und gewiss grün und blau. Ein echtes Veilchen eben.

»Gangsterbraut«, murmelt sie, als sie endlich im Bad vor dem Spiegel steht.

»Hoffentlich lassen mich heute alle in Ruhe«, sagt sie beim Frühstück. Sie kaut sehr vorsichtig, denn der Kiefer schmerzt ebenfalls.

Leas Wunsch ist zwar ein frommer Wunsch gewesen, aber nicht in Erfüllung gegangen.

29

Am Mittag steht Fritz im Türrahmen. Er kommt lachend, was heißt, kommt. Er rollt herein, sieht aus wie ein goldgelackter Barockengel.

Als er Leas Auge sieht, ist er bestürzt:

»Wer hat dich denn verprügelt?«

»Niemand.«

»Was denn?«

»Bin aus dem Etagenbett gefallen.«

»Ja, schläfst du denn oben?«

»Manchmal.« – Du wirst für deine Lügen ewig im Höllenfeuer braten, denkt Lea, hoffentlich hört er auf zu fragen.

»Das sieht schlimm aus!« – *Wenigstens keine Fragen mehr.* »Du musst zum Arzt gehen!«

»Und was soll ich da? Die Gesundheitskosten noch weiter explodieren lassen? Nein, nein, in ein paar Tagen sehe ich wieder normal aus.«

Fritz schüttelt seinen Kopf:

»Dabei bin ich gekommen, weil ich eine Bitte habe.«

»Raus damit!«

»Aber du müsstest unter die Leute.«

»Du denkst, ich vergrab mich, weil ich so aussehe? Ich bin nicht eitel, mein lieber Kollege.«

»Siehst du, als Kollege komme ich.«

»Soll ich eine Reportage für dich machen?«

Fritz nickt, strahlt, dass Lea sein Anliegen erraten hat.

»Und wo?«

»In Winterberg ist Viehmarkt.«

»Also habe ich es mit Rindviechern zu tun.«

»Du musst die Leute interviewen, die Preise eingeheimst haben.«

»Und du?«

»Verreise für einige Tage. In der Radaktion ist Not am Mann.«

»Warum sagt man immer *Not am Mann* und nicht *an der Frau*?«

»Ich streite nicht mit Emanzen, also, Not an der Frau. Übernimmst du diesen Termin?«

»Okay, ich hab schon so viele Hornochsen interviewt, dann werde ich das auch noch gebacken kriegen. Wann?«

»Morgen um elf.«

»Gebongt! – Ein Schnäpschen?«

»Da sag ich nicht nein.«

»Gibt's was Neues in Sachen Bürgermeister?«

»Am Fundort ist ein Zettel gefunden worden.«

»Mir bekannt.«

»Und weißt du, was darauf stand?«

Lea hält inne mit Eingießen, schaut Fritz fragend an.

»Töte die Schlange!«

»Was, töte die Schlange?«

»Auf dem Zettel stand nur *Töte die Schlange* in einwandfreiem Deutsch.«

Lea gießt ein, verschüttet etwas vom Schnaps. Sie eilt in die Küche, will ein Tuch holen. *Der Schlangentraum. Esme war darin plötzlich eine Schlange. Töte die Schlange! Was hatten die*

Brüder gesagt, letzte Nacht? Wir werden die Schlange finden. Wieder einmal spürt sie etwas Dumpfes in sich hochkriechen. Es bohrt sich ins Gehirn. *Töte die Schlange! Töte die Schlange!* Dieser Imperativ fräst sich in ihre Erinnerungszellen, fräst und fräst. Und ein Tröpfchen tröpfelt. *Töte die Schlange!* ist ein Buchtitel. Und das Buch liegt bei ihr zu Hause. Sie starrt auf die Uhr in der Küche. Früher Nachmittag. Sven müsste Schulschluss haben. In der Hand hält sie das Spültuch. Was war damit? Fritz sitzt in der Hüttenstube. Den hätte sie beinahe vergessen. Sie eilt zurück, er hatte die ganze Zeit geredet, doch sie hatte nicht darauf reagiert.

»Ich habe dich was gefragt, aber du ...«

»Entschuldige, ich hab ..., war ganz in Gedanken, was wollte ich mit dem Tuch? Ach ja, ich hatte geplempert. Mensch, Fritz, du bringst mich ganz durcheinander.«

Lea wischt die kleine Schnapslache fort. Sie hat mit ihrem verwirrten Zustand einen kleinen Schmunzler bei Fritz hervorgerufen:

»So fängt Alzheimer an«, blödelt er, »und weißt du, was das Tröstliche an dieser Krankheit ist? – Du vergisst, dass du sie hast.«

Und dieser ausführliche Körper wabbelt vor Lachen. Wie er so vor Lea sitzt, denkt diese: *Er ist aufgegangen mit den Jahren wie Hefebrot. Kerniges Landbrot. Er ist eine ganze Brotauslage mit Brötchen, Teilchen und runden Mischbroten. Seine Pfunde sind Körper gewordene Ländlichkeit.*

Und nun muss sie ebenfalls lachen. Aus dem einen Schnäpschen werden natürlich mehrere.

Als Fritz endlich den Heimweg antritt, stürzt sich Lea auf das Handy. Zack, Svens Nummernknopf!

»Hi, Mami.«

»Geh schnell in Papas Arbeitszimmer. Dort muss ein Buch stehen, eher ein Büchlein, mit dem Titel *Töte die Schlange!* Das nimmst du, packst es ein und schickst es auf dem schnellsten Wege postlagernd an mich nach Olsberg.«

»Mami, halt die Luft an, ja! Schreibst du Geschichten für Sielmann oder was? Wie heißt der Titel? Töte die Schlange? Igitt, mit dem Gekreuch gibst du dich ab! Bist du unter die Tierforscher gegangen?«

»Svenny, bitte, es ist sehr eilig.«

»Cool down! Ich erledige das sofort, noch soforter, am sofortesten. – Mami, hab'ne Eins in Physik geschrieben. Tierisch gut, was!«

»Mit Knall oder ohne?«

»Ohne. War'n Test.«

»Aber du hast zu Hause experimentiert. Wetten? Und hast im Keller eine Bombe gezündet.«

»Omma gepetzt?«

»Nee, Junus.«

»Na, warte!«

»Herzlichen Glückwunsch zur Eins. Ich bin mächtig stolz auf dich.«

Lea ist ganz hingeschmolzene Mutter. Sie stellt sich ihren Jüngsten vor, die Jeans auf halb Acht in den Kniekehlen hängend, dringend waschmaschinenbedürftig, der Rest von ihm sicher auch, inklusive Seele.

Am nächsten Morgen ist sie pünktlich in Winterberg. Zunächst werden die Kühe vorgeführt und von einer Jury prämiert. Da gibt es Rotbunte, »Sauerländer Höhenvieh« und auch milchig

Helle. Berta, eine milchig Helle, ist die Schönste, Euter wie pralle Kartoffelsäcke, aber trotzdem »melkmaschinengerecht«. Ihr Fell glänzt wie Seide.

Lea quetscht den stolzen Besitzer über Einzelheiten aus. Er scheint ein lustiger Typ zu sein. Die Worte fließen zwar nicht so flüssig über seine Lippen. Dafür ist er ein Sauerländer und kommt aus dem höchsten Ort der tausend Berge.

»Gerade haben Sie den 1. Preis bekommen.«

»Ja, nich ich, meine Berta.«

Berta hat nun ein buntes Kränzchen um ihre Hörner, den Siegerlorbeer sozusagen.

»Dann muss ich wohl die Berta interviewen.«

»Ja, machen Sie mal, Frollein!«

»Wie fühlst du dich, Berta?«

Der Bauer gibt ihr einen kleine Schubs und ...

Muh schüttelt sich Berta.

»Können Sie mir das übersetzen?«

»Ja, kann ich, Frollein. Soll heißen, frag mich nich so dämlich, ich fühl mich kuhwohl. Sauwohl kann ich nich sagen, denn ich bin eine Kuh, keine dumme übrigens.«

»Woran merke ich das?«

»Guck ihr in die Augen, Kleines. Dann siehste all ihre Klugheit.«

Lea schaut, sich vor Lachen biegend, in die großen braunen Kuhaugen. Eins trieft ein wenig.

»Berta weint«, ulkt Lea.

»Ja, vor Glück, Frollein.«

»Wer hat sie so schön gestriegelt?«

»Ich natürlich, meine Berta bürste ich immer selber. Aber gucken Se sich mal ihre Molkerei an, kann Frau neidisch werden, was, Frollein! Ne Menge Holz vor der Tür. Wünscht sich jeder Bauer, woll, Berta.«

Dabei schaut er belustigt und etwas obszön Lea an, die in dieser Beziehung nicht mithalten kann.

»Besuchen Se mich mal auf meinem Hof.«

»Und weshalb?«

»Weil ich noch viele schöne Kühe habe. Hab mich ganz auf Milchwirtschaft umgestellt, obwohl es nich viel bringt. Die in Brüssel ham 'ne Macke. Darüber sollten Sie mal schreiben, woll, Berta.«

Muh sagt Berta und schiebt ihren hübschen Rindviehkopf weit nach vorn.

»Vielleicht besuche ich Sie doch mal«, sagt Lea. »Ihre Berta gefällt mir mehr und mehr. Ich bringe dann meinen Jüngsten mit.«

»Kälbches ham Se auch? – Ach, sind Sie verheiratet? Danach sehen Se aber nich aus.«

»Sind Sie nicht verheiratet?«

»Nee!«

»Bin ich jetzt nicht mehr eingeladen?«

»Sie sind jederzeit eingeladen, woll, Berta. – Schreiben Se 'nen schönen Artikel über meine Berta.«

»Ich schreib nur schöne Artikel. Und jetzt verraten Sie mir bitte Ihren Namen.«

»Ich bin Groschen Willi. Schießen Se man 'n schönes Fotto.«

Lea zückt die Pressekamera, die ihr Fritz mitgegeben hatte.

»Warten Se, ich stell mich bei Berta bei. So, woll, Berta. Und jetzt guck mal schön freundlich in die Linse.«

Berta aber ist unruhig, wackelt, kann nicht still stehen. Sie schlägt mit dem Schwanz, dessen Quast so glatt gebürstet ist. Plötzlich stellt sie die Hinterfüße breitbeinig auseinander, hebt den Schwanz und – ein dampfender Kuhfladen plumpst Schwall für Schwall zu Tal.

»Berta, du bist ein Fickel, warum gerade jetzt?«

»Also, Willi«, tadelt ihn Lea, die vor Glucksen kaum reden kann, »warum nicht gerade jetzt, und ein Fickel kann sie nicht sein, Fickel sind doch kleine Schweine.«

Bertas Erguss auf die Erde hat so gespritzt, dass Willi auch etwas abbekommen hat. Darüber muss Lea herzhaft lachen.

»Lachen Se mich aus oder an?«, will Willi wissen.

»Sie sehen so bedröppelt aus. Entschuldigung. Jetzt sind Sie mit den Spritzern ein Fickeltünnes.«

Schallend lacht nun auch Willi. Die Umstehenden haben die Szenerie amüsiert verfolgt. Einige lassen deftige Kommentare ab.

»Und jetzt das Fotto!«, befiehlt Willi und stellt sich in Positur. Das heißt, er wirft sich in seine breiten Schultern, strafft seine stämmige Figur, und Lea findet, dass er von bärenhafter Anmut ist. Ein Männerfels, ein direkter Nachkomme des ersten Sauerländers, den der Herrgott in einer besonderen Sonntagslaune modelliert hat. Willi hat seine gewünschte Position eingenommen, seine Augen sind aufmerksam und vertrauend auf die Kamera gerichtet.

»Nun lassen Se mal jucken, junge Frau.«

Lea zeigt ihm mehrere Aufnahmen in der Digitalkamera.

»Nehmen Se das!«, befiehlt er, »da gucke ich ganz nett. Vielleicht beißt ja eine an und zieht bei mich, Heirat nicht ausgeschlossen.«

Er zwinkert, um den Mund ein spitzbübisches Lächeln.

»Und wer hat Ihnen eins aufs Auge gegeben?«

»Niemand. Bin aus dem Bett gefallen.«

»Das kommt davon, weil ich nich bei Sie schlafe. Ich hätt Sie festgehalten.«

Sein Händedruck zum Abschied ist kräftig, seine Hand hart und schwielig.

Das war eine willkommene Abwechslung. Lea summt auf dem Heimweg die Melodie von *Old McDonald has a farm* … In der Hütte schreibt sie den Artikel und mailt Bild und Text in die Redaktion. Willi Grosche kann zufrieden sein und Kollege Fritz ebenfalls.

30

Lea kann die Ankunft des Buches kaum erwarten. Junus hat vor einigen Jahren eine Reportage über den Autor Yasar Kemal – der Name ist ihr inzwischen eingefallen – geschrieben, als dieser auf einer Lesereise unterwegs war. Der Schriftsteller hat ihm damals einige seiner ins Deutsche übersetzten Bücher geschenkt. Lea hat sie gesehen, darin geblättert, ein bisschen quergelesen, aber keines vollständig gelesen. Ihr Mann hatte ihr viel von jenem Autor, der in Anatolien geboren wurde, berichtet, und seine Reportage wurde hoch gelobt.
Etwas Dunkles, eine wirre Ahnung macht sich in Leas Denken breit. Als sie ihre Post vom Postamt abholt, setzt sie sich auf den Rathausplatz, reißt die Verpackung auf und beginnt zu lesen. Leute gehen an ihr vorbei, eine Schulklasse trottet schnatternd und lärmend über den Platz, die Sonne verschwendet ihre letzte Wärme. Lea aber bemerkt von alledem nicht viel, je tiefer sie in die Seiten des Buches dringt, um so beklemmender fühlt sie sich. Die Protagonistin heißt ebenfalls Esme, sie ist schön, so schön, wie sonst niemand auf der Welt sein kann.

Auf der Umschlagseite wird eine Waffe auf sie gerichtet.

Lea liest fieberhaft mit steigender Erregung. Sie kann nicht glauben, was sie liest.

Der eigene Sohn soll die Mutter, Esme, töten, um die Ehre der großen Familie wiederherzustellen.

Am Ende schreibt Kemal:

Beim Anblick der Mutter erfasste ihn jedes Mal dieses uner-

trägliche Gefühl ... Von einem Schauder erfasst, spielte Hasan mit seinem Revolver. Immer wieder beugte sich Esme über das Backblech. Hasan zitterte, seine Haut spannte sich, und ihm schwindelte. Vor ihm im Schein der Flammen seine Mutter. Plötzlich löste sich der Schuss. Ein Aufschrei, dann noch ein Schuss und noch einer. Der Geruch von versengtem Fleisch und Haar war überall.

Bis zum Ende des Romans wird beschrieben, wie sehr Hasan seine Mutter liebt, die ihm zuliebe nicht das Dorf verlässt, Häme ihrer Sippe, die Verachtung des ganzen Dorfes erträgt, weil ihre Jugendliebe den Mann erschossen hatte, der sie entführte und den zu heiraten sie gezwungen wurde, um keine Schande über die Familie zu bringen.

Lea friert, obwohl die Sonne hoch am Himmel steht. Eine dunkle Wolke schiebt sich von Westen heran, langsam verschattet sie die Sonne und wirft einen dunklen Fleck auf den großen Platz der aussieht, als habe jemand dort einen abgetretenen räudigen Teppich ausgebreitet.

Lea zieht ihre Jacke an, knöpft sie zu. Die Passanten schauen sie an, gehen vorüber, manche drehen sich um.

Wie benommen steht Lea auf. *Töte die Schlange* hämmert es wieder in ihrem Kopf. *Blutrache* sagt ihr Verstand. Es geht um Blutrache. Etwas, das sie und alle anderen, die hier leben, niemals nachvollziehen können. Pelziges legt sich auf ihre Zunge, eine Faust greift ihr ans Herz. Wieder dieser Knoten im Bauch.

Als sie zum großen Parkplatz geht, ist sie so in Gedanken versunken, dass sie ihr Auto nicht findet. Der Parkplatz ist voll. Sie sucht die Reihen ab, kann sich nicht erinnern, wo sie ihr Auto geparkt hat. Endlich!

Sie muss mit Esme telefonieren, so rasch wie möglich.

Als sie Esme am Apparat hat, sagt diese mit einer Stimme, die fast ein Nichts ist:
»Nun weißt du Bescheid, Lea. Sven hat vom Buch erzählt, das er dir zuschicken sollte.«

»Du kennst Buch und Inhalt?«

»Meine Familie kennt alle Bücher Yasar Kemals und ich natürlich auch.« Quälende Stille. Schmerzendes Verstummen.

»Beim toten Bürgermeister ist ein Zettel gefunden worden mit den drei Wörtern, die einem Befehl gleichkommen: Töte die Schlange!«

Und wieder diese qualvolle Ruhe am anderen Ende. Lea sieht Esme vor sich, wie ihre Hände zu zittern beginnen. Sie zucken wie Raubtiere, die sich ducken, weil sie angreifen müssen. Die sich aber noch Zeit lassen, sich die letzten Hundertstelsekunden zurückhalten, die Wucht des Sprunges abwägend und gleichzeitig fürchtend. Und in ihrer dunklen Iris liegt jener gelbe Kreis wie ein Feuerreifen im Zirkus, durch den der Tiger springen muss.

»Deine Brüder haben den Bürgermeister getötet«, sagt Lea mit fester Stimme, aber fast wäre sie ihr im Hals stecken geblieben.

Esme weint nicht, hat sich sicher kerzengerade hingesetzt. Ein Sonnenstrahl, der auf ihr Haar fällt, lässt es glitzern und aufflammen, als brenne es. Und wieder sieht Lea die rote Schlange, und Esme gleicht einer lodernden Lohe.

Lea ist nicht der Inquisitor. Ihre Stimme ist weich und sanft. Sie weiß nun, dass sie dieses Menschenkind beschützen wird. Um jeden Preis!

»Deine Brüder sind klein und haben entsprechende Schuhgrößen. Es sind Abdrücke von den Spuren ihrer Schuhe gemacht worden.«

Der gelbe Kreis um Esmes Iris ist kein Kreis mehr, er hat jetzt eine ovale Form, weil sie die Augen zusammengezogen hat.

»Und dein Freund ist tot.«

»Ich habe ihn geliebt. Lea, weißt du, was Liebe ist?«

»Du bist in höchster Lebensgefahr, das weiß ich.«

»Meine Brüder dürfen nicht an die Polizei ausgeliefert werden.« Esme hat die Hände, diese zuckenden Raubtiere, zu Fäusten geballt, sie in einen Käfig gebannt.

»Wirst du meine Brüder anzeigen?«

»Die Sonderkommission wird irgendwann auf den Buchtitel kommen, wenn nicht schon jetzt. – Hat euch früher irgendjemand zusammen gesehen?«

»Nein! Niemals! Wir waren sehr vorsichtig. Zu unseren Treffpunkten fuhren wir immer weit weg – und jeder für sich. Niemand wird vermuten, dass wir vier Monate lang ein Paar waren.«

»Aber deine Brüder wussten es.«

»Nach der Fehlgeburt hat meine Mutter es aus mir herausgeprügelt. – Mein Leben ist verpfuscht. Ich habe Schande über meine Familie gebracht. Ich gehe zurück. Sollen sie mich doch töten.«

»Nein, niemals, Esme! Liebe ist unwägbar, du fällst in sie hinein, kannst dich nicht wehren. Liebe ist etwas Wunderbares, Liebe ist kein Verbrechen. Liebe ist das Kostbarste, was Allah und mein Gott uns gegeben haben. Liebe ist alles. Alles andere ist nichts.«

»Meine Brüder mussten mich rächen. Sie lieben mich. Und

sie lieben meine Familie, vor allem meine Mutter. Sie mussten töten, damit wir wieder in Frieden leben können. Du hast doch von Hasans Qualen gelesen, das ganze Buch handelt davon. Hasan musste seine Mutter töten, damit sein Vater die ewige Ruhe findet und nicht mehr aus dem Jenseits ständig als Gespenst oder als Heuschrecke oder sonst was auf der Erde herumirren muss. Hasans Familie hat ihn getrieben, das ganze Dorf hat sich von ihm abgewendet, weil er so lange gezögert hatte, seine Mutter …«

»Ich habe es gelesen, Esme, Wort für Wort, aber es hat mich nicht überzeugt, wohl berührt, ja sogar entsetzt. Ich werde Blutrache niemals verstehen können, nie. Bei uns gibt es das nicht, wir haben sie nicht mit der Muttermilch eingesogen. Und ich wehre mich dagegen, werde mich vehement dafür einsetzen, dass bei uns Blutrache nie Akzeptanz findet. Ihr lebt im Westen, Esme, deine Brüder werden verurteilt werden.«

»Wie? Du wirst sie nicht anzeigen! Ich vertraue dir, Lea. Sub rosa, vergiss das nicht!«

Eine Drohung? Oder gar mehr?

Esme setzt Verrauen in Lea. Wieder einmal hat man sie auf dem »falschen Fuß« erwischt. Sie muss den Mund halten, darf keinen Kontakt mit Frau Brauer aufnehmen. Die Brüder drohen ihr an, sie umzubringen, wenn sie den nächtlichen Überfall anzeigt. Die Schwester setzt auf Vertrauen. Gut hingekriegt, Frau Winter! Mund verschlossen, Hände gebunden, Knüppel zwischen die Beine geworfen! Aber noch ist nicht aller Tage Abend.

»Unsere Ermittler sind nicht blöd, Esme. Und Olsberg und Winterberg liegen nah beieinander. Trotzdem, du darfst keine Dummheiten begehen, Esme. Ich werde für dich kämpfen. Aber du, du musst auch kämpfen, hörst du. Gib nicht auf! Auch für die anderen, die in deine Lage kommen könnten, musst du kämpfen. Bewaffne dich mit deiner Stärke bis an die Zähne, Esme, dann werden wir's schaffen. Nein, anzeigen werde ich deine Brüder nicht. Aber die Kommissarin wird sie kriegen, ich kenne sie. Hab keine Angst, bei Luzie und Ayse bist du sicher, und danach gibt's eine andere Lösung. Vertrau mir!«

Habe ich den Mund zu voll genommen? hadert Lea mit sich, nachdem sie das Telefongespräch beendet hatten. Esme hatte versprochen, auszuharren und nichts auf eigene Faust zu unternehmen. Lea will die Hütte nicht vor der ausgehandelten Zeit verlassen, da man sonst vielleicht argwöhnisch werden könnte.

31

Am Montagmorgen steht Frau Brauer vor der Tür. Lea hatte Fenster und Tür geöffnet, da es wieder einmal ein schöner Altweibersommertag ist. Sommer im Herbst. Herbstsommer.

»Gemütlich und ruhig haben Sie's. Und so abgelegen, da fallen Ihnen doch wohl die schaurigsten Storys ein, oder?«

»Die schlimmsten Geschichten liefert das Leben selbst ...« antwortet Lea.

»Sehen Sie, und deshalb bin ich auch hier. Gibt es Zufälle? Glauben Sie an Zufälle, Frau Winter? Ich nicht. Man hat Sie auf dem Rathausplatz ein Buch lesen sehen. Ganz vertieft, ganz selbstvergessen. Man hat Sie gegrüßt, aber Sie haben gar nicht reagiert. Das Buch muss Sie sehr interessiert haben ...«

»Großer Gott«, unterbricht sie Lea und rollt die Augen, »wird man überall beobachtet? – Das Buch hat den Titel *Töte die Schlange*, und Sie haben inzwischen ebenso wie ich herausgefunden, dass es darin um Blutrache geht. In Olsberg und rundherum haben Sie alle türkischen und ausländischen Familien aufgesucht, sich ihre Alibis und Turnschuhe präsentieren lassen und nichts gefunden, was sich beweisen lässt.«

Lea ist froh, dass Esme fort ist, denn Frau Brauer sitzt auf der äußersten Stuhlkante, als wolle sie gleich aufspringen, um die Räume zu inspizieren. Dass Esme in Sicherheit ist, macht Lea sehr ruhig und souverän.

Frau Brauer trägt, obwohl es warm ist, ihre obligatorische Lederjacke. Der dritte Knopf von unten fehlt, das sieht Lea ganz deutlich. Ihre Frisur sieht aus, als sei ein Platzregen auf ihr Haar niedergeklatscht. Ihre Augen wirken müde und gleichzeitig wie auf dem Quivive. Sie haben die Farbe von Gras, von frischem hellem Sommergras. Das fällt Lea heute zum ersten Mal auf. Katzenaugen hat sie. Sie lauern der Maus auf. *Ab jetzt wird sie Katz und Maus mit dir spielen. Sei vorsichtig, Lea Winter! Sub rosa, du hast ein Versprechen abgegeben. Das brechen, hieße Esme zerbrechen.*

»Also, was ist? Sie haben ihre Finger wieder in diesem Fall, das spüre ich doch. So gut kenne ich Sie mittlerweile, um ganz sicher zu sein, dass Sie mir einiges erzählen können.«

Frau Brauer blickt Lea so direkt an, dass diese nun Mühe hat, ihre Augenlider nicht flattern zu lassen, ihre Hände ruhig zu halten und diesem durchbohrenden Kommissarsblick standzuhalten.

»Sie sehen so aus, als hätten Sie noch nicht richtig gefrühstückt, Frau Brauer. Ich schlage vor, ich koche rasch Kaffee und decke, was ich so habe. Ich habe nämlich auch noch nichts gegessen.«

»Einverstanden. Aber Sie entkommen mir nicht, das wissen Sie.«

Lieber Gott, betet Lea insgeheim, *jetzt sitze ich so richtig in der Brühe, zeig mir einen Ausweg.*

Frau Brauer erkundigt sich nach Leas Familie, nach ihrem Krimi. Doch Lea sagt, dass sie niemals über unfertige Manuskripte spräche. Die Kommissarin lacht, sagt, dass es bei Ermittlungen, die nicht abgeschlossen seien, ebenso sei, was Lea als Wink mit dem Zaunpfahl wertet und sich vornimmt, nicht zu fragen, aber ihrerseits auch nur das Unumgänglichste zu sagen.

Als alles aufgetragen ist, zieht Frau Brauer ihre Jacke aus und wirft diese mit Schwung ins Sofa. Die obligatorische Staubwolke. Frau Brauer trägt eine Bluse, die aus dem Trockner zu kommen scheint und noch nie ein Bügeleisen gesehen hat. Aber Crash-Blusen sind heutzutage in. *Auch eine, die nicht gern bügelt*, denkt Lea und sagt:

»Was wollen Sie eigentlich von mir wissen? Wie ich auf das Buch komme?«

Da Frau Brauer den Mund voll hat und nur nickt, fährt Lea fort: »Ein hiesiger Reporterkollege besucht mich manchmal. Er erzählte von dem Zettel am Fundort der Leiche, und da ich das Buch zu Hause habe, ließ ich es mir schicken.«

»Es gab mal Zeiten, da besuchten Sie mich, um mir Ihre Mutmaßungen mitzuteilen, Frau Winter.«

»Sie sind genauso weit wie ich, Frau Brauer. Sie haben das Buch gelesen. Sie wissen, es geht um Blutrache. Mehr kann ich Ihnen auch nicht sagen.«

»Da läuft irgendjemand frei herum, der seine Ehre gereinigt hat. Diese Ehre ist ihm wichtiger als alles andere, wichtiger als ein Menschenleben. Wer soll das verstehen? Jemand hat, seiner Meinung nach, die Ehre von wem befleckt? Das ist die Crux. Das Motiv hätten wir, aber der Zusammenhang fehlt.«

»Erst kürzlich stand wieder ein Artikel in der Zeitung, dass ein Mädchen in Südanatolien, 14 Jahre alt, von einem Einundzwanzigjährigen entführt, vier Tage festgehalten und vergewaltigt worden ist. Als das Opfer schließlich aus dem Fenster gesprungen ist und Nachbarn die Polizei riefen, sagte die Familie, das Mädchen sei von zu Hause weggelaufen. Mehr als dreißig Angehörige des Clans versammelten sich kurz nach der Rückkehr des Mädchens, um über sie zu richten. Sie fällten beim gemeinsamen Mahl das Todesurteil. Nach dem Essen erdrosselte der Vater seine eigene Tochter mit einem Kabel. Die Leiche verscharrten die Angehörigen zunächst im Hühnerstall, später begruben sie sie im Wald.

Diese Ehrenmorde werden oft als Unfälle oder Selbstmorde getarnt, was wegen der Billigung durch die Dorfgemeinschaft nicht schwierig ist. Das Verlieren der Jungfräulichkeit vor der Hochzeit gilt als unrein und ist ein unerträglicher Makel auf der Familienehre.«

»Das Frühstück tut gut, und trotz allem werde ich den Gedanken einfach nicht los, dass Sie weiter sind, Frau Winter.«

»Sie haben das Buch gelesen, Frau Brauer. Das Beklemmende, das Schreckliche darin ist, dass der kleine Hasan jahrelang auf das Töten seiner Mutter hin erzogen wird. Seine Mutter, die er über alles liebt, tötet er schließlich, denn die Ehre der Familie ist wichtiger und größer als seine Liebe. Er kann letzten Endes nicht anders, er tötet unter diesem Erwartungsdruck seines Clans.

Sie haben sich doch auch Ihre Gedanken zur angeblich absoluten Unfehlbarkeit des getöteten Bürgermeisters gemacht. Wer musste gerächt werden? Wem hat er etwas angetan, was in den Augen des Mörders aufgrund seiner Erziehung einem Verbrechen gleichkommt, weil es Schande über die Familie gebracht hat?«

»Das ist ja der gordische Knoten, Frau Winter.«

»Lesen Sie das Buch noch einmal, Frau Brauer. Sie werden auf etwas stoßen, das Sie beim ersten Mal überlesen haben.« Die Brauen der Kommissarin schnellen hoch, sie sind dicht und dunkel wie schwarze Balken, sie haben etwas Drohendes. Doch

Lea ist fest entschlossen, nicht mehr preiszugeben. Sie hat ein Versprechen abgegeben.

»Und Sie wollen die Ermittlungen weiterhin verzögern!«

»Sie kommen darauf, Frau Brauer, das weiß ich. Ich kann mehr nicht sagen. Vielleicht nur das noch: Der Name Esme ist der Schlüssel zu allem. Sie werden das passende Schloss finden.«

»Also gut! Aber Gnade Ihnen Gott, wenn sich herausstellt, dass Sie uns Gravierendes verschwiegen haben.«

Frau Brauer verlässt die Hütte mit finsterer Miene. Aber Lea ist irgendwie erleichtert. Liegt es daran, dass sie sich abermals mit Junus in Paderborn treffen will? Dieses Mal muss ihr Treffen ein Fest werden! Lea wird sich nicht noch einmal ablenken lassen. Ganz gewiss nicht.

Froh gestimmt packt sie die Tasche für zwei Tage. Sie trällert das Lied von den Himmeln, die voller Geigen hängen. Und eine davon werden sie bald herunterholen und die Melodie ihrer Liebe darauf spielen. Junus und Lea.

Da klingelt ihr Handy. Tom, ihr Ältester.

»Na, Mama, kommst du gut voran?«

»Bin zufrieden, Tom. Wie geht's bei dir? Alles okay?«

»Wie man 's nimmt, beste Mutter aller Mütter.«

Wenn ihr Tom das sagt, dann ist etwas im Busch. Etwas, was Lea Gänsehaut verursacht und die Ohren sehr groß werden lässt. Und augenblicklich wachsen ihr Elefantenohren.

»Was hast du angestellt?«, fragt sie deshalb kurz und knapp.

»Sinje ist schwanger!«

Das sitzt. Der Tritt eines Pferdes kann keine schlimmere k.o.-Wirkung haben. Für eine ganze Weile verschlägt es Lea die Sprache.

Gerade hatte sich das Glück in ihr breit gemacht. Ihr Glück oder das, was sie für Glück hält.

»Mama? Bist du noch dran?«

»Und ob ich dran bin!«

»Dann sag doch irgendwas!«

»Wofür gibt's die Pille! Verdori noch mal! Hat Sinje vergessen. Klar, so einfach ist das. Du bist gerade mal zwanzig, hast nichts, bist nichts, wirst auch in allernächster Zeit noch nichts. Wer soll das Kind groß ziehen? Die Omas. Ach, herrje, dann bin ich ja Oma! Auch das noch! Sinje ist auch noch nichts. Was habt ihr euch dabei gedacht! Nichts natürlich, dabei denkt man ja nicht. Aber das Eine sag ich dir, wer sich die Suppe einbrockt, der löffelt sie auch aus. Im Klartext: Abgetrieben wird nicht! Irgendwie schaffen wir das. Die Ohren sollte ich dir lang ziehen. Ich bin so wütend auf dich, ich könnte dir welche langen. Aber was rede ich da. Du bist volljährig, schon lange, und dein Studium! Mensch, gib das nur nicht auf. Und ich, ich bin noch keine fünfzig und Großmutter. Wie sich das anhört, an den Titel muss ich mich erst gewöhnen. Und Junus ist Opa, und Oma ist Uroma. Jeder ist was Neues, und Sven ist Onkel. Du wirbelst die ganze Familie durcheinander und ..., sag mal, bist du noch dran?«

»Klar, und deine Standpauke war super. Wirklich! Hör ich daraus, dass du uns trotzdem hilfst?«

»Muss ich doch.«

»Sinjes Mutter, die noch jünger ist als du, hat nämlich jede Hilfestellung abgelehnt. Mit mir nicht, und so. Da ist nichts zu erwarten. Wir wollen unser Kind auch nicht bei dir abgeben und dann sieh zu! Sinje und ich machen das neben unserem Studium, nur, wenn wir mal SOS-Situation haben, müssen wir uns an jemanden wenden können. Und, Mama, danke! Ich weiß, ich habe die wunderbarste Mutter der Welt, und glaub mir, an Abtreibung haben wir nicht einen Gedanken verschwendet. Mama, ich liebe dich …«

Toms Handy erstirbt. Aber dieses Mal im richtigen Augenblick. Bestimmt ist es wieder einmal nicht genügend aufgeladen – wie so häufig. Mama, ich liebe dich.

Dieses Liebesgeständnis vom eigenen Sohn hat etwas. Warm wird es Lea. Und dennoch, die Wut ist nicht verraucht. Diese muss sich Lea von der Seele joggen. Ihre Leggins zieht sie verkehrt an, sie merkt es am Wulst der Naht, die außen ist. Ihr Sweatshirt reißt an der Ärmelnaht, weil sie mit Gewalt hineindrängt. Ihre Socken findet sie nicht, also zieht sie die Turnschuhe ohne an. Alles egal, sie muss an die frische Luft.

Draußen atmet sie zunächst einmal tief durch, dann läuft sie los, Richtung Eisenberg. Die Sonne steht schon sehr tief, bald wird sie untergegangen sein. Lea muss Berge hinauflaufen, immer höher, sich verausgaben, das Letzte aus sich herausholen. Sie keucht und prustet, spürt Stiche in der Milz, will sie aber bewusst ignorieren, sie muss sich die *Oma* von der Seele laufen. Oder will sie weglaufen? Sie ist am Schinkenwirt vorbei, höher hinauf drängt es sie, ihre Lungen zerschmettern gleich. *Halt an!* sagt sie sich. *Sei vernünftig! Ach, zum Teufel!* Sie will nicht vernünftig sein. Weiter, immer weiter, immer höher. Sie keucht, ächzt und stöhnt. Endlich lässt sie sich auf den weichen Waldboden fallen und weint.

Sie weint, weil das Herz jagt, die Lungenflügel schmerzen, der Puls ihr aus der Schädeldecke springen will. Doch eigentlich weint sie, weil sie so verwundet ist. Verwundet? Ein Kind kann doch nicht verwunden! Wo denkt sie hin! Freuen sollte sie sich. Dummer Junge! Und plötzlich weiß sie, dass alles gut gehen wird. Tom wird sein Politikstudium zu Ende bringen, und Sinje wird Pädagogin. Langsam beruhigt sie sich, setzt sich auf, wischt mit dem Ärmel über ihre Augen. Ein Taschentuch? Sie findet keins, reißt ein durchlöchertes Huflattichblatt ab und schnäuzt sich. Ihre Hacke brennt, sie zieht den Schuh aus, an der Ferse des linken Fußes quillt eine dicke weiße Blase. Na, fein, das auch noch!

Freuen sollte sie sich, es wird noch einiger Selbstkämpfe bedürfen, bis sie sich freuen kann. Die Bilder ihrer eigenen Kinder im Babyalter ziehen an ihr vorbei. Sie lächelt und ist dabei dahinzuschmelzen wie Schokolade in der Sonne.

»Aber nein«, sagt sie laut, »so leicht mache ich es den Beiden auch nicht.«

Rasch zieht sie den Schuh wieder an, nachdem sie ein Breitwegerichblatt an die Blase gepresst hat, und läuft weiter. Dieses Mal ohne diese bohrend treibende Wut, etwas gelassener, ein wenig entspannter joggt sie zurück zur Hütte.

Ehe sie duscht, ruft sie Tom an, denn in der Zwischenzeit wird er wohl sein Handy aufgeladen haben.

»Ja?« Immer blökt er nur ein Ja in den Hörer, als habe er keinen Namen. Aber Lea lässt keine Wut mehr zu.

»Ich habe vorhin vergessen zu fragen, wie es Sinje geht.«

»Ach, Mama. Du? – Das freut mich. Also, bis auf die Tatsache, dass sie jeden Abend ein Glas saure Gurken verputzt, um danach alles auszukotzen, geht's ihr ganz gut.«

»In welchem Monat ist sie?«

»Im vierten!«

»Oh, da muss ich mich beeilen.«

»Womit?«

»Mit dem Freuen.«

»Freust du dich?« Toms Stimme klingt bang.

»Ich fange langsam damit an.«

Am anderen Morgen setzt sich Lea mit dem ersten Lichtstrahl an den Laptop. Aber der erhoffte Schreibfluss will sich nicht einstellen. Ihren Satzbau findet sie knochig, die Fortführung der Handlung knistert vor Kargheit und Fantasielosigkeit. Ihre Protagonisten sprechen wie in Holz geschnitzt, nichts Lebendiges vermag sie in sie hineinzuschreiben. Wutschnaubend klickt sich Lea aus dem Gerät und knallt den Deckel auf die Tastatur.

Um nicht in Untätigkeit und Selbstbewimmerung zu verfallen, entschließt sie sich zu einem Spaziergang. Draußen ist es herbstlich frisch. Tautropfen glitzern an den Gräsern, die nicht mehr ihre sommergrünen Schwertspitzen in die Höhe recken, sie liegen abgeknickt, braun und müde, hatten genug Sommer. Nebelfetzen schwadern übers Tal. Pferde kommen wiehernd mit flatternden Mähnen herangaloppiert. Sie schnauben und schütteln ihre falbhellen Köpfe, als Lea über ihre Nüstern streicht. Ganz allmählich beruhigen sie die Stille und die Einsamkeit, das Plätschern eines kleinen Baches, über dessen schmalen Holzsteg sie balanciert.

In der Nacht träumte sie von unzähligen Babys. Sie sollte sich eines aussuchen, doch sie ist weggelaufen, wollte keines. Verstört spürt sie noch die Panik des Traumes. Nun behaupte noch einer, Träume sind Schäume! Sind sie ganz und gar nicht. Es gibt Knoten, die sind nur mit Geduld zu lösen.

Also, Geduld! Frau Winter, befiehlt sie sich. Und wenn ihre Mutter von Toms Vaterwerden erfährt, du lieber Himmel! Und

Junus! Der wird wie immer stoisch gelassen reagieren und die ganze Episode mit einem einzigen Satz wegwischen:

»Lea, du schaffst das, und außerdem hast du ja mich.«

Unmerklich hat sie den Weg zur Hütte eingeschlagen. Tief hängen die Nebelschwaden. Ob die Sonne sich heute durch sie hindurch kämpfen kann? Hunderte von Nonne-Pia-Nebel schleiern an ihr vorbei. Lea greift in die Nebeltücher. Sie werden immer grauer. Die Sonne. Wo bleibt die Sonne? Wäre sie Petrus, würde sie die Sonne durch diese Waschküche drücken. Doch nichts dergleichen geschieht, auch nicht schlimm. Sie fährt zu Junus nach Paderborn. Wenn nicht voller Geigen, so mag der Himmel voller geheimnisvoller Nebelschleier hängen.

Dieses Mal hatte sie Junus zum Jenny-Aloni-Stein bestellt. Sie entdeckt seine Löwenmähne, als sie das Galerie Hotel Abdinghof verlässt.

»Werden Sie dieses Mal die Buchung einhalten oder früher abreisen?«, hatte man sie an der Rezeption mit einem süffisanten Seitenblick gefragt.

»Ich bleibe, und mein Mann auch, wetten?«, hatte sie zurückgekeilt.

Lea stürzt auf Junus zu.

»Sieh her«, sagt er nach der stürmischen Begrüßung, »was alles auf diesem Stein steht. Kreuz und quer manches und doch lesbar und nachdenkenswert. Hier obendrauf: *Wo mein Elternhaus stand, fließen jetzt die Wasser des verbreiterten Baches.* Hier hat also ein Haus, ihr Haus gestanden. Und hier auf der rechten Seite: *Bist du es noch, Stadt?* Sie war hier, war auch Kulturpreisträgerin 1967 von Paderborn. Und hier, schau hier, der Satz passt zu dir, Lea: *Misch dich ein!* Und sie hat ja auch berichtet, denn hier habe ich gelesen, man müsste einer späteren Generation Bericht geben.«

»Du hast dich wie immer gut vorbereitet, ein echter Korrespondent eben. Ich bin stolz auf dich,«

»Weißt du«, fährt Junus fort, »ich stehe hier seit einer halben Stunde und beobachte die Passanten. Niemand bleibt an diesem Gedenkstein stehen. Niemand wirft einen Blick darauf. Ob alle Paderborner wissen, was es mit dem Stein auf sich hat!«

»Ach, Junus, das ist das Leben. Bestimmt kennen viele ihre Jenny Aloni. Im Museum sind ihre Bücher und Schriften aus ihrem Nachlass. Eine schreckliche Zeit damals. Ich glaube, sie hat, gerade, weil sie überlebt hat, sich auch mit dieser Tatsache auseinander gesetzt. Sie überlebte. Millionen starben. Hatte sie Schuldgefühle? Hier steht: *Sie überlebte, es war kein Stolz in ihr*. Merkwürdig, nicht? Klingt, als müsse sie ihr Gewissen beruhigen ...«

»Diesen Aspekt findest du oft in der Literatur der Überlebenden des Holocausts«, flicht Junus dazwischen. »Aber welche Gedanken, meine liebe Lea! Lass uns den Tag genießen! Übermorgen bin ich schon wieder weg. Palästina dieses Mal.«

Lea blickt ihn erschreckt an, fasst ihn bei den Schultern, ist seinem Gesicht ganz nah. Und Junus sieht Tränen hinter ihren Augen.

»Das ist mein Beruf, Lea. Was soll ich machen?«

Sanft löst er ihre Hände von seinen Schultern.

»Lass uns dort anfangen, wo wir aufgehört haben.«

»Wo haben wir aufgehört?«

»Im Café Celona. Schon vergessen? Dort trinke ich heute die *Abend-Latte.*«

»Du kennst ja die Karte auswendig«, lacht Lea.

»Ich hatte letztes Mal genügend Zeit, als ich eine Stunde auf dich gewartet habe.«

So sitzen sie wieder im Celona, und beide trinken sie Abend-Latte.

Zögernd erzählt Lea von Tom. Junus, der geduldig zugehört hat, sagt zum Schluss:

»Lea, du schaffst das, und außerdem hast du mich.«

»Ich glaube, ich habe hellseherische Fähigkeiten. Ich wusste, dass du diesen Satz zum Schluss sagst, und das war's von dir?«

»Was sollen wir uns aufregen? Mussten wir nicht auch ..., hast du's vergessen?«

»Das *Müssen* scheint ein Gen zu sein. Stell dir vor, Luzie auch, hat sie mir neulich gestanden.«

Abendlicher Friede senkt sich auf den Platz vor dem Rathaus. Um sechs Uhr das Angelusläuten. Lea berichtet auch von Esme. Junus' Augen blicken immer dunkler. Erst als sie darin Flackerndes bemerkt, hält sie inne.

»Lea, hast du dir wirklich zu den möglichen Konsequenzen Gedanken erlaubt? Die Brüder haben Lunte gerochen, sie scheinen zu allem bereit zu sein. Ich muss dich eindringlich warnen. Du musst Frau Brauer davon erzählen.«

»Das kann ich nicht, das habe ich Esme versprochen.«

»Du bist doch kein Arzt oder Beichtvater. Ich rate dir dringend ...«

»Nein, Junus, nein. Ich könnte Esme nicht in die Augen sehen.«

»Und was ist mit unserer Familie?«

Junus redet jetzt lauter. Er, der sonst eher eine sanftmütige Stimme besitzt, ist ungehalten. Jetzt redet er, als schwinge er die Peitsche.

»Du siehst das alles zu dramatisch, Junus. Frau Brauer und ihre Kollegen sind nicht von gestern. Sie werden ziemlich schnell auf die Zusammenhänge stoßen und Murat und Adnan verhaften.«

»Dein Wort in Gottes Ohr. Ich habe Angst um dich.«

»Unsinn! Heute und morgen ist unser Tag. Ich gehe ins Hotel, du holst dein Auto und ...«

Lea beschreibt Junus den Weg vom Maspernplatz zum Galerie Hotel Abdinghof. Doch als dieser dort mit seinem Gepäck eintrifft, ist seine Frau nicht da.

32

»Ihr werdet nicht weit kommen«, sagt Lea, die die Hände gefesselt hat und auf der Rückbank eines Passats sitzt.«

»Wollen wir das?«, fragt Adnan, der den Wagen fährt. Er grinst von der Seite seinem Bruder zu.

Es begann zu dunkeln, als Lea die breiten Treppenstufen zu den Paderquellen hinabstieg. Dort sprang Murat sie von hinten an, hielt ihr den Mund zu und schleifte sie wieder nach oben zum Auto, hinter dessen Lenker Adnan wartete und mit aufheulendem Motor lospreschte.

»Ihr werdet trotzdem nicht weit kommen«, beharrt Lea mit sauerländischer Sturheit, »Frau Brauer mit ihrem Team ist euch auf den Fersen.«

»Das macht nichts, vorher müssen wir anderes erledigen.«

Sie wollen wissen, wo Esme ist. Sie werden sie umbringen. *Töte die Schlange*! Gemeint ist ihre Schwester. Sie zu töten, ist wichtiger als alles andere. Der Tod des Bürgermeisters war nur ein Unfall. Von ihm wollten sie wissen, wo sie ihre Schwester finden konnten. Er ist dann auch nicht unter der Plastiktüte erstickt. Die Todesursache war Herzversagen.

»Wir fahren da vorn in den Waldweg, und dort werden wir erfahren, wo sich Esme aufhält.«

Sie sind bereits seit einer Weile auf der Möhnestraße. Es ist dunkel. Abrupt lenkt Adnan nach links in eine Seitenstraße, es müsste die nach Kneblinghausen sein. Aber Lea kann das Hinweisschild nicht lesen. Sie werden dich schlagen, und du kannst ruhig schreien, hier hört dich niemand. Wer fährt schon nach Kneblinghausen! Adnan stoppt das Auto, Murat steigt aus, setzt sich zu Lea auf die Rückbank.

»So, dann wollen wir mal!« Er hält ein Messer an Leas Kehle.

»Wo ist Esme?«

»Wie kommt ihr darauf, dass ich das weiß?«

»Semira, das zarte Vögelchen, hat gesungen.«

»Können wir nicht aussteigen und draußen sprechen? Ich ersticke hier drinnen. Dann werde ich reden.«

Die beiden Brüder sind einverstanden, schleppen sie seitlich in den Wald.

»Löst mir die Fesseln, eher sage ich nichts!« Lea weiß nicht, woher sie so viel Mut nimmt. Sie glaubt, ihr Herz schlage auf eine Trommel, so laut hämmert es.

»Reden kann man auch mit gebundenen Händen, also los!«

Murat hat wieder dieses verdammte Messer an ihrem Hals.

»Also gut«, sagt Lea, »Esme ist an einem sicheren Ort.«

Die Messerklinge ist kalt. Murat drückt sie mit der Breitseite in die Haut. Er steht seitlich von ihr, hält seinen linken Arm um ihren Nacken gepresst. Sie ist wie in einem Schraubstock fest geklemmt. Adnan wie ein Ölgötze vor ihr, die Hände in den Hosentaschen. Wartet ab. Er ist gewöhnt, dass sein Bruder die Drecksarbeit erledigt.

Wenn ich jetzt nichts unternehme, stechen sie dich ab wie ein Ramadanschaf. Was kann ich tun in dieser Zwangslage? Erst muss ich frei kommen, dann kann ich laufen. – Ja, ihr beiden, laufen kann ich schneller als ihr und ausdauernder. Die Hände sind gefesselt, aber meine Beine kann ich gebrauchen.

Lea ist als Reporterin in einem Selbstverteidigungskurs für Frauen gewesen. Der Trainer hatte ihnen gezeigt, wie sie mit dem Knie in die empfindlichste Stelle des Mannes treten müssen, um ihn in seinem ersten Schmerz sich krümmen zu lassen. Aber im Training ging es um einen Mann, hier sind zwei zu treten und außer Gefecht zu setzen.

»Lieber Himmel«, betet sie inbrünstig, »sende mir eine Blitzidee!« Zeit gewinnen! Das ist es, Zeit gewinnen.

»Mit dem Messer an meiner Kehle kann ich nicht reden.«

Sie horcht auf den Klang ihres Satzes, sie scheint ihn gegurgelt zu haben. Murat lockert den Griff, hebt den kalten Stahl von ihrer Haut, aber nur ein wenig.

»Wie kommt ihr nach Paderborn?«

»Mit dem Auto.«

»Logisch, aber ich meine ...«

»Sie wollen Zeit ... wie sagt man ...«

»Schinden«, wirft Adnan hin. Er scheint der Intelligentere zu sein.

»Ihr seid hinter mir hergefahren, stimmt's?«

In der Dämmerung sieht Lea die weißen Zähne aufblitzen. Wie in einem Gruselkabinett. Sie war als Kind in einem solchen gewesen, auf der Kirmes in Hüsten. Und Sven hatte zu Karneval ein Vampirgebiss. Seltsam, was einem in einer derartigen Situation alles einfällt!

»Und dem Bürgermeister habt ihr auch in Paderborn aufgelauert und ihn nach hier verschleppt. Diese Gegend scheint ihr ja gut zu kennen.«

Wieder diese weißen Zähne. Sie grinsen, sie grinsen einfach nur. *Wenn ich mit dem rechten Fuß Adnan blitzschnell und kräftig, dann, während der in die Knie geht, dem Murat mit dem Fuß von hinten ebenso kräftig ... theoretisch müsste es gehen.*

»Woher wusstet ihr überhaupt vom Bürgermeister in Paderborn?«

»Auch dort hatte er eine Geliebte, er hatte überall eine. – Aber jetzt los! Wo ist Esme? Zum letzten Mal, genug gequatscht!«

»Esme ist in Sicherheit.«

»Wo, verdammt noch mal?«

»Allah hat's aber nicht gern, wenn ihr flucht.«

Murats Griff ist aus Eisen. In den Armen scheint er es zu haben, aber nicht in den Beinen. Lea, jetzt oder nie!

Sie stößt mit dem rechten Knie bei Adnan zu, setzt das Bein schnell auf die Erde, tritt mit dem linken in Murats Schienbeine, dreht sich um, rammt blitzschnell ihr rechtes Knie dorthin, wo ihm am männlichsten ist, und rennt los.

Sie hört lautes Fluchen und Jaulen, dann, als sie bereits ein gutes Stück gelaufen ist, knackende Äste und atemringendes Japsen.

Sie läuft schneller, weicht den dunklen Baumstämmen aus und betet, dass sie nicht stürzt und sich nicht verletzt. Sie rennt und rennt. Zweige klatschen ihr ins Gesicht, es brennt von den Schlägen. Wenn sie nur die Hände frei hätte! *Lola rennt*. Der Film flammt durch ihr Gedächtnis, doch die hatte wenigstens die Hände frei. *Trotzdem, Lea, lauf um dein Leben!*

Irgendwann wird es ruhiger hinter ihr. Sie hält kurz inne, lauscht angespannt. Ihre Lungen schmerzen. Sie muss verschnaufen. Die Beiden scheint sie abgehängt zu haben. Dann treibt es sie weiter. Ihre Handtasche, ihr Handy liegen im Passat der beiden Brüder. Aber damit könnte sie sowieso nichts anfangen. Wie telefonieren mit gefesselten Händen? Sie muss im Wald bleiben. Sie keucht. Der stechende Schmerz in den Lungenflügeln bringt sie fast um. Wieder muss sie sich ausruhen. Sie bückt sich, stößt verbrauchte Luft aus der Lunge. Alles um sie herum ist ruhig. Sie hat die Brüder endgültig hinter sich gelassen.

Sie muss den Wald verlassen und ein Haus finden, um telefonieren zu können.

So läuft sie noch ein gutes Stück. Ein dicker Ast schlägt ihr vor die Stirn. Im ersten Moment taumelt sie, ist wie benommen. Sie lehnt sich an einen Baumstamm. Ihre Schläfen pochen, ihr ist warm, sie schwitzt. Wind fegt durch die hohen Bäume. Obwohl sie erhitzt ist, läuft ihr ein kalter Schauer den Rücken hinunter. Junus wartet im Hotel auf sie. Oder ist er wieder abgefahren? Denkt, Lea führt ihn abermals an der Nase herum? Aber er muss doch ihr Gepäck bemerkt haben! Vielleicht ist er auch zur Polizei gegangen. Plötzlich schießen ihr Tränen in die Augen, sie weint, schluchzt hemmungslos. Eine helle Lichtbahn vor ihr – der Mond. Die Fichtenkronen rauschen, das Gezweig ächzt und stöhnt. Der Wind wird schärfer. Und wieder läuft Lea. Der Fichtenwald hört auf, sie steht auf einer kleinen Anhöhe. Unten sieht sie Lichter, die Schattenrisse von Häusern.

»Ja, um Himmels willen, was ist denn mit Ihnen passiert!«, wird sie an der ersten Haustür von einer freundlichen Stimme empfangen. »Kommen Sie rein, Jesusmariaundjosef, Sie bluten ja. Sind Sie überfallen worden?«

»So ähnlich«, sagt Lea. Man lässt sie in der Diele sich auf eine Bank setzen.

»Ihre Hände! Was ist damit, die sind ja gefesselt! Warten

Sie, ich hole ein Messer. – Schrecklich, das alles, der Herr steh uns bei! Wie ..., wie haben Sie denn geklingelt?«

»Mit dem Fuß, so hoch komm ich noch mit meinem Bein. Hat nicht sofort hingehauen, aber dann schließlich doch.«

»Na, gut, dass Sie so sportlich sind!«

»Kann ich telefonieren?«

»Lea, wo bist du?« Junus schreit diese Frage ins Telefon.

»Ruf bitte Frau Brauer an.«

»Das habe ich bereits erledigt.«

»Und du bist mir nicht böse?«

»Wie sollte ich! Ich wusste, dass irgendetwas ..., jedenfalls hatte ich so eine Ahnung. Haben die Brüder dich ...?«

»Ich bin ihnen entkommen und hocke jetzt ..., ja, wo bin ich?«

»Bist du verletzt?«

»Nicht wesentlich.«

»Ich hole dich ab. Bleib, wo du bist, verlass auf keinen Fall das Haus.«

»Ich sollte einen Arzt kommen lassen. Zeigen Sie mal! Eine Platzwunde an der Stirn. Und am Hals haben Sie auch einen Schnitt. Und ihre Hände bluten ja auch. Sehen Sie, hier ist auch eine Wunde. Wer hat Sie denn so zugerichtet?«

Lea, der man inzwischen Name und Adresse mitgeteilt hatte, blickt an sich hinunter. Sie hat einen Rock an, die Strumpfhose hängt in Fetzen von ihren Beinen, die mit Schrammen übersät sind. Das alles hat sie beim Fliehen gar nicht wahrgenommen. Die Schnitte an Hand und Hals muss sie sich eingefangen haben, als sie sich aus Murats Schraubstock gedreht hat.

»Bitte keinen Arzt, Frau Schäfer. Mein Mann wird gleich

hier sein, dann fährt er mich ins Krankenhaus. Wenn Sie ein Glas Wasser hätten!«

»Ein Glas Wasser, natürlich«, Frau Schäfer eilt in die Küche, deren Tür offen bleibt, »und danach einen Cognac, den können Sie gut gebrauchen«, ruft sie. Und sie bringt neben Wasser und Cognac auch ein feuchtes Tuch mit. Sie lässt es sich nicht nehmen, Lea vorsichtig vom gröbsten Schmutz und Blut zu reinigen.

Ehe Junus eintrifft, ist bereits Frau Brauer mit zwei Kollegen zur Stelle. Lea ist erstaunt.

»Ihr Mann sollte mich informieren, sobald er etwas von Ihnen gehört hat.«

Frau Schäfers Augen quollen vor Schreck fast über, als sie die Ausweise unter die Nase gehalten bekam. Jesusmariaundjosef wird abermals zitiert und:

»Das ist ja wie im Krimi bei Siska. Wissen Sie, den guck ich immer. Der Siska ist in Brilon-Wald geboren, das ist hier nah bei.«

Während Lea den Kommissaren berichtet, trifft auch Junus ein. Eine lange Umarmung, er lässt sich durch nichts und niemanden davon abhalten, obwohl Frau Brauer auf heißen Kohlen zu stehen scheint.

»Und wo ist Esme?«, fragt sie direkt und drängend.

»Bei mir.«

»In der Hütte? – Dann ist Eile geboten.«

»Nein, bei mir zu Hause.«

»Dann könnten die zwei Brüder auch auf die Idee kommen und sie dort vermuten.«

»Aber wie?« Lea ist verwirrt und wohl auch zu erschöpft, dass sie solch eine Frage stellt.

»Liebes«, sagt Junus, »unsere Adresse haben sie schnell gefunden, wenn sie auf diese Spur kommen.«

»Dann ist's wirklich höchste Eisenbahn.« Frau Brauer greift zu ihrem Handy.

»Nein«, schreit Lea auf, »keine Polizei! Die würden Esme so sehr einschüchtern, dass sie womöglich noch eine Dummheit begeht. Ich weiß einen Ausweg. Auf die Idee kommt garantiert niemand. Und Esme ist so sicher wie in Abrahams Schoß.«

»Du meinst Ayse und ihre Familie«, hat Junus erraten. »Ich rufe Ayse an, du ruhst dich aus. Wo kann ich hier ungestört ...?«

»Kommen Sie ins Wohnzimmer. Ach Gottchen, wie aufregend, obwohl ich nichts verstehe! Wie im richtigen Krimi, da verstehe ich auch nicht alles.«

Frau Brauer zieht sich einen Stuhl heran, setzt sich vor Lea, und ihre Augenbrauen sehen wirklich aus wie dicke schwarze Bahnschwellen. Lea wagt nicht, ihr ins Gesicht zu sehen.

»Ich weiß«, flüstert sie, »legen Sie los, dann habe ich's hinter mir.«

Doch Frau Brauer schweigt. Ihre Hände liegen geballt in ihrem Schoß. Lea starrt auf Frau Brauers Schuhe. Es sind dicke klobige Wanderschuhe, schmutzgesprenkelt, als sei sie tagelang durch den Wald gerobbt, denn auch die Hose, die Frau Brauer trägt, sieht nicht viel besser aus.

Passt zu ihr, denkt Lea, *hat sie etwa die Brüder in der Sauerländer Pampa gesucht?*

»Seit wann haben Sie den Faden der Ariadne?«, fragt Lea und hebt den Blick ins Gesicht der Kommissarin.

»Heute Mittag.«

»Und dann sind Sie sofort los, aber die Brüder waren über

alle Berge. Die Eltern wussten natürlich nicht, über welche Berge.«

Frau Brauer nickt.

»Haben Sie denn nicht Autotyp und Kennzeichen zur Fahndung für den Passat der beiden herausgegeben?«

»Ach, ein Passat war's!«

»Da bin ich mir ganz sicher. Mein Sohn Tom fährt einen solchen, ansonsten bin ich ziemlich unbedarft, was Automarken anbelangt.«

»Esmes Familie besitzt einen Mercedes, und der stand im Hof.«

»Dann hat die Verwandtschaft ausgeholfen, weil alle über Esme zu Gericht gesessen haben.«

»Und Sie, Frau Winter, haben verwertbare Erkenntnisse zurückgehalten, die Ermittlungen sozusagen verzögert.«

»Ich hatte dem Mädchen ein Versprechen gegeben.«

»Die Brüder haben Sie schon vorher bedroht?«

»Sie wollten mich umbringen, wenn ich die Polizei einschalte.«
»Aha, Frau Winter, Angst? Ein völlig neuer Zug an Ihnen. Das soll ich Ihnen glauben?«

»Ach, glauben Sie doch, was Sie wollen. Es ging einzig und allein um Esme. Um ihre Sicherheit. Um ihr Zutrauen, um ..., ach, um alles Mögliche. Ich hatte berechtigte Sorge, dass sie eine Torheit begeht. Die Not dieser jungen Frau können wir uns gar nicht richtig vorstellen. Wir kennen diesen absurden Ehrenkodex nicht, verstehen die Absolutheit nicht, mit der er eingehalten wird.«

»Schon gut, schon gut. Aber jetzt zum Passat. Haben Sie die Farbe, eventuell das Kennzeichen?«

»Dunkel, er war dunkel. Schwarz oder dunkelblau. Es war

bereits dämmerig. Und ein Kennzeichen habe ich erst gar nicht gesehen. Es ging so schnell.«

»Also gut. Hubert, gib diese Angaben weiter. In die Fahndung! Schnell!«

»Und was können Sie für Esme tun? Ich meine, bei meiner türkischen Hausperle kann sie ja nicht ewig bleiben.«

»Ich werde sie morgen aufsuchen. Wie Ihnen bekannt sein dürfte, gibt es diese Zeugenschutzprogramme, die bis zu einer völlig neuen Identität reichen können. Doch das wird unsere Sache sein, Frau Winter, da mischen Sie sich nicht ein. Finden Sie sich am besten sofort damit ab: Eine Esme Küküle wird es nicht mehr geben.«

Lea atmet auf. Obwohl, es schleicht sich auch Wehmut in ihre Erleichterung. Esme, diese Wunderschöne, die Gott nur alle eintausend Jahre so zustande bringt, wird leben. Aber welch ein Leben wird es sein? Sie wird sich verloren vorkommen in ihrem neuen Leben, und sicherlich auch verloren in sich selbst. Die Welt wird sich außerhalb ihrer selbst drehen, eine Melodie spielen, an die sie sich nur langsam gewöhnen kann. Zuerst wird sie fühlen müssen, dass sie nirgends ist, weil die Esme ausgelöscht ist. Aber, und hier ist Lea ganz zuversichtlich, sie hat die Stärke, in diesem Nirgendwo-Land sich allmählich zurecht zu finden. Und doch, wie ist es, wenn man lebt und schon gestorben ist? Führt man so eine Art posthumes Leben? Wird sie nachts immer noch umhergeistern und nachsehen, ob alle Türen verschlossen, alle Geräte abgeschaltet sind?

Zwei in einer Person! Zu gern wüsste Lea irgendwann, wie es ist, wenn zwei einen Körper bewohnen. Doch das wird sie nie erfahren. Esme, oder vielmehr die andere, sollte heiraten,

Kinder bekommen und glücklich sein. Jedenfalls das für Glück nehmen, was sie für Glück hält.

Jetzt gilt es nur noch, der Brüder habhaft zu werden. Aber das dürfte der Kommissarin nicht schwer fallen.

33

Als Lea nach den zuletzt doch noch glücklichen Stunden mit Junus in Paderborn wieder in ihrer Waldeinsamkeit ist, fühlt sie sich sonderbar leer. Sie beginnt aufzuräumen und lässt alles fallen. Sie beginnt zu schreiben und träumt nur so dahin über ihrem Laptop. Dann joggt sie, und ihre Beine sind so schwer wie Blei. Sie lahmt wie ein alter Gaul und kehrt bereits nach wenigen Schritten zur Hütte zurück. Sie fährt zum Einkaufen und hat vergessen, was sie benötigt. Widerwillig begibt sie sich zur Polizeiwache in Winterberg, um ein Protokoll aufzunehmen. Dort erfährt sie, dass Adnan und Murat wie vom Erdboden verschluckt sind. Aber diese Tatsache lässt sie gleichgültig.

Wieder in der Hütte, ruft Sven an:

»Mami, du hast tierisch lange nicht angerufen.«

»Ach, Svenny.«

»Alles klar! *Ach, Svenny* bedeutet Stress hoch drei. Sag mal, das mit Esme, geht das in Ordnung? Ayse hat erzählt, dass die Kommissarin sie mitgenommen hat.«

»Das geht in Ordnung. Esme braucht nun keine Angst mehr zu haben.«

»Sag mal, Mami, schreibst du Krimis, oder machst du welche?«

»Wieso?«

»Na, hör mal! Zuletzt war's doch ein Life-Krimi. Omma war *overstressed*, und dann noch der Hammer mit Tom und Sinje.«

»Hast du sie getröstet?«

»Das brauchte ich nicht. Omma sagte, die dummen Blagen! Heute chibt's doch die Pille, bei uns war das krimineller. – Was meint'se damit?«

»Oma musste heiraten.«

»Ich lach mich von der Platte. Und dann tut sie immer so.«

»Zieh sie nur nicht damit auf. Sonst gäb's mich nicht.«

»Nein, Ehrenwort!«

»Wenn Tom das Kind kriegt, bist du Onkel, Svenny.«

»Also, Mami, das ist unlogisch. Tom kann biologisch gesehen das Baby gar nicht kriegen, und dass ich Onkel werde, finde ich voll geil.«

So geht das noch eine Weile, bis Sven fragt:

»Mami, hörst du mir überhaupt zu?«

Lea ist mit ihren Gedanken ganz woanders. Aber sie weiß auch nicht, wo dieses *Woanders* ist. Ihr Kopf ist einfach strohleer.

Abends ein Anruf von Fritz. Ob sie noch einmal einspringen könne. Am nächsten Tag sofort. Ein Treffen der Meteorologen am Astenturm. – Sie werde dort hinfahren? Das sei wunderbar, und er bedankt sich überschwänglich.

Am anderen Morgen ist denn auch alles Lähmende von Lea abgefallen. Nach tiefem traumlosen Schlaf fühlt sie sich erfrischt und so voller Energie, dass sie ein Klavier in den achten Stock tragen könnte.

Sie ist viel zu früh am Turm auf dem Kahlen Asten. So geht sie auf der Hochfläche spazieren. Durch die fast verblühte Heide schlendert sie zur Lennequelle. Das Wasser ist kalt und klar.

Es schmeckt köstlich. Sie spritzt es sich übermütig ins Gesicht. Von Cremes, Make-ups, Maskara und all dem Schnickschnack hält sie nicht viel und »beschmiert« sich auch nicht damit, wie sie es nennt. Danach schlägt sie einen Rundweg ein. In der vergangenen Nacht muss es hier oben den ersten Frost gegeben haben. Einige Beeren sind gefroren. Lea pflückt ein paar, will sie in den Mund stecken.

»Na, ein paar späte Erdbeeren futtern?«, spricht sie jemand von hinten an.

Lea richtet sich auf, dreht sich um:

»Das sind doch keine ...«

»Ich weiß«, lacht er. »Es sind Preiselbeeren und dazu noch

geeiste, Preiselbeersorbet, wenn Sie wollen.« Er hatte Sorbett gesagt und gefragt, ob sie ihn wiedererkenne.

»Doch, doch«, sagt Lea, »der stolze Besitzer von Berta. – Aber was machen Sie hier? Sic sind doch Bauer und nicht Meteorologe.«

»Auf meinem Hof steht eine kleine Wetterstation. Ich gebe meine Temperaturen nach hier durch, dreimal am Tag. – Aber Sie wollten doch mal nach mir kommen, – keine Zeit?«

»Doch, heute«, entscheidet Lea ganz spontan. – »Heute nach der Versammlung.«

Sein Gesicht strahlt.

Im gleichen Moment bricht die Sonne durch und taucht die Hochheide in gleißendes Licht.

»Die Oktobersonne, – gleich sind Ihre Beeren aufgetaut!

Gucken Se mal, da hinten, wie weit man heute gucken kann, bis nach'm Stimmstamm und noch weiter.

Da ist Andreasberg und Fort Fun«, er sagt Fun mit u, »und da vor uns liegt Küstelberg. Is unser Sauerland nich schön!«

»Ja«, sagt Lea und es kommt aus ihrem Herzen, »wir leben in einem schönen Fleckchen Erde. Wir haben es aber auch verdient.«

Beim Symposion sitzt Lea neben ihm.

»Willi, heiße ich, wenn Sie sich erinnern«, hatte er gesagt, »und Sie sind Lea Winter.«

»Woher wissen Sie das denn?«

»Aus dem Internet.«

Lea schaut ihn an wie das achte Weltwunder.

»Ja, glauben Sie denn, ein Bauer lebt auf dem Mond! – Der Computer ist das Büro auf meinem Hof. Wenn ich den nich hätte! – Sie sind Zeitungsreporterin bei der Westfalenpost gewesen. Manchmal nennen wir sie auch *Westfalenpest*, wenn nichts Gescheites drinsteht. Aber meistens ist die in Ordnung. Ihr Artikel neulich war super.«

»Hat sich eine gemeldet, die Bäuerin werden will?«

»Ja, tatsächlich, so'n Drüttken hat mich noch auf der Kirmes angesprochen und mir schöne Augen gemacht. Aber Groschen Willi nimmt nich alles. Das Auge will ja auch was haben, woll nich. Die hatte so'n flachen Busen und krumme Beine und 'nen Damenbart. Nee, so was nich, da is Groschen Willi auch noch bei. Wer kauft schon 'ne Kuh, wenn er 'n Glas Milch trinken will.«

Lea lacht aus vollem Halse.

»Na, Kühe und Milch haben Sie doch genug.«

»Das isses ja«, lacht Willi.

Bei der Versammlung erklärt ihr Willi immer wieder mit sehr viel Geduld Begriffe und Vorgänge. Lea fotografiert und schreibt unermüdlich.

Am frühen Nachmittag endet die Versammlung.

»So«, sagt Willi, »ich fahr vor Sie her, und Sie folgen mir unauffällig. Berta wird sich freuen.«

Helle Sonne steht über Willis Hof. Das Haus ist ein breiter Trakt, mitten davor ein grünes Deelentor mit einer alten Inschrift:

Franz + Maria bauten dieses Haus. Gesegnet alle,
die da gehen ein und aus.

»Das Haus stammt aus dem 18. Jahrhundert. Wir sind immer Bauern gewesen. Mein Vater ist vor fünf, meine Mutter erst vor einem Jahr gestorben. Deshalb bin ich auch wohl nicht verheiratet. Meine Mutter hat hier die ganze Frauenwirtschaft geschmissen. Sie fehlt mir sehr, sie war rau wie der Wind, der hier immer wieder über die Höhe fegt, aber sie war eine Seele von Mensch. Vor zwei Jahren haben wir alles renoviert. Da links neben dem Scheunentor habe ich den Schweinestall umbauen lassen.
Da wohnt ein junger Bursche, – nicht von hier. Der arbeitet übrigens als Maurer in Ihrer Stadt, Lea. Ein Autoliebhaber, er hat hier auch eine Autowerkstatt.«

Er führt, während er erzählt, Lea links um die Ecke des ehemaligen Schweinestalls. Vier alte Autos stehen dort.

»Hab ja Platz genug«, berichtet Willi weiter. »Die Autos macht er alle fertig und verkauft sie, er lackiert auch. Manchmal stinkt es ganz schön hier. Aber kommen Sie, wir gehen erst mal nach Berta.«

Während sie zum Stall auf die andere Seite wechseln, biegt ein roter BMW um die Ecke. Ein junger Bursche grinst hinter der Frontschreibe Lea zu.

Er braust auf Willis Hof und dreht mit furiosem Wechselschwung, wie ein Polizeiauto im Krimi bei einer Verfolgungsjagd.

»Den BMW hat er vor kurzem erst wieder neu gespritzt, nachdem er tagelang an ihm herumgemacht hat. Muss wohl 'nen Unfall gebaut haben. Und wieder rot. Ham Se schon mal 'n roten BMW-Flitzer gesehen? – Ein bisschen verrückt im Koppe, aber sonst –, zahlt pünktlich, und er hat Geld genug.«

»Wo kann ich telefonieren?«, fragte Lea, ihr Hirn arbeitet hochtourig, ihr Herz schlägt bis in die Haarspitzen.

Im Stall reißt sie ihr Handy aus der Tasche, wählt Frau Brauers Nummer.

Nun mach schon, flüstert sie, *mach! Geh ran! Hoffentlich ist die Brauer noch nicht weg.*

»Ist Frau Brauer noch da? – Ja?

Gott sei's getrommelt und gepfiffen, gebt sie mir, schnell!«

Lea berichtet von ihrer Vermutung, ja, sie sei sich sicher, hundertprozentig sicher, den Fahrer des roten BMW, den Fahrer des Autos gesehen zu haben, der Lukas ins Fahrrad gedüst sei und ihn absichtlich getötet habe. Abgehackt ist es, nur das Nötigste. »Klar, machen wir, wir halten ihn fest. – Weshalb es ständig muht? – Ich steh im Kuhstall«, und Lea gibt Ort und Hausnummer an, – die hatte sie zuvor neben der Deelentür gesehen.

Willi hatte sich im Kuhstall zu Berta begeben. Nun steht er neben ihr und striegelt die Löckchen auf ihrer Blesse.

»Willi«, sagt Lea, ihre Stimme klingt leise und beschwörend, »können Sie den jungen Mann irgendwie festhalten? Ich kann es nicht, mich kennt er. Bitte stellen Sie keine Fragen. – Er muss den Mord begangen haben, den Mord in meiner Stadt, Sie haben bestimmt in der Zeitung davon gelesen. Ich bin mir sicher, dass wir den Mörder gleich haben, ich habe die Polizei verständigt. – Bitte fragen Sie jetzt nicht, er darf uns nicht durch die Lappen gehen!«

»Aber, aber, der doch nicht!«

»Doch, Willi, ich hab's im Urin, der, alles hier spricht dafür.«

Sie schiebt den immer noch Widerstrebenden zur Stalltür.

»Bitte, Willi, lassen Sie sich jetzt was einfallen. Sie können das!«

Und so schlurft Willi schräg über den Hof zum ehemaligen Schweinestall. Er kratzt sich den Hinterkopf, als wolle er sagen:

Lieber Gott, lass ein wenig Hirn herab und hilf mir aus dieser Klemme.

Lea liegt im Kuhstall auf der Lauer. Doch dann überlegt sie sich:

»Nein, hier warten darf ich nicht, er hat mich doch gesehen. Ich muss zu meinem Auto gehen, möglichst unbefangen, mich reinsetzen und wegfahren.«

Gedacht und ausgeführt. Sie fährt Richtung Kirche, – an der fährt alles vorbei, was dieses Dorf aufsucht.

Sie stellt sich mit ihrem Auto an die Kirche:

Durch diese hohle Gasse muss sie kommen, es führt kein anderer Weg ...

Sie betrommelt unablässig ihr Lenkrad, wendet keinen Blick von der Straße. Die Uhr am Kirchturm dröhnt vier dumpfe Schläge, die Autoscheiben klistern leise.

Ein kleiner Junge radelt heran, er steigt ab und guckt sich das Auto an. Seine kleine Rotznase drückt er an Leas Seitenfenster. Sie kurbelt es herunter.

»Hängste fest?«, fragt er – und hundert Sommersprossen tanzen auf seinem Gesicht.

»Nee, warum?«

»Weil du hier stehst und nich von hier bist.«

»So, du kennst alle Leute von hier?«

»Sind doch nur 'n paar. – Warum stehste hier?«

»Ich warte auf euren Pastor.«

Seine Sommersprossen hüpfen nun in einem wilden Tanz. Er lacht nämlich und zeigt Lea den Vogel.

»Wir haben gar keinen Pastor. Nur sonntags, – und heute ist kein Sonntag.«

Er will auf sein Fahrrad steigen. »Ich sag meinem Papa Bescheid.«

»Nee, halt, warte!«

Lea reißt die Tür auf und steigt hastig aus.

»Komm her, sei brav! Jetzt erzähle ich dir die Wahrheit. Die Polizei kommt gleich. Ihr habt hier einen, den wir schon lange suchen.«

»Hat er einen gemördert?«

»Ja, ich glaube.«

»Meinste den Heiner, der bei Willi wohnt? – Mein Papa sagt immer, hüte dich vor dem, der ist nicht ganz echt, das is 'n falscher Fuffziger. Der is in der Werkstatt immer zugange, und dann kommen irgendwelche Pappnasen und holen die Autos.«

»Deshalb passt ihr hier so gut auf, wenn Fremde in eurem schönen Dorf auftauchen. Und besonders du machst das ganz cool. – Ich schreibe für die Zeitung. Wie heißt denn du? Ich werde schreiben, dass du uns gute Tipps gegeben hast und zur Ergreifung des Täters beigetragen hast.«

»Ich heiße Felix Hogrebe«, und nun tanzen die Sommersprossen einen lustigen Ringelreihen unter seinem roten Lockenschopf, sein Lachen zieht sich von einem Ohr zum anderen.

»Komm zu mir ins Auto, setz dich neben mich, wir warten auf die Polizei und zeigen ihr dann den Weg zu Willis Hof.«

»Also doch der Heiner! – Aber in dein Auto komm ich nicht. Ich darf nicht in fremde Autos. Du hast zuerst gelogen, vielleicht hast du das mit der Polizei auch gelogen, logo, oder!«

In diesem Moment prescht Frau Brauers Auto heran, dahinter ein Polizeiauto mit zwei Kollegen in Uniform. Lea wendet und fährt vor ihnen her. Aber nur das Auto von Frau Brauer fährt mit Lea in den Hof. Lea geht mit ihr auf die Haustür zu.

Sie klingeln. – Alles bleibt ruhig.

»Gehen wir in die Werkstatt.« Frau Brauer winkt die Kollegen heran. Leise und mit gezogener Waffe umstellen sie das Gebäude.

Frau Brauer stößt die Tür auf.

»Hände hoch und da an die Wand!«, ruft die Kommissarin.

Heiner ist so verblüfft, dass er dem Befehl folgt. Er wird abgetastet und festgenommen.

Derweil steht Lea mit Felix und Willi auf dem Hof.

»Mein lieber Herr Gesangverein! Das war verdori nochmal knapp. Gleich kommen Se erst mal mit rein, aufen Käffken und ’nen anständigen Cognac. – Wie sagte unser Vatter immer: ›Das wärmste Jäckchen ist das Konjäckchen.‹ – Und du, Felix, fährst nach deinem Papa und erzählst ihm alles, woll, und heute Abend kann er mal nach mir kommen.«

Frau Brauer tritt mit Heiner und ihren Kollegen auf den Hof.

Heiner trägt seine Handschellen wie ein gewohntes Schmuckstück, breit grinsend stößt er in Richtung Lea heraus:

»Das wird dir noch Leid tun, Reporterschlampe!«

»Die Reporterschlampe kennen wir schon von den Drohbriefen, belasten Sie sich ruhig, umso leichter ist es für uns!«

»So, nun fahr nach'm Papa, woll!« wendet sich Willi an Felix.

Und zu Lea sagt er: »Sein Papa ist nämlich Ortsvorsteher.«

Und Lea lacht: »Ah, deshalb!«

Im Hineingehen erzählt sie von ihrem kleinen Sherlock Holmes an der Kirche.

Beim *Käffken*, das übrigens ausgezeichnet schmeckt, berichtet Lea vom Skandal und vom Mord an Lukas in ihrer Heimatstadt.

Willi, stellt sie fest, ist ein guter Zuhörer. Nur hin und wieder streut er ein *Das gibt's doch nicht!* oder *Heiliger Hubertus vom Arnsberger Wald! – Ja, gibt's denn so was!*

Aber alle diese Ausrufe der Entrüstung zeigen nur seine vollkommene Anteilnahme.

Und dann, als Lea am Ende ist, will sie wissen, wie Willi es fertig gebracht hat, dass Heiner ohne Verdacht zu schöpfen auf dem Hof geblieben ist.

Ganz einfach, spielt Willi seine nun überstandene Erregung herunter.

»Er war in seiner Wohnung. Da besuche ich ihn schon mal öfters und bringe ihm dann paar Eier oder so was. Ich mir 'n paar Eier geschnappt und rüber. Da ham wir über dies und das gesockt. Dann hab ich für ne gesagt, dass ein Freund ein Auto kaufen würde, von ihm seine aufgemöbelten. Und dann is er mit mir in die Werkstatt gegangen, weil er da gerade was untern Fingern hätte. Da hab ich schlaue Fragen gestellt, aber als ihr reingekommen seid, da war ich am Ende mit meiner Fragerei, und den Rest kennen Se ja. – Und nun Proost auf unser schönes Sauerland! – Hoffentlich verhaften Se den Hinrichs auch gleich, so was darf es bei uns nich geben. Schon schlimm genug, wenn die großen Politiker so was machen. Das ham wir doch nicht nötig. Ehrlich und strackweg is der Sauerländer bis auf die Knochen, und darauf trinken wir, woll!«

Es bleibt nicht bei dem einen, es bleibt auch nicht bei zwei oder drei. Nach dem fünften Cognac sagt Willi:

»Du bist 'n Echtes. Mit dir kann man Pferde stehlen. Schade, dass du schon verheiratet bist. Ich tät dich nehmen. Mein Hof könnte so was wie dich gebrauchen. Deine Kälbches könnteste mitbringen.«

Lea lacht. Ihre Zunge gehorcht ihr nicht mehr so gut.

»Ach Willi«, bringt sie unter Mühen heraus. »Ich liebe dich aber nich, kein Stück! Bist 'n feiner Mensch, aber lieben müsste ich dich. Und mein Junus, – das war, – das ist mein Mann, kommt bald aus Pala... Paläs..., ach, – auch egal, woher, und dann schm..., schmei..., schmeiß ich ihn nie mehr raus. Dann bleibt er immer bei mich bei und bei meine Kälb, Kälb, Kälbches, weißte! Aber jetzt muss ich nach Hause!«

Und Lea erhebt sich unter etlichen Anläufen.

»Aber Lea, du willst doch wohl nich Auto fahren! Nee, das geht nich, das lässt der Willi nich zu. Ich bestelle eine Taxe, und morgen kannste dein Ve, Vehi, Ve-hick, Vehikel abholen. Das machen wir so und nich anders.«

Aber so schnell lässt er Lea nicht ziehen. Sie müsse doch Hunger haben. Flugs holt er Eier, Schinken und Pfanne. Ein deftiges Rührei zaubert er in Windeseile, und Lea sagt ihm, er sei so geschickt in der Küche, er brauche eigentlich keine Frau. Er habe auch noch ein Schlafzimmer, schmunzelt Willi, da sei er auch sehr geschickt, aber nur am lebenden Objekt, und ein Bauernhof brauche nun mal eine Bäuerin. Das war schon immer so und muss so bleiben.

»Ach, Willi, bei dir ist es schön und ruhig, hier könnte ich mich wohlfühlen.«

»Dann bleib doch, und Kälbches haste schon, die Mühe könnten wir uns sparen, und dein Ältester kriegt den Hof.«

In Leas schallendes Gelächter fällt Motorengeräusch, Türenschlagen, und dann hören sie Stimmen, Männerstimmen.

»Kriegst du Besuch?«, fragt Lea.

»Nee, aber bei Heiner sind seit einigen Tagen zwei Männer. Er fragte mich, ob ich was dagegen hätte, wenn die bei ihm für ein paar Nächte bleiben. Sind gute Kumpels. Denen müsste ich jetzt verklickern, dass sie verschwinden müssen, weil Heiner verhaftet ist. Was meinste?«

»Klar!«

»Mach ich. Jetzt sofort. Die sehen nämlich auch so aus, als hätten die was auf dem Kerbholz. Die werden immer erst abends munter. Ich will mal rüber.«

Lea begleitet ihn zur Haustür, weil sie frische Luft schnappen muss nach all den Aufregungen und den Cognacs. In ihrem Kopf nebelt es. Ihre Hirnschale will zerplatzen. Ach, die vielen Cognacs! Sie hat einen richtigen »Pommer«, wie ihre Mutter sagen würde. Sie ist etwas weich in den Knien. Ihr scheint, ihre Beine zappeln wie bei einer Marionette.

Es ist bereits dunkel. Sie hat keine Ahnung, wie spät es ist, mit Willi hat sie die Zeit vergessen. In der Ferne wetterleuchtet es, ein leises Grummeln schließt sich an, als würde ein Gewitter aufziehen. Ein Herbstgewitter, das letzte bestimmt! In zwei Tagen wird Lea die Helma-Hütte verlassen und nach Hause fahren. Dann dürfte auch der Altweibersommer zu Ende gehen. Die Nächte sind bereits empfindlich kalt. Es ist eine schöne Zeit gewesen, ein richtiger Herbstsommer.

Ein bisschen Wehmut befällt sie. Die Aufregungen der letzten Wochen sind vergessen oder fast vergessen.

Der Nachthimmel wolkenbedeckt, sternenlos. Lea quert den Hof, Willi ist im umgebauten Schweinestall verschwunden. Dort brennt Licht. Die Jalousien werden gerade heruntergeknallt.

Die werden Augen machen, denkt Lea. Sie hat den »Appelhof« erreicht. *Sieh an, auch so etwas besitzt Willi noch, hat ihn nicht wegsaniert.* Äpfel hängen an den Zweigen. Sie pflückt einen ab, rubbelt ihn am Jackenärmel blank und beißt hinein. Saft spritzt ihr unter die Nase. Neben dem Appelhof nimmt sie die schattendunklen Umrisse eines Autos wahr. *Willis Auto? Aber er hat doch seins in die Garage gefahren.*

Sie geht näher heran. Ein Blitz zuckt vor ihr herunter.

Donnergrollen folgt. Im Sekundenbruchteil des alles erhellenden Lichtes glaubte sie, das Auto zu kennen. Jetzt drängt es sie ganz nah heran. Sie umrundet den PKW.

»Ja, spinne ich denn?«, entfährt es ihr. Sie hastet ins Haus. Dort nestelt sie ihr Handy aus der Handtasche und ruft die Winterberger Polizeiwache an.

»Frau Brauer, bitte – und schnell, noch schneller!«

Und dann überschlagen sich die Ereignisse. Willi erscheint mit Murat in der Deele, weil dieser telefonieren möchte und sein Handy leer sei. Murats und Leas Augen treffen sich. Kalter Hass kreuzt sich, sekundenkurze Handlungsunfähigkeit. Dann stürzt sich Murat auf Lea, reißt ihre Arme nach hinten, dass sie aufschreit. Willi schreckt zusammen, weicht zurück, hat den Mund geöffnet und weiß nicht, was in seiner Deele vor sich geht. Unfähig eines Wortes oder eines Eingreifens verfolgt er, wie Murat aus dem Stiefelschaft ein Messer reißt und es Lea an die Kehle hält.

»Das haben wir doch alles schon gehabt. In dem Film war ich erst neulich«, gibt Lea von sich. Sie legt bewusst Festigkeit in ihre Stimme. Doch der Satz zittert unter die hohe Decke der Deele. Dessen ungeachtet setzt sie noch eins drauf:

»Wo ist Esme? Na los! Frag schon! Die Antwort gebe ich dir heute besonders gern.«

Murats Gesicht besteht aus Abscheu und Hass. Es ist verzerrt und abstoßend.

»Ich sag's dir, ohne dass du fragst.« – Was macht Lea so dreist? – »Deine Schwester wirst du nie wieder sehen. Und ich hoffe inständig, du und Adnan und deine ganze Sippe, ihr werdet ewig in der Hölle schmoren.«

Murat zieht ihre Arme nach hinten, Lea stöhnt auf.

»Was weißt du schon?«, geifert er, »gar nichts weißt du, ich bringe dich um.«

Tief drückt er die Messerklinge mit der Breitseite in ihren Hals.

»Immer das Messer! Fällt dir nichts anderes ein! Wie eintönig! Leg dir mal was anderes zu!«

Murat reißt ihre Arme ruckartig nach hinten. Lea schreit auf. Ihr Blick fällt auf Willis angstrunde Augen. Über ihm entdeckt sie eine Muttergottesstatue. Ein ewiges Licht brennt an ihrer Seite. Im Kommunionunterricht hat sie gelernt, dass ein Stoßgebet, zur Jungfrau gesprochen, immer seine Wirkung zeigt. »Heilige Mutter Gottes«, betet sie inbrünstig, »der hier, der Verrückte mit dem Messer ist zwar von der Konkurrenz, aber hilf uns beiden!«

Frau Brauer, wo bleibst du? Es ist nicht weit von Winterberg. Himmelherrgott, mach! Drück aufs Pedal!, betet Lea. Endlich löst sich Willi aus seiner stummen Starre. Er will auf Lea zugehen.

»Bleib, wo du bist!«, schreit diese, »der meint es ernst, der sticht mich ab wie ein altes Suppenhuhn. Er hat schon einen auf dem Gewissen. Die Polizei wird gleich hier sein.«

»Bluff!«, ruft Murat.

»Kein Bluff, ich habe euren Passat erkannt.«

»Dann weiß ich, was zu tun ist. Los, rüber ins Haus zu Adnan, los, los!«

Wieder will Willi sich auf ihn stürzen.

»Bleib!«, schreit Murat. »Ich bringe sie um, wenn du dich einmischst.«

»Heilige Mutter Gottes«, fleht Lea abermals, »jetzt reißt er mich weg von dir, bin nicht mehr unter deinem Schutz und Schirm, hilf uns beiden trotzdem!«

Murat stößt Lea zur Tür hinaus. Blaulicht flimmert heran, das Martinshorn lärmt. Adnans Gestalt in der Tür zu Heiners Wohnung. Murat drängt ihn hinein, bugsiert Lea über die Schwelle.

»So, jetzt bin ich eine Geisel«, flüstert Lea, »was ganz Neues.«

Willi ist noch gar nicht bei sich selbst, als Frau Brauer ihn befragt. Rasch fordert sie Verstärkung an, ein paar Scharfschützen, egal, woher. Dann das Übliche mit der Flüstertüte.

»Kommen Sie heraus! Das Haus ist umstellt.«

Es folgt keine Reaktion.

»Das kann eine lange Nacht werden«, sagt die Kommissarin zu Willi.

»Hoffentlich macht Lea keine Dummheiten«, entfährt es diesem, »wir haben nämlich ganz schön gebechert.«

»Das riecht man drei Meter gegen den Wind.«

»Wer rechnet denn mit so was!«, erwidert Willi kleinlaut, »ist ja wie im Wilden Westen. – Ich muss Kühe füttern, sonst blöken die das ganze Dorf zusammen. Na, denn.«

Inzwischen ist das Gewitter nähergerückt. Es blitzt heftig in immer kürzeren Abständen. Es donnert und kracht. Frau Brauer startet einen weiteren Versuch.

»Kommen Sie heraus, geben Sie auf. Lassen Sie die Geisel frei. Sie machen es nur noch schlimmer!«

Lange Zeit geschieht nichts. Das Gewitter steht jetzt über dem Dorf. In der herniederschießenden Lichtbahn eines Blitzes sieht die Kriminalistin, dass eine Jalousie langsam hochgezogen wird. Ein Fenster öffnet sich. Taschenlampen und Scheinwerfer der Polizei sind auf das Fenster gerichtet. Im Fensterrahmen steht Murat, der Lea das Messer an den Hals presst. Ihren Kopf hat er an den Haaren ziehend nach hinten gebogen. Ihre Hände scheinen gefesselt. Murat hat sie geknebelt.

»Wo ist Esme?«, ruft Murat, »geben Sie uns unsere Schwester zurück, dann geschieht der Geisel nichts.«

»Das geht nicht, das mit Ihrer Schwester. Wir wissen nicht, wo sie ist.«

»Sie sind eine erbärmliche Lügnerin, Frau Kommissarin. Wir wissen, dass Sie Esme persönlich abgeholt haben, Also, keine Lügen mehr!«

»Sie werden Ihre Schwester nie wieder sehen. Geben Sie auf!«

»Niemals! Ich stelle Ihnen ein Ultimatum. Die Schlampe ist um Mitternacht hier, oder die Geisel ist tot.«

Das Fenster schließt sich, die Jalousie klappt krachend herunter.

In Willis Deele berät Frau Brauers Team, von furiosem Donner begleitet. Zwei Scharfschützen sind zugesagt und bereits unterwegs. Ein Polizeipsychologe ist ebenfalls im Anmarsch, denn Frau Brauer ist natürlich nicht bereit, Murats Forderung nachzukommen.

Verstärkung von Kollegen ist gerade auf den Hof gebogen. Man will Murats Frau herbeiholen, erhofft sich von ihr, dass sie ihren Mann und dessen Bruder zur Aufgabe bewegen kann.

Eine Stunde später ist die gesamte Sippe angerückt. Frau Brauer will jedoch nur mit Murats Frau sprechen. Diese spricht schlechtes Deutsch, versteht aber offenbar alles, was die Kommissarin zu ihr sagt. Frau Brauer hat sich Fransen an den Mund geredet und erhofft sich nun ihre Mitarbeit.

Doch sie hat die Rechnung ohne den Wirt gemacht. Nein, sie werde ihren Mann nicht überreden. Das dürfe sie gar nicht. Ihr Mann wisse, was er tue. Esme müsse herbeigeschafft werden, damit die Familienehre ... und so weiter und so fort, gebetsmühlenartig stets dasselbe.

Frau Brauer merkt, dass sie auf Granit stößt. Sie schickt den Clan nach Hause. Er bleibt. Die Kommissarin lässt den Ort des weiteren Geschehens großräumig absperren. Nochmals scheucht sie Murats und Adnans Sippe nach Hause. Sie bleibt.

»Die sind ja noch sturer als Sauerländer«, sagt sie aufgebracht.

Inzwischen ist das Gewitter weitergezogen, doch der Himmel scheint alle Schleusen geöffnet zu haben. Eine dichte Regengardine über dem Hof. Dicke Tropfen pladdern auf die Steinplatten und hüpfen einen halben Meter wieder hoch. Schirme nützen gar nichts mehr. Alle, die draußen ihren Standort bezogen haben, sind nass wie Katzen.

Willi, der seine Kühe gefüttert hat, kocht Kaffee und Tee für die Polizeimannschaft, die mittlerweile auf fünfundzwanzig Beamte angewachsen ist. Der Polizeipsychologe versucht, mit den Eingeschlossenen Kontakt aufzunehmen, doch das Fenster bleibt geschlossen. Der gesamte Bauernhof ist inzwischen hell ausgeleuchtet. Eine Stunde ist es noch bis zum Ultimatum.

Murats Familie, inzwischen weit abgedrängt, schreit umso lauter. Niemand versteht, was die einzelnen Familienmitglieder da dermaßen temperamentvoll von sich geben. Doch ihren Gesichtern ist zu entnehmen, dass sie die Brüder bestärken, nicht klein beizugeben. Geballte Fäuste werden in die Luft gestreckt. Einige Dorfbewohner sind als Zaungäste dazu gekommen. Sie verhalten sich ruhig, sind einfach nur neugierig, wie dieses Spektakel ausgeht. Jemand von der Presse scheint ebenfalls anwesend zu sein.

Frau Brauer lässt sich von Willi die Zugänge zum Haus erklären. Nein, einen Keller gibt es nicht. Eine Tür von der Werkstatt zu den ausgebauten Wohnräumen ist vorhanden. Das ist es! Die Kommissarin hat ihren Plan im Kopf. Er muss auf die Hundertstelsekunde genau abgestimmt werden. Er muss klappen. Der Geisel darf nichts geschehen. Dann Mitternacht. Jeder ist auf seinem Posten. Die Jalousie wird hochgezogen. Es ist dasselbe Fenster wie vor Stunden, das wieder geöffnet wird. Wieder hat Murat die Geisel vor seinen Körper gepresst wie einen Schild. Er dahinter, inzwischen nervlich derangiert, Ritter von der traurigen Gestalt. Adnan hält sich im Innern auf. Vielleicht bewacht er die Tür zur Werkstatt. Murat grinst breit, als er den Aufschrei seiner Familie hört. Mit diesem Moment hat Frau Brauer gerechnet. Er muss Murat wie Applaus vorkommen, ihn verwirren und unachtsam werden lassen. Es ist das Zeichen zum blitzschnellen Zugriff. Dieser ist durch die Werkstatt organisiert. Die Verbindungstür wird aufgetreten. Adnan ruft seinem Bruder etwas zu, doch dieser ist bereits von Lea fortgerissen, das Messer ihm aus der Hand geschlagen.

Draußen ein wilder Aufschrei. Die Sippe gebärdet sich wie eine Schulklasse ohne Aufsicht. Adnan und Murat sind endlich gefasst.

Lea weiß nicht, wie sie in Willis Diele gelangt ist. Am Hals, ein kleiner Schnitt, er wird von Willi mit einem Pflaster versorgt.

Man nimmt ihr den Knebel aus dem Mund, löst ihre Hände aus den Fesseln.

»Warum hat man Sie denn geknebelt?«, fragt die Kommissarin.

»Wahrscheinlich, weil ich frech war. Ich hab den Brüdern alles Mögliche gesagt. Murat hat mich auch wieder geohrfeigt. Mein linkes Ohr ist ganz taub. Der hat vielleicht eine Handschrift, mein lieber Scholli!«

»Suchen Sie morgen in Olsberg einen Arzt auf. Vielleicht hat Ihr Trommelfell etwas abbekommen.«

»Ich will nach Hause.« Leas Stimme klingt abgekämpft.

»In welches Zuhause?«, fragt Frau Brauer.

»Erst mal in die Helma-Hütte. Ist auch so etwas wie mein Zuhause geworden.«

»Sie werden dorthin gebracht und erst mal auch bewacht. Wer weiß, was die aufgebrachte Sippe noch vorhat.«

»Siehste, Willi«, scherzt Lea, »so hab ich das Taxi gespart. Wir Sauerländer sind doch dafür bekannt, dass wir sparsam sind.«

»Kniepig«, sagt man bei uns.

»Bei uns auch, Willi, wir sprechen mit einer Zunge.«

Am anderen Tag schreibt Lea als erstes den Artikel über das Meteorologentreffen.

»Dass Sie schon wieder arbeiten können!«, staunt ihr Bewacher.

»Ach was, Unkraut vergeht nicht«, Lea kann auch wieder lachen.

Um die Mittagszeit steht plötzlich Groschen Willi in der Hütte. Draußen schüttet es immer noch wie aus Kübeln. Willi schüttelt sich wie ein kleiner Hund.

»Mistwetter«, schimpft er, »aber gut für die Wintersaat. Ich dachte, ich bringe 'nen richtigen Schinken, gute Butter und Milch von meiner Berta. Frisches Steinofenbrot vom Bäcker in Wiemeringhausen habe ich auch.« Er packt alles auf den großen Tisch.

»Ich bin froh, dass die Milch kein Cognac ist«, sagt Lea beim Essen, »ein paar kleine Hämmerchen pochen immer noch in meinem Schädel.«

»Das kann auch von der Ohrfeige kommen«, meint besorgt Lutz, ihr Bewacher.

»Ach was, die ist vergessen!«

Lea lehnt sich auf der großen Eckbank zurück. Alle Anspannung scheint von ihr abgefallen. Draußen will es heute gar nicht richtig hell werden. Deshalb zündet sie eine Kerze an.

»Ist ja richtig Hüttenzauber«, lacht Lutz, »jetzt noch den Kachelofen an!«

»Soll ich?«, schlägt Willi vor. »Draußen liegt Holz, ich bringe die Tage neues, dann hat keiner was zu meckern, und ich kann meine Socken trocknen, meine *Schochen* sind nämlich klatschnass.«

»Bist du von Altastenberg zu Fuß gelaufen?«, fragt Lea belustigt.

»Das nich, aber mein Auto steht jotwede da hinten.«

»Was, bitte schön, sind Schochen?« fragt Lutz.

»Junge, bist du denn kein Sauerländer?« Willi lacht dröhnend in den Kerzenzauber hinein. Die Kerzenflamme flackert, neigt sich zur Seite und droht zu verlöschen.

»Schochen sind Füße, junger Mann.«

»Noch nie gehört.«

»Wir Sauerländer haben unseren eigenen Kopp und unsere eigenen Ausdrücke.«

Er hält seine nackten Füße an den Kachelofen, in dem ein helles Feuer bullert.

Als Lea zwei Tage später ihre Sachen gepackt, alles zum Auto geschleppt hat und die Hütte abschließt, um den Schlüssel beim SGV-Vorsitzenden Willy abzugeben, kommen ihr Bruni, Helga, Rita und Klaus auf dem Weg zum Auto entgegen. Ein fröhliches lautes Hallo auf beiden Seiten.

»Wir wollten dir *Auf Wiedersehen* sagen«, rufen sie Lea zu, »du hast abgeschlossen, wolltest dich klammheimlich verdrücken. Das gibt's nicht. Komm, schließ wieder auf! So lassen wir dich nicht ziehen.«

Also, kehrt, Marsch! Alle gehen zurück in die Hütte.

»Ich hab alles schon im Auto«, entschuldigt sich Lea.

»Wanderer haben immer einen Schluck dabei, weißt du doch. Unsere so genannten Herztropfen oder unseren Kaffee. Guck mal, selbst aufgesetzt. Probier! Schmeckt, was!«

»Dem Willy wollte ich gestehen, dass eine Blendlade abgefallen ist.« *Hoffentlich fragt jetzt niemand nach dem Grund*, betet Lea insgeheim *Und mein Lügenkontingent ist bis Ende des Jahres erschöpft*.

Aber niemand fragt.

»Das bringe ich die Tage in Ordnung«, schmunzelt Klaus, »wollte einer bei dir fensterln?«

»Das gibt's doch nur in Bayern«, gibt Lea zurück.

»Und jetzt das Neueste«, sagt Rita und strahlt.

»Es wir dich umhauen: Die Mörder unseres Bürgermeisters sind gefasst. Auch das müssen wir dir noch mitgeben. Du hast dich doch sooo für den Fall interessiert.«

»Stell dir vor«, Helga ist ganz begierig, das Nächste loszuwerden, »das verschwundene Mädchen, Esme oder so, hatte damit zu tun. Ist das'n Ding!«

»Erinnerst du dich an den Zettel, den die Spurensicherung ...«, sagt Bruni.

Alle reden sie durcheinander, sagen, dass heute alles groß in der Zeitung steht, Lea müsse das unbedingt lesen.

»Hier ist sie!« Klaus hat die Tageszeitung mitgebracht.

»Denk dir«, sagt Klaus, »unserem Bürgermeister so etwas anzuhängen. Das junge Ding hat ihm angeblich den Kopf verdreht. Das glaubt doch keiner. Geh mir weg, damit!«

»Aber Esme ist immer noch weg«, sagt Helga, »muss doch was dran sein.«

»Niemals!«, trumpft Bruni auf. »Ich sage euch, unser Bürgermeister hatte nichts mit der. Der doch nicht!«

Niemand fragt Lea, was sie meint, was sie denkt. In der Tageszeitung scheint ihr Name nicht erwähnt zu sein. Das ist gut so. Darüber ist sie sehr froh. Noch einige Male wird aus den Flachmännern, die Wanderer immer im Rucksack haben, eingeschenkt.

Doch Lea nippt nur an dem Brombeer-Aufgesetzten, denn sie müsse noch Auto fahren. Und das verstehen alle, besonders Rita, die von dem »Zeugs«, wie sie es nennt, sowieso nicht viel hält.

Schließlich begleiten sie Lea zu ihrem Auto, verabschieden sich mit Umarmungen und guten Wünschen für ihren Krimi.

»Schreib mal über den Olsberger Fall«, meint Bruni, »die spannendsten Sachen schreibt doch das Leben.«

»Und dann kommste nach uns und liest draus vor!«, schlägt Klaus vor. Er, der aus dem hohen Norden ist, sagt wie viele hier *nach uns*, und darüber muss Lea lachen. Selbst die von der Waterkant können Sauerländer werden – mit den Jahren jedenfalls, nachdem sie einen Sack Salz gegessen haben.

ENDE

Weitere Krimis finden Sie auf den folgenden Seiten und im Internet:
www.gmeiner-verlag.de

Alfred Bekker
Münster-Wölfe

229 Seiten, 11 x 18 cm, Paperback.
ISBN 3-89977-626-7. € 9,90.

Tatort: Ein altes Mietshaus in Münster. Michael Hellmer schreibt unter dem Pseudonym Mike Hell Groschenromane. Ein Stromausfall, der seinen Computer lahm legt, vernichtet die letzten Seiten seines Western-Romans »Gnadenlose Wölfe«. Ursache ist der Fön eines Mannes, der bereits seit einer Stunde tot in seiner Badewanne liegt …
Damit beginnt für Hellmer eine Kette aberwitziger Verwicklungen. Ein inkompetenter Kommissar verdächtigt ihn und so hat Hellmer bald nur noch eine Wahl: Die Sache selbst aufzuklären!

Susanne Kronenberg
Pferdemörder

325 Seiten, 11 x 18 cm, Paperback.
ISBN 3-89977-625-9. € 9,90.

Hella Reincke will ihrem Leben eine Wendung geben und dem Rhein-Main-Gebiet den Rücken kehren, Hameln selbständig zu machen: mit einem Reha-Zentrum für Sport- und Reitpferde auf dem Hof ihrer Familie. Kaum ist Hella dort eingetroffen, geschehen auf dem Hof grausige Dinge. Eine wertvolle junge Stute wird getötet aufgefunden, und Hellas Schwester Nelli kommt auf tragische Weise ums Leben. Hella bittet zwei Jugendfreunde um Beistand gegen den Pferdemörder: den verbitterten Springreiter Thies und den Tierarzt Philipp. Dass Nelli beide Männer gegeneinander ausgespielt hatte, wird Hella recht schnell klar.Ihr kommen Zweifel an Nellis Unfalltod und sie begreift das auch sie in Gefahr ist.

KRIMI IM GMEINER-VERLAG

Maren Schwarz
Dämonenspiel

223 Seiten, 11 x 18 cm, Paperback.
ISBN 3-89977-638-0. € 9,90.

Mysteriöse Vorkommnisse verändern schlagartig das Leben von Blanca Büchner, einer erfolgreichen Krimiautorin. Nachdem eines Morgens ein mit Trauerflor zusammengehaltenes Liliengesteck vor ihrer Haustür liegt überschlagen sich die Ereignisse: Pia Sandner, ihre beste Freundin, wird tot aufgefunden. Kurz darauf kommt auch Pias Ehemann ums Leben. Für die Polizei ist Blanca die Hauptverdächtige , da das Manuskript für ihren neuesten Kriminalroman als Anleitung für die Morde an den Sandners diente! Während der laufenden Ermittlungen hat Blanca eines Nachts einen Traum. indem eine Stimme zu ihr spricht und sie in Angst und Schrecken versetzt. Alptraum oder Realität? Der Zweifel bringt sie fast um den Verstand …

Mona Misko
Kindsblut

326 Seiten, 11 x 18 cm, Paperback.
ISBN 3-89977-629-1. € 9,90.

Die Journalistin Anke bekommt anonym drei rote Kladden zugeschickt, die über das Leben in einer satanischen Sekte berichten. Kurz darauf werden vier Babys entführt.
Bei ihren Recherchen stößt Anke auf eine solche Sekte in Berlin. Welche Rolle spielt hierbei die schwangere Cara, die offensichtlich Verbindungen zu satanischen Kulten hat? Und vor wem ist sie auf der Flucht? Da Anke hinter den Ereignissen eine große Story wittert, verfolgt sie die Hinweise unbeirrt weiter und bringt nicht nur sich selbst in Lebensgefahr …

KRIMI IM GMEINER-VERLAG

KRIMI IM GMEINER-VERLAG

Ihre Meinung ist gefragt!

Mitmachen und gewinnen

Als der Spezialist für Themen-Krimis mit Lokalkolorit möchten wir Ihnen immer beste Unterhaltung bieten. Sie können uns dabei unterstützen, indem Sie uns Ihre Meinung zu den Gmeiner-Krimis sagen!

Füllen Sie den Fragebogen auf www.gmeiner-verlag.de aus und nehmen Sie automatisch am großen Jahresgewinnspiel teil. Es warten »spannende« Buchpreise aus der Gmeiner-Krimi-Bibliothek auf Sie!

Die Gmeiner-Krimi-Bibliothek

KRIMI IM GMEINER-VERLAG

KRIMI IM GMEINER-VERLAG

Das neue Krimijournal ist da!

2 x jährlich das Neueste aus der Gmeiner-Krimi-Bibliothek

KRIMI*Journal*

Nr. 2 www.gmeiner-verlag.de Die Zeitung für Krimifreunde 1/2005

Des Teufels Advokat

Ein Justizkrimi um das perfekte Alibi

Dem »Brummton« auf der Spur

Zum 100. Geburtstag der Relativitätstheorie

ISBN 3-89977-950-9
kostenlos

In jeder Ausgabe:

- Vorstellung der Neuerscheinungen
- Hintergrundinformationen zu den Themen der Krimis
- Interviews mit den Autoren und Porträts
- Allgemeine Krimi-Infos (aktuelle Krimi-Trends, Krimi-Portale im Internet, Veranstaltungen etc.)
- Die Gmeiner-Krimi-Bibliothek (Gesamtverzeichnis der Gmeiner-Krimis)
- Großes Gewinnspiel mit »spannenden« Buchpreisen

Erhältlich in jeder Buchhandlung oder direkt beim:

Gmeiner-Verlag
Im Ehnried 5
88605 Meßkirch
Tel. 0 75 75/20 95-0
www.gmeiner-verlag.de

KRIMI IM GMEINER-VERLAG

Die Gmeiner-Krimi-Bibliothek

Alle Gmeiner-Autoren und ihre Krimis auf einen Blick

Anthologien: Spekulatius (2003) • Streifschüsse (2003)
Artmeier, H.: Schlangentanz (2004) • Drachenfrau (2004)
Baecker, H.-P.: Rachegelüste (2005)
Bekker, A.: Münster-Wölfe (2005)
Bomm, M.: Trugschluss (2005) • Irrflug (2004) • Himmelsfelsen (2004)
Buttler, M.: Herzraub (2004)
Emme, P.: Pastetenlust (2005)
Franzinger, B.: Dinotod (2005) • Ohnmacht (2004) • Goldrausch (2004) • Pilzsaison (2003)
Gardener, E.: Lebenshunger (2005)
Gokeler, S.: Supergau (2003)
Graf, E.: Nashornfieber (2005)
Haug, G.: Gössenjagd (2004) • Hüttenzauber (2003) • Finale (2002) • Tauberschwarz (2002) • Höllenfahrt (2001) • Todesstoss (2001) • Sturmwarnung (2000) • Riffhaie (1999) • Tiefenrausch (1998)
Klewe, S.: Schattenriss (2004)
Klugmann, N.: Schlüsselgewalt (2004) • Rebenblut (2003)
Kramer, V.: Rachesommer (2005)
Kronenberg, S.: Pferdemörder (2005)
Leix, B.: Bucheckern (2005)
Mainka, M.: Satanszeichen (2005)
Matt, G. / Nimmerrichter, K.: Schmerzgrenze (2004) • Maiblut (2003)
Misko, M.: Kindsblut (2005)
Nonnenmacher, H.: Scherlock (2003)
Puhlfürst, C.: Leichenstarre (2005)
Schmöe, F.: Maskenspiel (2005)
Schröder, A.: Mordswut (2005) • Mordsliebe (2004)
Schwarz, M.: Dämonenspiel (2005) • Grabeskälte (2004)
Stapf, C.: Wasserfälle (2002)
van den Bosch, J.: Wintertod (2005)
Wark, P.: Ballonglühen (2003) • Absturz (2003) • Versandet (2002) • Machenschaften (2002) • Albtraum (2001)
Wilkenloh, W.: Hätschelkind (2005)

KRIMI IM GMEINER-VERLAG